백운곡(종윤) 입지실화소설

섬진강의 풍운아

백운곡(종윤) 입지실화소설

섬진강의 풍운아

다차원
북스

龍津江风云兒

一九六八年白法孫

절망과 실의에 눈물겨운 삶을 살아가는 분들에게
무엇이든지 할 수 있다는 희망과 용기를

괴사 백운곡 선생은 문학·의학·역학은 물론 불교·유학·도학·한학·역사·서예 등 실로 다재다능(多才多能)한 기인이며 추종을 불허한 신인(神人)이라고 내 스스로 자평하며 존경해왔음을 밝혀주는 바이다.

내가 백 선생을 두 번째로 존경하는 이유는 각종 인터뷰나 학교 강의 등을 거절하면서 '나는 보일 듯 말 듯하게 살아가기로 정했다'는 말에 속으로 또 한 번 존경했습니다.

언젠가 대학원에 다닌다기에, 대학을 졸업하고 대학원은 미처 다니지 못했구나 생각했다. 그러나 백 선생은 초등학교 문전 구경도 못하고 수많은 역경과 삶의 절규에도 불구하고 100여 권의 도서를 집필했다. 그중에서도 최초롤 한글성명학, 영문성명학, 그리고 명실상부한 국제민불종을 창종(교주)했다는 사실에 또 한 번

소스라치게 놀랐습니다.

그리고 모든 것을 달관한 현자(賢者)인지 하늘이 내린 신인(神人)인지를 판단하지 못하고 있는 게 사실입니다. 아무튼 무서운 분이란 것을 다시 한 번 깨닫게 되었습니다.

그 저력, 용기, 불철주야 고군분투. 어느 누구도 이 세상을 살아간다면 본받아야 할 인물(人物)이자 기인(奇人), 큰 스승임은 추호도 부정할 수 없는 사실입니다.

따라서 절망과 실의에 눈물겨운 삶을 살아가는 분들에게 무엇이든지 할 수 있다는 희망과 용기를 주어 행복한 삶으로의 재기와 성공의 환호성이 귓전을 흔들고 온 누리에 멀리, 널리 퍼져나가기를 다시 한 번 기원하면서 독자 여러분의 일독을 권하는 바입니다.

2018년 6월 6일
동방대학교 교수, 철학박사 유방현 씀

상상할 수 없는 근면함과 성실,
불굴의 의지는 모든 사람의 귀감

나무를 하면서도, 꼴을 베면서도 중얼중얼하기에 처음에는 종윤(백운곡 본명)이가 정신이상이 되었나보다 하고 유심히 살펴보니 책을 외우고 있음을 알게 되었다. 밤에는 새끼를 꼬고, 잠든 친구들이 깰까 봐 호롱불을 가리고 공부하는 모습은 처절한 고통의 삶을 보인 것이다.

마땅히 잘 곳도 공부할 곳마저도 없어서 불에 타버린 우리 집 사랑채에서 추운 겨울에도 공부하면서 웅크리고 자는 모습은 처량하기만 했다. 하지만, 저런 끈기와 노력이라면 하늘도 분명 감동하지 않겠는가, 하고 마음속으로 생각했었다.

그러던 종윤이가 시, 소설, 역서 등 100여 권를 쓴 초인간적인 능력을 보인 것이다. 그런가 하면 경영대학원을 수료하고, 각종 불교대학을 다니는 등 참으로 상상할 수 없는 근면함과 성실, 불굴의 의지는 모든 사람의 귀감이 아닐 수 없다.

또 삼장불학박사에다가 국제민불종을 창종(교주)한 것은 세계에서도 유일무이한 신인(神人)적 경지이며, 속설대로라면 기인 진인(奇人眞人)인 것이다. 산에 비유한다면, 천태산보다 수미산(須彌山)보다 높다고 얘기할 수 있겠다.

친구야, 수고 또 수고했다. 정말 애썼다!

2018년 6월
나목친목회(裸沐親睦會) 회장 정귀철 최병주 외 30여 명

차례

제1장

여명의 눈물

제2장

요상한 악동

제3장

풍랑을 만난 일엽편주

제8장

문학과 예술의 길목에서

제9장

불가사의와 동방진인(東方眞人)

제10장

지천명(知天命)

누가 뭐라 하든 섬진강을 벗 삼아 살리라 | 293

눈물과 한탄으로 살아가고 있는
모든 분들에게 희망과 용기를

천만 겹으로 꼭꼭 감추어온 나의 처절한 비밀을 세상에 공개해
야 할 것인지, 가슴속에 꼭꼭 감추어 무덤까지 가지고 갈 것인지
를 오랜 동안 생각했다.

수십 년을 생각하고 생각한 끝에 사실 그대로, 실오라기 하나
걸치지 않은 완전 나체의 모습으로 나의 모든 과거사를 다음과 같
은 생각에서 세상에 공개하기로 결단을 내렸다.

공개해야 할 진솔한 이유를 압축한다면 다음과 같다.

1. 모 경영대학원을 수료한 사실
2. 삼장불학박사가 되려면 가장 중요한 것이 한학에 능통해야
   한다는 점
3. 시, 소설, 대중 역서(易書) 등 100여 권(수십 권의 저서는 붓으로

쓴, 즉 육필) 집필

4. 《동의보감》은 허준, 사상의학은 이제마, 명리의학(命理醫學)은 백운곡이라는 식으로 의학창안 저술

5. 공익법인 국제민불종을 창종(創宗)하고 즉 교주가 된 불가사 의한 점

6. 사법고시 공부 중 쓰러져 고향에서 시체를 가질러 온 일

1~6항목 내용만 보더라도 어느 누구라도 대학 졸업, 아니면 최소 고등학교 졸업자로 보는 것이 당연하다.

하지만 이는 엄청난 오해와 착오인 것이다. 그래서 나의 파란만장한 질곡과 처절한 삶을 세상에 공개하게 된 것이다.

그렇다면, 진정한 정답은 무엇인가?

학문불경 불입불상(學文不景 不入不祥)이다.

즉, 학교 문전도 구경 못한 불쌍한 아이란 뜻이 진정한 정답일 것이다. 70평생에 선생님으로부터 가르침을 받은 것은 한학(漢學) 3~4년이 전부이고, 그 외에는 지금까지 오로지 독학에 독학을 거듭하고 있다.

따라서 이러한 내용을 세상에 공개하지 않게 되면, 대다수 세인(世人)들은 최대 대학 정도는 졸업하고 최소한은 고졸 학력의 소유자일 것이라고 판단할 것이다. 특히 앞에서 열거한 1~6항을 보면 더욱 그럴 것이다.

특히 경영대학원 입학은 1990년대로 사회활동과 사업을 병행하

고 있었기 때문에 가능했던 것이다.

이러한 사실을 공개함으로 수많은 젊은이들, 그리고 온갖 이유를 대면서 나는 못 배웠다고 한탄과 원망을 하는 수많은 세상 사람들에게 희망과 용기, 더 나아가 새로운 삶의 원천이 되기를 감히 바라고 또 바라는 바이다.

학교라곤 구경도 못한 그 처절한 이유는 무엇인가?

세 살 때부터 아버지를 여의고 이 집 저 집을 굴러다니며 4~5세 때부터는 꼴망태꾼, 지게꾼, 머슴살이, 차 정비공, 조수, 운전사, 상차꾼, 약초꾼, 엿장수, 만화방 점원, 풀빵장사, 일용품팔이, 넝마주의, 암흑가 보스 등등 실로 죽어버리는 것이 더 행복일 것이다 생각하고 자살 시도까지 했던 것이다. 하지만 어떤 이유에서도 공부만큼은 불철주야 계속해오고 있다.

그런 연유로 인해 나는 세 가지의 좌우명을 스스로 설정해놓았다.

1. 변중견독(便中見讀) : 화장실에서는 신문이나 잡지를 가지고 가서 지식을 쌓는다는 뜻.
2. 행중일사(行中一思) : 걸어가면서도 무엇인가 생각해서 지식을 쌓는다는 뜻.
3. 와중일지(臥中一智) : 잠자리에 누워도 눈을 지그시 감고 매사에 지혜가 어떤 것인지 조용히 생각한다는 뜻.

오늘도 수많은 세인들이 삶의 고통과 처절한 외로움, 가도가도 끝이 보이지 않는 절망으로 눈물과 한탄으로 살아가고 있는 모든 분들에게 희망과 용기, 그리고 자신감을 갖고 살아간다면 그 자체가 바로 행복인 것이다.

세인들이여!
가슴 답답하고 막연하여 눈물과 한숨을 지을 때, 필자가 살아왔던 삶을 돌이켜보면 생에 대한 의욕이 용솟음칠 것이다. 그러기를 간곡하게 바라는 마음에 이 입지실화소설을 공개하는 것이다.

독자 여러분!
부디 희망과 용기백배로 행복하시길 바랍니다.
파이팅!!

2018년 6월 저자 백운곡(종윤) 드림

제1장

여명의 눈물

구겨진 잎새가

　이곳은 유난히도 산이 많아 곡성(谷城)이라고 부르기도 하고, 산
골짜기가 많아 자연 귀신들이 득실거리며 밤마다 울어댄다 하여
곡성(哭聲)이라고도 전해 내려오고 있다(전설의 고향). 그런가 하면
곡성(穀城)이라고도 불러지기도 하는 등 실로 그 이름만 들어도 헷
갈린다.

　억센 산세의 특징 탓인지 유난히도 무인무관(武人武官)이 많이
배출되기도 하고, 진안 백운 청산(鎭安 白雲 靑山)에서 발원하여 장
엄하게 흐르는 섬진강(蟾津江)의 탓인지 문인문관(文人文官)도 적지
않게 배출돼 풍수(風水)의 신비(神秘)를 더하기도 한 곳이다.

　저 옛날 곡성 고을(현 곡성군)은 기인(奇人), 신승(神僧)이 등이 많
은 곳이다. 도사 기인 이외에도 적인선사(寂忍禪師), 그리고 신승
(神僧) 도선국사(道詵國師) 등이 머무를 정도로 유명하다. 이러한 역
사적 증거 중 하나가 근처에 위치한 화엄사, 관음사, 태안사 등은
물론 신라시대 원효대사가 넘어 다녔다는 원효재[원효령(元曉嶺)]는

오늘까지도 많은 사람들의 가슴마다 전해지고 있다. 그런가 하면 당대(몇 년전), 대표적 선승대사(禪僧大師)인 청허당(淸虛堂)께서 곡성 옥과(玉果) 성륜사(聖輪寺)에서 주석열반(住席涅槃, 사시다 돌아가심)한 곳이기도 하다.

때는 바야흐로 1949년 그러니까 6·25 한국전쟁이 일어나기 일 년 전이다. 유난히도 좌파와 우파 간에 치고 박는 싸움이 많기도 하고, 사람들이 먹지 못하여 피골이 상접하여 갈비뼈가 툭툭 튀어 나오고, 심한 경우 굶어 죽기가 일쑤였다.

아침을 먹고 나면 저녁을 걱정해야 하고, 저녁을 먹고 나면 또 다시 내일 아침을 걱정하는 등 그야말로 먹고살기가 힘든 세상살 이였다. 날씨는 앉아 있기만 해도 땀이 줄줄 흘러내려 나이 먹은 촌 노인들은 누런 삼베옷(마포로 만든 옷)을 입어 더위를 피하기도 했다. 삼베옷은 통풍이 잘되고 살결이 보이는 게 특징이다.

그래서 어떤 촌노인은 속옷을 받쳐 입지 않게 되면 불알이 보여 어린아이들이 따라다니면서 할아버지 불알은 딸랑딸랑이라고 놀 려대기도 했다.

이러한 세태 속에서도 한 생명이 태어나니 이때가 1949년 7월 3 일, 아침도 먹는 둥 마는 둥 한 어머니가 진통 끝에 오전 9시 경에 드디어 떡두꺼비 같은 사내아이를 낳았다.

참으로 경사였다. 그도 그럴 것이 집안에 남자라곤 보기 힘들 정도로 귀하고 단명하다 보니 7대 독자 종가에 종손으로 태어났기 때문이다.

아버지께서는 그 아이의 이름을 철민(이후 '나', '내'라는 표현은 철민이 자신을 말함)이라고 짓고, 막걸리 몇 주전자로 득남턱을 내면서 기쁨을 감추지 못했다.

비록 끼니를 걱정하는 처지였으나 득남의 기쁨으로 세월 가는 줄도 모른 채 2년이 되었다. 참으로 복도 지지리 없는 아버지였다. 사십대에 늦둥이, 그것도 7대 독자를 얻는 기쁨이 사라지기도 전에 피를 토하면서 갑작스레 돌아가시고 말았다.

아버지의 죽음으로 인해서 평화로웠던 가정은 쑥대밭이 되고 말았다. 살길이 막막해진 어머니는 날품팔이로 삶을 유지했고, 심한 때에는 초근목피로 허기진 배를 채웠으며, 그래도 안 될 때에는 굶기가 일쑤였다. 농토라곤 쌀 두서너 가마, 콩 한두 가마가 전부였다.

살길이 막막한 어머니는 하는 수 없이 죽는 것보다 낫다는 생각에 네 살 난 철민이를 데리고 재가하였는데, 정확히 말하면 씨받이 재혼 내지 호구지책을 위한 결혼이었다.

왜냐하면 재혼 당시에 딸을 다섯을 낳아 기르고 있는 본처가 생존해 있었기 때문이다. 그러니까 후사를 보기 위해서 어머니를 씨받이로 들인 것이다. 엎친 데 덮친 격으로 버릴 수 없는 물건, 그것도 골치 아픈 혹인 철민이를 데리고 재가한 것이다.

그러니까 의붓아버지는 한 집에서 큰 각시, 작은 각시와 같이 산 것이다. 누가 봐도 이율배반적 고통의 삶이 지속된 것이다. 더욱이 개밥에 도토리, 천덕꾸러기인 철민이는 고통의 나날이 시작되었다. 세월은 철민이 나이 여섯 살 어머니의 따뜻한 정을 받아도 모자란 때에 큰어머니란 사람으로부터 구박과 이복 누나 다섯으로부터 온갖 무시와 구박은 날이 갈수록 더욱 심해져 갔다. 급기야는 눈 뜨고는 볼 수 없는 고통이 시작되었다.

어머니 품속에서 재롱부릴 여섯 살에 꼴(소먹이풀)을 베어야만 했고, 산에 나무를 하러 다니기 시작했다. 손발과 얼굴은 가시덩굴에 찢겨 피멍이 그칠 날이 없었다. 옷은 찢어지고 너덜거려 살갗이 또 다른 옷 꺼풀이 돼 옷이 살갗이 되고, 살갗이 옷이 돼 참으로 눈 뜨고는 볼 수 없는 참혹한 고통 속에 하루하루 연명하고 있었다.

고통과 눈물로 얼룩진 모진 세월은 점점 더해가 굶주리다 못해 남의 집에서 쌀이며 고구마, 밥을 훔쳐 먹다 들켜 매를 맞고, 그래도 배가 고프면 남의 밭에서 오이, 가지, 옥수수를 훔쳐 먹으며 배를 채웠다. 워낙 어린나이에 산에 가 나무를 하는 까닭에 절벽에서 굴러 떨어져 몇 차례 죽을 고비를 넘겨야만 했다.

어느 화창한 가을 날씨였다. 그때도 어느 때와 같이 산으로 나무를 하러 갔다. 때마침 음력 9~10월이라서 시제(時祭=시향時享, 산소에서 지내는 제사)를 지낸 곳이 많았다. 배가 고픈 철민로서는 배부르게 먹을 수 있는 절호의 기회였다. 어느 날인가는 음식을 많이 얻어먹고 한쪽에서 실컷 자다 보니 사람들은 어느새 다 가버리고 석양이 다가와 어둑어둑하기 시작했다. 어느덧 칠흑 같은 밤이 돼 그만 길을 잃고만 것이다.

심산유곡 암흑천지에서 미아가 돼버린 철민이는 산속 이곳저곳을 헤매다가 나무나 가시덩굴에 찔리고 돌에 부딪혀 허공에 추락하여 그 모습은 사람이기보다는 포수에 쫓기는 어린 곰의 모습이었다. 바삭거리는 짐승들이 야광에 비춰지는 눈빛은 어린 철민의 마음을 혼비백산하기에 충분했다. 당황과 긴장 초조가 엄습해 와 죽음은 차라리 어리기 때문에 오히려 덜 느껴진지도 모른다. 울면서 헤매는 동안 새벽이 다가왔다.

저 멀리서 희미하게 들리는 닭 소리를 들으며 그 방향으로만 가고 있었다. 그러다 보니 평소 나무를 하러 다니던 곳임을 느낄 수 있었다. 새벽의 세찬 바람은 목이 매여 더 이상 울 수도 없는 상황에서 산을 내려오기 시작했다.

그런데 때 아닌 징소리와 꽹과리 소리가 아닌가? 그리고 저 멀리서 들려오는 '철민아! 철민아!' 하는 소리에 마음은 급한데 목이 매여 대답이 나오지 않는 철민이에게는 눈물이 더욱 쏟아졌고, 마음은 급해져 몸을 굴려 소리 나는 방향으로 가까워지고 있었다.

동네 사람들은 계속 징과 꽹과리를 치며 '철민아, 철민아!' 하고 불러댔다. 어느덧 먼동이 트이기 시작했고 동네 사람들과 어머니는 나를 얼싸안았다. 그때까지도 동네 사람들이 왜 징과 꽹과리를 치고 산에 왔는지 그것도 새벽에 그 이유를 느끼지 못하였고, 그 뒤 성장하면서 산에서 길을 잃고 헤매는 경우에는 그렇게 해서 찾는다는 조상들의 전통이란 것을 알게 되었다.

어머니는 사람 몰골이 아닌 철민이를 껴안고 목 놓아 울어댔다. 신발마저도 신지 않고 찢어진 옷하며 손톱 발톱에서는 피와 상처가 뒤범벅되었고, 머리와 이마는 돌과 나무에 부딪혀 울퉁불퉁 혹이 나 있고, 귀는 찢어져 피가 맺혀져 있었다.

동네 사람 누군가의 등에 업혀 집으로 온 나는 그 후유증으로 멍하니 넋 나간 아이가 돼 멍한 아이라고 놀림을 받았다.

2, 3개월이 지나서야 겨우 제정신이 돌아왔다. 어느덧 겨울이 지나 따뜻한 봄이 되었다. 나는 예전과 같이 산에 가서 나무하고, 꼴을 베며 온갖 잔심부름을 하는 등 죽음의 문턱을 하루에도 몇 번 씩 겪어야만 했다.

철민의 나이 일곱 살이 되면서부터 마을 어귀 주막집(구멍가게 비슷한 술집)에 꼴망태를 깔고, 술 먹는 사람의 얼굴을 쳐다보고 있는 게 하나의 즐거움이자 희망이 돼 있었다.

그 이유 중 하나가 술 먹는 사람을 멍하게 쳐다보고 있으면 빵 쪼가리와 오징어 다리를 던져주곤 했다. 이러한 음식을 먹는 재미가 쏠쏠하여 꼴망태만 매고 나서면 그 주막집에 가서 술 먹는 사람이 던져준 과자며 오징어 다리를 똥개처럼 받아먹는 것이 최고의 기쁨이자 행복처럼 느껴졌다.

이때의 오징어 다리 맛이 얼마나 기가 막혔는지, 수십 년이 지난 뒤에도 그 추억을 잊지 못해 한자리에서 오징어 다섯 마리를 먹은 적도 있었다.

그러던 어느 날 철민이는 여느 때와 같이 주막 앞마당에서 오징어 다리를 기다리고 있었지만, 그날은 재수가 없는 날인지 아무도 오지 않아 결국 시간만 지나버려 어느덧 해가 저녁노을에 지고 있었다. 철민이는 급한 마음에 주막 앞에 있는 미나리깡(미나리를 심는 논) 한가운데에 무성하게 잘 자란 꼴을 베기 시작했다.

그런데 이상하게도 다리며, 정강이가 가렵기 시작했다. 꼴을 한 아름 가슴에 앉고 논두렁으로 나온 나는 와왁~! 하고 소리를 내며 울기 시작했다. 겁에 질린 철민이 다리에 새까맣게 붙어 있는 거머리를 보며 훌쩍훌쩍 뛰면서 울고 있었다.

이러한 모습을 본 한 농부가 부리나케 쫓아와 낫으로 다리에 거머리를 면도하듯이 삭삭 긁어내렸다. 그러자 거머리가 피를 빨아 먹었던 자리에서 피가 흐르기 시작하여 다리는 온통 피로 물들여져 붉은 피가 철철 흐르고 있었다.

이러한 고통을 겪고 꼴을 베지 못하고 빈 망태만 짊어진 채 집으로 오자 애꾸눈을 한 큰어머니하며 다섯 명의 이복 딸들이 벌떼처럼 구박하며 당장 나가 죽으라고 밖으로 쫓아 내버렸다.

철민이는 하는 수 없이 바로 이웃집 처마 밑에서 새우잠을 자야만 했다. 지금에야 이야기지만 그 이웃집 후손들이 현재 서울 미아리에 살고 있어 가슴 아픈 추억을 실증하고 있다. 어느덧 세월이 흘러 철민이는 여덟 살이 되었다.

다른 애들은 어머니의 손을 잡고 학교를 다니며 온갖 재롱을 부릴 때, 철민이는 나무하고 꼴 베고 잔심부름하고 구박 받는 것이 삶의 연장이었다. 굶기는 밥 먹듯이 하고 잠은 불도 때지 않은 차가운 냉방에서 자는 등 차라리 소리 없는 죽음이 더 행복한 것인지 모를 지경이었다.

고난의 세상 문턱에서 철민의 최초 친구 박문수(가명)는 철민의 큰 위안이며 말동무였다. 하지만 철민이가 현정리를 떠나온 뒤 멱을 감다가 물에 빠져 죽었다는 소식을 들은 것이다. 철민은 가슴 속으로 울먹이며 친구를 더 이상 볼 수 없다는 생각에 울음을 터트리고 말았다.

때는 1956년 철민이 나이 여덟 살이 되던 해 화창한 가을 날씨였다.

여느 때처럼 산에 나무를 하러 갔었다. 철민이는 파란 가을 하늘이 두려운 생각이 들었다. 왜냐하면 가을이 지나고 겨울이 닥쳐오면 불도 때지 않은 골방에서 눈물을 흘리며 자야만 하는 무서운 생각이 들었던 것이다. 누가 가르쳐 주지 않아도 몇 년의 고통 속에서 스스로 깨달은 것이다.

친어머니와는 같이 잘 수도 없었다. 의붓아버지와 어머니는 따뜻한 소죽 방에서 같이 자고, 철민이는 불도 때지 않은 컴컴한 골방에서 눈물을 머금고 비참하게 자야만 하는 그 자체가 어린 철민이 가슴속을 멍들게 한 것이다.

추위에 견디다 못해 따뜻한 소죽 방으로 가면 당장 나가라고 눈을 부릅뜨고 구박을 한 의붓아버지가 무서웠다. 이러한 모습을 지켜만 보고 있는 어머니는 방 한구석에서 울먹이며 보고만 있어 미운 생각이 솟구치곤 했다. 이런 생각, 저런 생각에 철민이는 결심했다.

'내가 이곳에 어머니와 같이 살다가는 죽고 못 살겠지, 그러니 할 수 없이 도망을 가야지, 이대로 살다가는 죽어! 죽어! 꼭 죽을 거야 혹 누가 나를 몰래 죽일지도 몰라, 가버려야 해, 그런데 어디로 가지? 아! 청계 외갓집으로, 거기 가면 외할머니가 밥도 많이 줄 거야, 잠도 따뜻하게 잘 수 있을 거야, 그런데 어떻게 찾아가지, 청계가 어디야, 한 번 세배하러 어머니 손을 잡고 간 적이 있지?'

철민이는 이런 생각을 하면서 도망칠 생각에 마음이 두근두근했고, 설레기 시작했다.

이윽고 이튿날 나무 망태를 버리고 맨발로 도망치기 시작했다. 어차피 도망칠 길은 동네 가운데 골목길을 지나야 하기 때문에 어려움이 따랐지만 철민이는 아무 일도 아닌 듯 마을을 빠져나왔다.

그리고 신장로를 맨발로 걷기 시작했다. 별생각 없이 '이리로 가면 외갓집을 갈 수 있겠지' 하고 뛰고, 걷고, 앉아 숨을 고르기를 반복하며 외갓집이 있는 방향으로만 계속 가고 있었다.

어느덧 점심때가 지나 배가 고파 오기 시작했다. 그러자 두려운 생각이 들어 초초하고 당황하여 자신도 모르게 울음을 터뜨리고 말았다. 그래도 살기 위해서는 외갓집을 가야 한다는 생각을 하면서 허기진 배를 움켜잡고 울며불며 뛰고 또 뛰고, 있는 힘을 다하여 가고 있었다.

배가 고프면 길가에 흐르는 도랑물을 먹기도 하고, 때로는 식당에서 버린 음식이 있으면 주워 먹기도 하고, 그야말로 사력(死力)을 다하여 천신만고 끝에 해가지고 어둠이 와 사람을 겨우 알아볼 정도 초저녁에야 외갓집을 도착하였다.

지쳐서 마당 앞에 픽 쓰러져버린 철민을 본 외할아버지, 할머니께서는 놀라며 말했다.

"이놈, 철민이 아니냐? 이놈 웬일이야. 어떻게 왔냐?"

"니 어미하고 같이 왔냐? 그런데 어미는 왜 안 들어 오냐?"

그때까지만 해도 혼자 도망쳐 왔다는 생각은 전혀 못한 할아버지, 할머니는 같이 오다 잠시 어디를 들렸다 올 때가 있어 곧 오겠지, 하고 기다리는 모습이었다.

아무래도 여덟 살밖에 안 된 철민이가 수십 리 길을 혼자 올 수 있을 거라는 생각은 아무도 할 수 없었기 때문이다. 참으로 수십 년이 흐른 오늘 생각을 해봐도 상상조차 할 수 없는 일이었다. 하지만 조금도 보태지 않은 진실임을 밝힌다.

역시 개밥에 도토리 신세 철민

외할머니, 외할아버지는 초라한 철민이의 모습을 보고 목 놓아 우는 통에 동네 사람들이 모여들어 웅성웅성했다. 혼자 도망쳐 왔다는 철민이의 말에 동네 사람들은 저마다 한마디씩 했다.

"어마나, 거기에서 이곳까지 어른도 힘들 텐데, 세상에 이런 일이……."

"그런데 왜 혼자 도망쳐 왔을까?"

"야 엄마가 씨받이 하러 또 시집을 갔다며, 야 아버지가 죽고 얼마 안 있다가 할 수 없이 시집갔다며? 그리고 그 집에서 애를 또 낳았다는데~ 그 집은 노났지 뭐! 딸만 다섯 있었는데 떡두꺼비 같은 아들을 낳았으니 얼마나 좋아."

이 말을 듣고만 있던 또 다른 동네 아낙네가 쏘아붙이듯 한마디 했다.

"그러니 이놈, 철민이가 개밥에 도토리가 된 신세지, 뭐. 이놈 꼴 좀 봐. 누구 이야기 들으니 산에 나무하러 다니고 꼴도 베고,

잡일 다 한다는 데에~ 뭐."

이때 동네 남정네가 툭 말했다.

"예잇! 아줌씨 입에 침이나 바르고 말씀하시지요. 이제 겨우 여덟 살밖에 안된 애가 어떻게 나무하고 꼴을 벤단 말이요? 거짓말을 해도 분수가 있어야지."

동네 사람들은 옥신각신하다가 밤이 깊어지자 각자 집으로 돌아가자 피곤한 철민이는 모처럼 밥을 배불리 먹고 잠자리에 골아떨어졌다.

외갓집에서 새로운 삶을 시작하는 철민이는 황야에서 길 잃은 망아지가 엄마 품에 돌아온 느낌이었다. 외할아버지, 할머니로부터 온갖 극진한 대우를 다 받은 철민은 하늘을 날을 듯 왠지 기분이 최고였다.

그도 그럴 것이 밥도 배부르게 먹고 잠도 따뜻한 방에서 실컷자고, 나무나 꼴을 벨 일도 없고, 현정리에서처럼 다섯 여자들에게 구박받지도 않지, 철민으로서는 새로운 천지에 온 것이다.

어느덧 철민이 나이 아홉 살 새로운 첫해를 외갓집에서 보내게 되었다. 추운 겨울이 지나 따뜻한 봄 날씨가 시작된 것이다. 비록 지옥 같은 현정리에서 살아왔던 일들은 생각조차도 싫었지만 울컥울컥 떠오르는 어머니 생각과 그림자처럼 떠오르는 어머니의 모습은 어린 철민의 눈에서 눈물이 쏟아질 수밖에 없었다.

때로는 뒷동산에서 혼자 놀다가, 때로는 밥 먹다가, 심지어는 화장실에서 울먹이고 있는 철민의 모습을 보고 있던 할머니, 할아버지는 말없이 한숨만 내쉬고 있었다.

날이 더욱 따뜻하기 시작하자 현정리에서처럼 나무하고 꼴을 베고, 새벽에 일어나 새끼 꼬기를 배우는 등 아홉 살 나이에는 너무도 힘겨운 일들이 시작된 것이다. 동네 또래인 일기, 정철, 맨 윗동에 사는 철호 등은 부모님의 손을 잡고 학교를 다니고 있었지만, 철민이는 그 모습을 부러워하며 나무와 꼴 베는 일을 열심히 하고 있었다.

방향 감각이 약하고 사리분별이 약할 수밖에 없는 철민이는 숲이 우거진 산속에서 길을 수없이 잃어버리고 헤매다가 망태(망태기, 꼴이나 나뭇잎을 담은 것. 짚으로 새끼를 꼬아 만듦)마저 잃어버린 채 집으로 돌아와야만 했다.

이 가운데 오늘날까지 철민의 기억에 남아 있는 것이라면 청계 마을 입구 당산나무 근처에 있는 산에서 있었던 일이다.

여느 때와 같이 그날도 오전 아홉 시쯤 산에 도착하여 나무를 하고 있었는데 갑자기 봄비가 내리기 시작한 것이다. 산은 비록 높지 않은 야산이었지만 숲이 많이 우거지고 날씨가 갑자기 어두컴컴하기 시작하자 아홉 살 철민은 당황할 수밖에 없는 절박한 상황이었다. 더욱이 천둥과 번개가 치고 소낙비는 쏟아져 어찌할 줄을 몰라 그만 망태를 잃어버리고 집으로 쫓겨 오듯 해야만 했다. 이때 처음으로 외할아버지, 삼촌으로부터 꾸지람을 들었다.

그리고 세상이 얼음처럼 차갑고 냉정하다는 것을 본능적으로 알았다. 철민이는 그날 밤 눈물을 흘리며 엄마가 보고 싶다고 하 염없이 울어댔다.

세월은 또 다시 한 해가 지나 철민이 나이 열 살이 돼 이제는 친 구들도 많이 사귀고 그런대로 머물 수 있었다. 친구들과 연극놀이 도 하고, 계란껍질에 밥도 해먹고 싸움도 하면서 여느 아이들과도 잘 어울렸다. 그러나 철민이에게는 그러한 소꿉장난도 할 수 없는 처지가 점점 다가오고 있었다.

열한 살이 되던 해 정초, 아무 영문도 모른 채 또 다시 외갓집을 떠나 산골짜기인 근촌이란 마을에 살고 있는 이모 집에서 살게 된 것이다.
열한 살밖에 되지 않은 철민으로서는 감당하기 힘든 처지였다. 청계 외갓집에서 겨우 정이 들었는데 또 다시 낯설고 물설은 이모 집에서 살게 되었으니 비록 어린 가슴이지만 어머니도 보고 싶고, 청계 친구들도 보고 싶어 혼자서 엉엉 울어 눈이 퉁퉁 부어오르기 가 일쑤였다.
그런데 엄청난 변화가 일기 시작했다. 일국을 통치한 통치자에 비하면 쿠데타(혁명)인 셈이다. 그리고 한 계단 승진한 것이다. 그 동안 망태를 메고 나무하고 꼴을 베었던 것을 지게로 하게 된 점 이다.

참으로 지금 생각해보면 이해되지 않아 의아스럽지만 하늘에 두고 맹세코 사실임을 다시 한 번 강조하고 싶다. 망태에서 지게로 변화되었으니 첫 번째 승진의 변화이고, 두 번째는 문명의 세계를 향한 기초가 싹트기 시작한 것이다. 그것은 다름 아닌 문자(글)를 배우기 시작한 것이다.

요즘 아이들 같으면 초등학교 3~4학년에 해당한 나이었다. 공부라고 해야 낮에는 나무하고 잡다한 일을 하고, 저녁에만 글을 배운 것이다. 선생님은 자신도 한글마저 능숙하지 못한 이모님이었다. 하지만 철민이는 열심히 공부를 했다. 종이가 없어서 포대종이(요즘 쌀, 시멘트 포대와 유사한 것)에 또는 땅에, 그런가 하면 손등이나 장단지에 글씨를 쓰기도 했다.

그러니까 한글 기초인 ㄱ(기역) ㄴ(니은)과 ㅏ ㅑ ㅓ ㅕ (아야어여) 등이었다. 요즘 같으면 당연히 유치원생 중에서도 아주 기초 실력에 해당된다. 하지만 열한 살짜리가 그렇게라도 스스로 배울 수 있다는 것은 철민으로서는 최고의 수준이며 행복이었다.

한 해가 지나자 철민은 무슨 이유에서인지는 알 수 없었지만, 다시 외가인 청계로 오게 되었다.

설날에 청계로 온 나의 기억으로 그 당시 외갓집 장손 동명이와 길훈이가 재롱을 부리며 여러 일가친척으로부터 예쁨을 받아 천방지축 웃는 모습은 철없는 내 가슴에 수십 년이 지난 오늘에도 생생하다.

나는 온갖 장난을 치다가 외할아버지, 할머니, 삼촌 숙모로부터 갖가지 교훈과 꾸지람을 듣기도 했다.

그 당시 생생한 또 하나의 생각은 삼촌께서 먼 곳을 갔다 오셨다고 하시며 숙모님은 오줌소태가 있어 할아버지가 갖다 준 돌을 불에 달구어 좌욕을 하는 것이나, 산감(山監, 산의 불법 초목을 감시하는 공무원) 집인 설숙자하고 회관 옆 논에서 새를 보았던 추억은 잊을 수가 없다. 뿐만 아니라 외가댁의 작은집에서 막걸리를 마시고 몸에 열이 나고 구토한 열두 살짜리의 내 자신을 지금도 뚜렷하게 기억하고 있어 천성적으로 기억력이 특출남을 자화자찬하는 수밖에 없다.

외삼촌은 발동기가 어찌나 고장이 잘나던지 마을 사람들이 애통, 애통기라고 부르기도 했다.

마을 뒷동산은 나의 만남의 장소였다. 그도 그럴 것이 어머니와 떨어져 살고 있는 나로서는 그리움의 눈물을 흘릴 마땅한 장소를 찾아야만 했기 때문이다. 정이나 마음을 달랠 수가 없을 때에는 근처에 있는 개울에서 가재와 빠가사리를 잡은 것도 철민에게는 큰 위안이었다.

세월은 어느덧 철민의 나이 열세 살이 되는 가을이었다.

가을이라고는 하나 초가을이므로 마당에서 밥을 먹을 정도로 싸늘하지는 않기 때문에 여느 때와 같이 점심밥을 먹고 나서 할머니와 숙모께서 고구마 줄거리를 다듬으면서 큰 소리로 싸우기 시작했다.

싸움의 발단은 철민이를 그 집안(원등 당숙네)으로 데려다 주어야 된다는 숙모의 이야기에 할머니가 그럴 수 없다고 반대하는 것이었다.

이미 고인이 된 지 오래된 할머니는 데려다 주어도 제 벌이나 할 나이에 보내자는 주장과는 반면 외숙모는 당장 데려다 주라는 강력한 주장을 하면서 고부간에 치열한 싸움을 하고 있었다. 눈칫 밥만 먹어온 나는 집 모퉁이에서 하염없이 눈물만 흘리고 있었다.

내리쪼이는 가을 태양은 무정하기까지 했다. 나는 그때까지만 하더라도 외갓집이 아주 좋다는 생각에 외갓집을 떠나기 싫었던 것이다. 그런데 할머니가 갑자기 자리를 박차고 일어나면서 집 모퉁이에 숨어 있던 나를 붙잡고 가자 원등으로 가자고 했다. 할머니는 상기된 얼굴로 나를 끌어당기고, 나는 하염없이 눈물을 흘리며 말 잘 들을 테니까 이곳에서 살게 해달라고 애원했다.

할머니도 눈물을 흘리며 억지로 나를 끌어당기고, 가기 싫다고 뒹구는 나를 더 힘차게 밀고, 또 밀며 어느덧 마을 한복판 지점인 회관까지 끌려왔다.

사태가 이렇게 되자, 동네 사람들이 나와 한마디씩 했다.

"어린것이 가기 싫은 모양이구먼, 쯧쯧. 불쌍한 것, 어쩌다 저렇게 되었어. 아, 웬만하면 좀 더 데리고 있지. 저 어린것을 어떻게 보내요!"

그러니까 외갓집에서 마을 어귀에 있는 당산나무가 있는 곳까지는 300미터쯤 된다. 그 거리를 온몸을 뒹굴며 식은땀, 코 눈물을 흘리며 몸부림쳤던 것이다. 하지만 열세 살 밖에 안 된 철민으로서는 속수무책이었다.

더욱이 당산나무가 있는 곳은 내가 구루마(나무바퀴로 만든 놀이 차 같은 것) 타고 놀던 곳이기 때문에 가기 싫은 마음이 한층 더 큰 소리로 엉엉 울어댔다.

하지만 이 울음도 몸부림도 모두가 허사였다. 나는 모든 것을 체념하고 할머니 손을 잡고 원등으로 향했다.

원등 당숙네 집을 도착했을 때에는 이미 해가 넘어가기 시작했다. 당숙네 할머니와 외할머니 두 분이 뭐라고, 뭐라고 나지막한 소리로 수군수군하고 나서 외할머니는 내 머리를 쓰다듬고 나서 바로 원등을 떠버렸다.

그런데 이상한 것은 당숙네 집에 내 나이와 비슷한 여자아이가 있는 게 아닌가? 나중에 안 사실이지만 남원에 작은고모와 관계 있다는 것을 알았다. 원등 당숙네 집에서 기거를 시작한 나는 며칠간 하는 일 없이 놀기만 했다. 그러던 어느 날부터 먼저 와 있던 비슷한 여자아이와 나무를 하기 시작했다. 그리고 밤에는 한글을 독학하고 낮에도 틈만 나면 땅바닥에 내 허벅지에 글씨 연습을 계속하였다. 요즘 같으면 초등학교를 졸업할 시기였으나 철민은 한글도 제대로 모르고 있었다.

그 당시(1957년 정도)에는 어느 누구도 한글만 아는 것도 무척 다행이므로 글자를 안다고 한 그 자체가 존경의 대상이 되기도 하고, 하나의 꿈이었다.

원등에서 살면서도 현정리(어머니 재가하는 곳)에서나 청계 외갓집에서나 또한 근촌 이모 집, 원등 당숙네 집에서나 한결같이 나무하고 꼴 베며 잔심부름 하는 것이 철민의 일상생활이었다. 다만 원등에 와서는 지게질을 잘하고 꼴을 잘 베는 아이었다.

친구들도 자연스럽게 병주, 귀철, 진수(고인), 영재, 광호, 운석, 문구, 학기, 학순, 박운석, 배운석, 배봉호, 판선, 용민, 윤현 석우 승우, 병철, 김성수, 노병일, 현상(작고), 한운식, 박용운, 덕수, 우수, 순일, 정기(선배), 선용기 등 그야말로 깨복장이 친구들이자 선후배들이었다.

이 가운데에는 이미 고인이 된 친구들도 있어 이 세상에 태어난 인연치고는 너무도 짧기만 하다. 얼마 전에도 친구 성문이도 이 세상을 먼저 가버렸다. 참으로 아쉽기만 하다.

제2장

요상한 악동(惡童)

개망나니 철민

그 당시 철민은 망나니 중에서도 개망나니란 최대의 개구쟁이
로서 어느 누구도 따라할 수 없을 정도로 전대미문의 악동이라 할
수 있었다. 원등 당숙네 집에서 기거하는 동안은 개구쟁이 전성시
대라고 해도 과언이 아니었다.

15~16세의 나이로 할 수 있는 별별 못된 짓은 다 하고도 죄의
식은커녕 오히려 상대가 다치거나 기분 나빠하는 것을 비웃으면
서 즐기기까지 하였다.

똥치기[타打]에 아이들 혼비백산

14세가 되던 따뜻한 봄 날씨에 귀철이, 병주, 진수 등과 같이 콧
노래를 부르며 사람이 먹을 봄나물과 소먹이 풀을 캐는 것이 농촌
의 일상이었다.

하루는 마을 앞에 있는 밭에서 여러 친구들과 나물을 캐고 있을 때, 철민이는 제법 납작한 큰 돌 위에서 똥을 싸기 시작했다. 루루툭툭(누렇고 진하다는 뜻)한 똥은 마치 황소가 싼 것 같이 그냥 거들막(많다, 가득하다는 뜻)했다.

후방사령부(항문)을 돌로 닦고, 중우(아래옷)을 입은 뒤 멀리에 있는 친구들을 불렀다. 특히 성격이 민감한 귀철과 병주에게 말했다.

"야! 귀철아, 병주야 이리 와 봐. 이상한 것이 있어 얼른들 와, 빨리! 자식들아."

아이들이 물었다.

"철민아, 뭔데 그래?"

아이들이 모여들자 풀로 덮어 놓은 똥을 넓적한 돌로 사정없이 내리쳤다. 아이들은 얼굴이며 옷에 똥이 튀여 혼비백산하면서, "야! 개자식야!" 하면서 난리가 났다.

그 가운데에서도 귀철이는 평상시와 같이 게거품을 물고는, "이 새끼, 개새끼, 나쁜 놈!" 하면서 길길이 뛰었다.

그러나 철민은 이런 상황을 더 즐거워하며, "하하" 하고 웃어대면서 계속 친구들 약을 올렸다.

아이들은 철민을 잡으려고 나물바구니를 놔둔 채 쫓아온다.

"이 더러운 놈! 빨리 이리 안 와? 쌍놈 새끼, 어서 와! 안 오면 죽인다, 쌍!"

이럴 때마다 철민이가 자주 쓰는 수법이 돌무더기나 가시덩굴이 있는 지형을 선택한다. 그 이유는 철민은 아주 어릴 적부터 산과 들을 많이 다닌 경험이 많기 때문이다.

그러나 다른 친구들은 부모, 형제와 유복하게 살고 있기 때문에 훈련이 잘된 철민이를 따라잡을 수가 없었다. 더욱이 따라가다가는 넘어져 상처만 입게 된다.

이러한 개구쟁이 짓으로 아무리 분통이 터진 친구들이라도 한두 시간만 지나면 언제 그랬냐는 듯이 껄껄대고 웃고 만다.

뿐만 아니라 저녁에는 어른들 모르게 화투를 치는데, 두부내기 해서 설에 주기 등 외상 화투를 치기 일쑤였다.

옹달샘에 똥 올려놓기

철민은 친구들과는 다르게 춥고, 덥고, 비가 오나 눈이 오나 대부분은 나무하고 꼴을 베어다가 소죽(소밥, 여물) 쑤어 주는 것이 일상이었다.

철민은 악천우 속에서도 혼자서 나무나 꼴 베는 경우가 허다하였다. 이를 때에는 남의 밭에서 옥수수, 가지, 감자, 오이 등은 모두 철민이 제 것인 양 따 먹는 것이 비일비재했다. 지금 생각해보면 외로움을 못된 짓으로 또는 개구쟁이 짓으로 폭발한 것으로 믿어진다.

하루는 띠약골재에 있는 옹달샘에 돌 위에 똥을 싸서 샘 한가운데에 놓기도 하고, 설사인 경우에는 샘에다 바로 싸 놓기도 했다. 특히 띠약골을 비롯하여 감나무골까지는 중간중간에 옹달샘이 있어 철민으로서는 애꿎은 짓을 하기가 아주 좋은 명당자리였다.

그렇다고 똥만 싸서 개구쟁이 짓을 한 게 아니다. 그 당시에는 중머슴이나 상머슴만 지고 다닌 장군(똥오줌을 담아 지게에 지고 다님)

도 일찍부터 지고 다녀서 제법이다, 신통하다 소리와 칭찬도 듣기도 했다.

똥에 대한 사건은 이것만이 아니었다. 설날[구정(舊正)]에 음식을 너무 많이 먹어 바지에 똥을 싸서 창피를 당하기도 하고, 똥통에 빠져 죽을 뻔하기도 했다. 똥으로 인한 또 하나의 애꿎은 짓은 길 한가운데 똥을 살짝 싸 놓고, 그 위에 소먹이(꼴) 풀을 위에 올려놓으면 그것이 꼴인 줄 알고 무심코 손으로 짚는다. 이럴 때면, 철민이는 근처에 숨어서 그 광경을 보고 킥킥거리며 즐기기가 일쑤였다. 무엇인지 모르고, 무심코 똥을 짚다가 손에 똥이 범벅되는 순간, 악! 소리를 냈다.

"어떤 개자식이 이런 못된 짓을 한 거야! 후레자식 놈들 같으니, 응!"

이럴 때마다 철민이는 만족감과 성취감에 빠져 자신도 모르게 낄낄댄다.

귀철이의 분노

철민이는 일찍부터 꼴 베고 나무를 하러 다닌 까닭에 누구보다 낫질(풀이나 나무하는 도구)을 아주 잘난 편이었다. 심한 경우는 풀이나 나무를 한 짐(지게 약 50~60근 무게를 말함) 하는 시간이 10분 남짓 정도로 다른 친구들은 반 짐도 채 못한 경우가 많다. 이럴 때마다 귀철이는 항상 불만이다.

하지만 시간이 많이 있을 때에는 큰 문제가 없지만 해가 질 무렵에는 여간 문제가 아니다. 왜냐하면 철민이는 한 짐을 다 했는데 그렇지 못한 귀철이를 비롯한 다른 친구들은 어두워서 더 이상 낫질을 할 수 없기 때문이다. 그러다 보면 각자 집에 가서 어른들로부터 꾸지람을 듣고, 그 원망은 철민이에게로 오기 마련이다.

여름철에는 주로 감나무골이란 곳으로 퇴비용 풀을 베러 간다. 날이 더운 관계로 안골에 있는 감나무 밑에서 오후 3시까지 쉬어 가기 때문에 실제 풀을 베는 시간은 한두 시간이다.

철민이는 감나무 밑에서 곤하게 자고 일어나 귀철이, 운식이,

병주, 문구 등을 불러 모아 놓고 말한다.

"저 산 너머를 가면 풀이 아주 무성하여 금방 한 짐 할 수 있으니 갈 사람 손들어 봐, 어서!"

철민의 말에 거의 다 그곳으로 가서 풀을 얼른 해가 지고, 가자 하여 재를 넘고 산을 헤매기 시작한 지 한두 시간. 사실, 친구들을 거짓말로 꼬신 것이다. 친구들은 철민이에게 물었다.

"어디에 풀이 있냐? 빨리 가, 얼른 한 짐 해서 가자! 우리 아부지가 기다릴 텐데."

친구들은 철민이에게 다가와 한마디씩 한다.

"걱정을 태산같이 한다. 철민아, 해가 넘어가는데 어떻게 하려고?"

철민은 친구들을 데리고 아까 잠을 잤던 감나무 밑으로 쏜살같이 내려와서 말한다.

"애들아! 빨리 풀 베. 빨리 집에 가게!"

당황한 친구들은 화를 낸다.

"저 새끼 때문에 오늘 다 망쳤어! 나쁜 놈 에잇!!"

친구들이 이러고 있는 동안, 철민이는 귀신같이 사라지고 없었다. 친구들은 풀을 베는 둥 마는 둥하면서 불평만 하고 있을 때, 철민이는 어느덧 풀 한 짐을 지고 나타난 것이었다.

철민이의 능숙한 풀 베는 솜씨에 지형지물까지 잘 알고 있어 어느 곳에 무슨 풀이 많이 있을 거란 것까지도 알기 때문에 금방(약 10분) 풀 한 짐을 지고 나타난 것이다.

그러자 친구들은 노발대발 소리를 꽥꽥 질러댄다. 개새끼, 소새끼, 별별 욕설을 퍼부어댔다. 친구들 중에서도 욕심 많은 귀철이는 게거품을 물고 철민에게 다가가 욕을 해댄다.

"야 이 새끼야, 너만 한 짐하고 나는 이게 뭐야, 좆같은 새끼!"

그런데도 철민은 킥킥 웃는다.

"으아 하하하!"

철민이 큰 소리로 웃어만 대자 귀철이와 다른 친구들은 집에 가면 쫓겨난다며 원망과 질책을 퍼부었다. 철민이는 하는 수 없이 친구들을 달랜다.

"애들아, 오늘은 조금만 해 가지고 가도 걱정 없어. 왜냐하면 부모들은 자식이 해가 져도 돌아오지 않으면 안절부절, 어찌할 줄 모르거든. 그러니까 밤중에 가면 꾸지람보다 더 반가워해. 그러니 지금 가자, 어서 응!"

철민이 말대로 친구들은 보기도 웃음이 나올 정도의 아주 적은 양의 풀을 베고 집으로 어둠을 뚫고 발걸음을 재촉하고 있었다. 철민이가 집에 오자 당숙, 당숙모는 모깃불을 피워 놓고 비료 푸대(포대)로 만든 부채로 모기를 쫓으며 철민이를 반가워했다. 철민이는 붉은팥 칼국수 한 그릇을 단 1분도 못 돼 다 먹어치운다.

그러자 당숙께서 철민을 힐난한다.

"야, 이놈아! 누가 뺏어 가냐, 왜 이렇게 빨리 먹냐, 체하려고~."

잠시 뒤, 철민이는 모깃불 곁에 멍석에서 꿈나라로 하루 밤의 여행을 떠나 또 하나의 세계를 향하고 있었다.

귀철이의 산기슭에서의 눈물

1960년대 초반 귀철이 나이 열다섯 살, 철민이 나이 열네 살이 되는 해. 추운 겨울이었다. 그해는 유난히도 한파가 혹독하여 사람들은 출입도 하지 않고 있었다.

귀철이는 열다섯 살 때 비로소 초등학교 졸업을 했고, 철민은 주경야독으로 실력을 하나하나 쌓아가고 있었다.

철민이가 한 계단 발전한 것이라면 한글 공부를 떠나 한문 공부를 진작부터 시작한 점이다. 한글을 빨리 익힐 수 있는 것도 당숙모 친정인 진상(고인), 천상, 현상(친구이자 사돈) 집에서 마을 청년들이 공부방을 운영하고 있었기 때문이다.

열네 살 때(앞줄 왼쪽에서 세 번째가 철민)

이때 청년들은 진상, 천상, 해찬, 재곤(고인) 등이 주축이 돼 있었다. 철민이는 당숙모의 간곡한 부탁에 그 공부방을 어렵게 들어갈 수 있었다. 그렇기 때문에 한글을 생각 외로 빨리 이해하기 시작한 것이었다.

하지만 철민이의 가슴속에는 엄마의 손을 잡고 학교 가는 또래들을 보면 부러워했고, 그 부러움에 못 이겨 남모르는 눈시울을 적시는 때가 한두 번이 아니었다.

이러던 철민이가 독학으로 상당한 한문 실력을 갖춘 것도 신기하기만 한 것이었다. 오히려 초등학교를 졸업한 친구들보다 실력이 훨씬 뛰어나 마을 사람들의 칭찬이 자자했다.

그러던 어느 날, 겨울 날씨가 너무도 춥고 바람이 불어 속된 말로 개미 새끼 한 마리도 보이지 않다고 말한 게 그 당시 혹독한 한파에 갱변(마을 앞에 있는 자갈 모래가 있는 개천 일부)에는 모래자갈이 날리고, 한 치의 앞을 분간하기 어려워 어느 누구도 나무하러 간 사람이 없었다. 그러나 철민이는 그럴만한 처지가 못 돼 나무를 하러 가지 않으면 아니 될 처지였다. 철민은 하는 수 없이 친구 귀철이를 찾아갔다.

"귀철아 나무하러 가자 빨리!"

그러자 귀철이가 툴툴거렸다.

"야, 인마! 오늘 같은 날씨에 누가 나무하러 가냐? 미친놈 나무하러 갔다가 얼어 죽게, 이 미친놈아!"

철민은 별별 수단으로 귀철이를 꼬셔 같이 나무를 하러 가자고 졸라대기도 하고, 성질을 내고, 험한 말도 하여 결국 같이 나무하러 갔다.

산은 마을에서 멀지 않은 김씨네 산(용민, 용호의 산)으로 갔다. 산 옆에는 행정골이란 마을로 대나무가 무성하여 멀리서 보면 바람에 휘청거리는 푸른 대나무는 금방이라도 부러질 듯 보였다. 특히 행정골 마을 어귀에 있는 돌탑 2개를 쌓아 귀한 아들을 낳는다는 전설은 어린 철민이의 가슴에 깊이깊이 새겨진 것이 오늘에도 잊지 않고 있다.

산에 도착한 귀철이는 손이 굳어 나무를 못한다고 생떼를 쓰면서 그냥 집에 간다는 것이다. 이런 귀철이를 철민이가 살살 달랬다.

"귀철아, 내가 요 아래에서, 니 것까지 나무할 테니깐, 너는 이곳에 가만이 앉아 있어. 응, 알았지?"

귀철은 철민이가 시키는 데로 산사태가 나 움푹 파인 곳에 쪼그리고 앉아 있었고, 철민은 부지런히 나무를 하고 있었다. 그러던 중 갑자기 울음소리가 들려왔다. 처음은 무심코 지나친 철민이가 하던 나무를 멈추고 들어보니, 귀철이가 있는 곳이었다.

철민은 순간 불안했다.

"불이?"

낮게 소리 지르며, 귀철이가 있는 곳으로 바삐 가 보았다. 그런데 이게 웬일인가? 아까까지도 멀쩡했던 귀철이가 몸을 사시나무 떨듯이 덜덜거리면서 울고 있는 게 아닌가?

그러던 귀철이가 철민이를 보자마자 꽥 소리를 지른다.

"야! 쌍놈 새끼! 나무하러 오지 말자고 했는데, 너 때문에 여기

와서 추워 죽겠어. 엉엉, 개새끼!"

그러자 철민이는 웃으면서 귀철에게 말했다.

"야, 귀철아, 울지 말고 조금 기다려 내가 너 나무까지 해줄게."

그리고는 6·25때 중공군이 썼던 방한모(防寒帽)를 벗어서 귀철에게 씌워 주었다. 그리고는 마구 웃어댔다.

왜냐하면 방한모를 쓰고 울고 있는 귀철이의 모습이 너무도 우스꽝스러웠기 때문이다.

그러자 귀철이는 소리쳤다.

"야, 씨팔 놈아! 왜 웃어, 추워 죽겠는데!"

우습다 못해 처량하기까지 한 귀철이의 모습은 정말 가관이었다. 어느덧 해는 오후 3시경이 되었다. 귀철이 나무까지 한 철민은 허기가 지고 살갗은 얼음장처럼 차가워진 느낌이었으나 절대 내색을 하지 않고 집으로 향하고 있었다.

똥냄새와 자라

어느 여름날, 현상(작고)이 택열, 정열 등과 철민은 겸면이란 곳에 가서 시냇물을 품어 고기를 잡자고 약속을 미리 했기 때문에 다 같이 겸면으로 갔었다. 그 당시는 흐르는 냇물 한쪽을 막아 고기를 잡는 방법이 대부분이었다. 때로는 좀피(좀피나무 껍질)로 때로는 독이 강하여 소도 먹지 않는 역굴대(독초, 풀), 그런가 하면 돗대, 투망, 낚시질, 깡(다이너마이트)으로 잡은 게 대다수였다.

철민과 친구들은 정신없이 개천에 물을 품어댔다. 그러자, 모습을 보인 고기들이 어쩔 줄 모르고 요동을 치기 시작했다. 미꾸라지, 붕어, 피라미, 중태기, 새우, 메기, 장어 등 어종만 하더라도 수없이 많았다.

개울물이 거의 줄어들자 현상이가 깜짝 놀라며 소리친다.

"철민아! 철민아! 이거 봐."

철민이는 현상이가 있는 곳으로 헐레벌떡 뛰어갔다. 그런데 이게 웬일인가? 자라가 엄청나게 커서 마치 큰 바위 덩어리 같았다.

철민이가 다급하게 소리쳤다.

"야! 야! 정열아, 세숫대야 가지고 이리 와! 빨리 인마, 자자, 세숫대야로 자라를 무조건 덮어 빨리 자식아! 그리고, 현상이는 막대기를 가지고 와. 그래, 그 막대기를 자라 배 사이로 넣어. 그, 그, 그렇지! 자아, 세숫대야를 뒤집는다. 와! 정말 크다."

너무나 큰 자라였기 때문에 바케스(양철로 만들어 한 말쯤 들어감)에 담지를 못하고 모래밭에 뒤집어 놓았다.

친구들은 웅성거렸다.

"야, 철민아! 이렇게 큰 자라에 임금 왕 자(王字)가 있으면 못 먹는데……. 이리 와 봐."

철민은 한참 동안 주시하고 나서 말했다.

"야 인마, 이건 먹어도 돼 임금 왕 자 없어."

사실 철민은 임금 왕 자가 있다 하더라도 먹을 수 있다고 억지를 쓰고자 하는 것이 그 당시의 어린 생각이었다.

해는 어느덧 서산에 지기 시작하고 너무 큰 자라였기 때문에 가지고 가기도 힘들었다. 그러자 철민이가 의견을 냈다.

"허리끈을 풀어 자라를 묶어 놓고 야! 현상아, 네가 들고 가. 우리는 바케스(고기 담아 있는 것)하고 괭이, 삽 가져갈께. 자, 가자. 날이 저물어, 빨리 가장께."

우리들은 좀 더 빨리 가기 위해서 대명리 월경리 마을을 지나 큰 부잣집으로 알려진 정동습 씨의 논두렁을 지나야만 했다.

그런데 이상한 일이 생겼다. 자라를 들고 가던 현상이가 코를 벌렁거리며 이쪽 손, 저쪽 손을 갖다 대고 냄새를 맡아보더니 자라를 땅바닥에 퍽! 하고 놓으면서 찡그리는 얼굴로 말했다.

"야, 애들아! 철민아! 자라에서 구린내(똥냄새)가 나, 왜 그러지?"

아이들은 우르르 자라 곁으로 몰리기 시작했다. 그리고는 한마디씩 지껄였다.

"응? 웬 똥 냄새? 아휴 냄새야, 아이고 구려."

그러자 느닷없이 철민이가 웃어댄다. 영문을 모르는 친구들이 말했다.

"철민이 너 또 무슨 짓했지? 말해 봐, 빨리 새끼야!"

철민이는 파안대소했다.

"야 인마! 너희들은 그러면 이 자라 버리고 갈 거야? 설명은 마을에 가서 이야기 해줄게. 늦었으니 얼른 싸게 가장께. 그리고 자라는 내가 들고 갈 테니 느그들은 다른 연장 가지고 와, 빨리."

친구들은 마지못해 철민이를 뒤따라 마을로 발걸음을 재촉한다. 철민이는 가면서도 혼자 웃어댄다. 그러자 정열이가 혼자 말한다.

"저 새끼 미쳤네. 왜 저래 돌은 거 아이가?"

철민은 밀려오는 웃음을 참으려고 하다 보니 웃음이 더 터져 나온다. 마을 어귀(위기 양반 오리 키운 곳)에 도착하다 보니 어느덧 땅거미가 져서 서로의 얼굴도 보이지 않을 정도였다.

철민이는 발걸음을 멈추고 아이들에게 말한다.

"야! 너네들 이리 와 봐. 자라에서 왜 똥 구린내가 왜 나는지 가르쳐줄게~. 어서~ 이리들 오랑께."

친구들이 모여들자 철민이가 입을 연다.

"사실…."

"응~빨리 이야기해, 자식, 뭐 그렇게 망설여."

"사실 똥 냄새는 자라에서 난 게 아니라 이 허리끈에서 난 거야?"

그러자 현상이가 의아해서 묻는다.

"뭐? 허리끈에서? 예잇! 더러워 그러면 왜 나는데?"

철민은 나지막한 목소리로 말했다.

"한 달 전에 똥 싸다가 허리끈에 똥이 묻었거든."

순간 친구 하나가 크게 소리친다.

"야~야! 똥 묻은 허리끈을 차고 다녔단 말이야? 이 미친놈아."

철민이가 큰 소리로 말한다.

"야 이 새끼야! 조선말은 끝가지 들어봐야 하는 것이여~. 똥 묻은 허리띠를 우리 집에 왜, 있지? 한 달 전에 작은 학독(일명 돌 절구통)에 고인 물에 씻었거든. 그리고 햇빛에 말렸지. 그러니까 냄새가 전혀 나지 않았는데, 물 묻은 자라를 묶으니까 나는 거야."

친구들은 철민이의 머리통을 치면서 한마디씩 한다.

"야, 이 바보야! 그러면 잘 씻어야지 이 멍청아! 하여간 너는 똥하고 웬수가 졌냐. 아니면 인연이냐, 허리띠 당장 버려 이놈아!"

철민과 친구들은 목이 터져라 서로를 보면서 마구 웃어댔다. 그리고 철민이가 자라를 묶었던 허리끈을 버리고 버드나무 껍질로 다시 묶어 자라를 깨끗이 씻어 냄새가 나지 않도록 했다. 그리고는 친구들에게 제안한다.

"야, 너희들! 고기는 먹지만 자라는 팔아 돈으로 쓰면 어떨까?"

철민이의 말이 끝나자마자 현상이가 동조한다.

"야, 그러면 얼른 갔다가 팔아. 고기 배는 우리가 딸게."

그 말에 철민은 어디론가 자라를 들고 갔다.

철민이가 한참 뒤에 돌아와 얘기한다.

"아그들아! 자라 판 돈 여기 있어. 우리 이 돈으로 내일 수박, 참외, 복숭아 사 먹자! 그리고 참, 찐빵도 사 먹어야지. 아니다, 아니다. 찐빵은 내일 박용운(별명 찐빵)네 집에서 쪄 먹고 다른 과일이나 사자."

잡아온 물고기를 빨갛게 냄비에 볶기도 하고, 매운탕도 끓여서 목마른 소가 물 먹듯이 한두 사발씩 먹고 나니 아프리카 토종처럼 배가 앞으로 불러 마치 임신한 것처럼 보이기도 했다.

그리고는 모깃불을 피워 놓고, 이야기꽃을 피우다가 각자 집으로 돌아갔다.

계란, 베개, 그리고 철근 도둑

계란 사건

계란은 철없는 아이와 노련미가 돋보이는 어른의 생각이다. 이는 한마디로 표현하면 도자(불도저) 앞에서 삽질한 것과 같고, 공자 앞에서 문자 쓰는 것과 같다.

어느 날 봄철 산에서 나무를 해가지고 집에 와 보니 달걀(계란, 닭알)이 항상 닭집에 있었다. 며칠간을 보아도 전부터 있었던 계란은 여전히 그대로 있었다. 철민이의 어린 마음에 생각했다.

"어른들이 달걀 낳은 줄을 모르고 계속 놔두는 구나."

철민의 좁은 생각이었다.

"아, 저 계란을 언젠간 훔쳐 가야지."

철민은 속마음으로 단단히 결심하고 있었다.

그러던 어느 날, 당숙모께서 저녁밥을 일찍 차려주셨다. 그것도 질퍽한 무밥이라서 양념 간장에 비벼 먹으면 단 5분도 걸리지 않는다. 철민이는 바로 이때다 싶어 다른 때와 다르게 밥을 빨리빨리 먹어 치웠다. 곁에서 같이 식사 중인 당숙이 당부했다.

"야, 철민아 천천히 좀 먹어라. 누가 쫓아 오냐? 그러다가 연치면(소화불량으로 체인 것. 체하다) 어떡하려고 이놈아!"

당숙의 말에도 철민은 어느 때보다 밥을 빨리 먹고 닭장에 있는 계란을 슬쩍 훔쳐 귀철이 집으로 갔다. 그때만 하더라도 귀철이, 병주, 철민, 귀철이의 동생 복철이가 공부방이라 하여 사랑채를 쓰고 있기 때문에 저녁밥을 먹고는 그 공부방으로 가는 게 일과였다.

가는 날이 장날이라고, 귀철이는 장작(땔감)을 정리하고 있었다. 철민이는 귀철이를 도와주고 공부를 해야겠다는 생각에 말했다.

"방으로 빨리 들어와."

철민은 훔쳐 온 계란을 만지작거렸다.

'아, 이 계란을 팔아서 공책을 사야지.' 하고 마음이 들떠 있었다. 그런데 갑자기 밖에서, "철민아, 철민아" 하고 부르는 사람이 있었으니, 바로 당숙이었다.

철민이는 엉겁결에 대답했다.

"예, 예. 당숙, 왜, 왜요?"

그러자 나지막한 목소리로 당숙께서 말했다.

"야, 이놈아 계란 갖다 놔, 어서!"

철민은 기가 찼다. 아무도 모를 줄 알고 훔쳐온 계란을 당숙께서 아시고, 가져다 놓으란 것이기 때문에 가슴이 서 근 반, 두 근 반 울렁울렁했다. 아무도 모를 줄 알았던 계란을 당숙께서 다시 갖다 놓으라니, 어린 마음에 겁도 나고 황당했다. 당숙의 부름에 철민은 대답했다.

"알겠습니다. 다시 갖다 놓을게요."

철민은 가슴 조이며 문제의 계란을 다시 갖다 놓았다.

나중에 안 사실이지만 그 계란은 닭이 처음으로 계란을 낳을 때에는 소위 알자리라 하여 한 달 간 놔둠으로서 닭이 계속 그 자리에 달걀을 낳는다는 것이다. 이러한 뜻도 모르고 철민은 '왜 계란이 저기에 계속 있지?' 하는 생각으로 훔쳤으니 실로 어이없는 짓이 아니겠는가.

그 뒤 철민은 계란 훔치는 일은 절대 없었고, 55여 년이 지난 오늘에 회상하면 그때 그 시절은 돈 주고도 살 수 없는 소중한 추억임을 다시 한 번 생각해본다.

베개 사건

수박이 무르익은 여름이었다.

철민이와 병주, 택열 행열(형제), 선용기, 윤현 등 개구쟁이들은 보리, 쌀을 퍼 겸면에 있는 수박을 사 먹기로 했다. 보리를 가지고 나온 것은 각자 수단에 맡기기로 하고, 어른들 모르게 대막가지를 이용하여 쌓아 놓은 보리 가마에 구멍을 내서 가져오기로 했다. 철민이는 그 전날 밤에 어른들이 집 안에 없는 틈을 내어 한두 됫박을 훔쳐 지푸라기 덕으매(짚으로 만든 설경=시렁)에 감추어 놓았다.

날이 밝자 철민이를 비롯한 아이들은 선용기 담벼락 아래로 모여 들었다. 그런데 택열과 행열(형제 한 명은 고인)이가 도저히 훔쳐낼 틈이 없어 난감했다. 그러자 철민이가 작전을 이야기했다.

"야, 너네들은 택열이네 담벼락에서 대기하고 있어. 그러면 택열이 하고 행열이가 베개 속을 싹 쏟아버리고 보리를 그 안에 넣어서 담 밖으로 던져, 그러면 우리가 받을게."

택열이와 행열이는 마치 호시탐탐하는 호랑이와 같이 어른들이 없는 사이를 이용, 번개같이 베개 속에 보리, 쌀을 담아 꽁꽁 묶어 기다리고 있던 친구들을 향해 담 너머로 던져버렸다. 그때 마치 옆에 사시는 홍창기 할머니께서 지나가시다가 깜짝 놀라셨다.

"웬 베개가 담을 넘어 오르냐?"

그렇게 말하시고는 지나가셨다.

지금의 생각이지만 창기 할머니께서는 우리가 어른들 모르게 보리쌀을 훔친 것을 눈치채셨을 지도 모른다. 이러한 창기 할머니께서 돌아가신지도 몇 십 년이 되었으니 누가 인생을 길다 하겠는가? 참으로 눈 깜짝할 세월이었는데 철민이의 나이가 석양을 바라보는 것 아닌가?

눈 내리는 밤, 철근 도둑

1963년, 철민이 나이 열네 살로 기억된다. 그해 겨울은 유난히도 춥고 눈이 많이 내려 달이 없는 밤이라도 은빛이 반짝여서 그다지 어둡지 않았다.

철민이와 진수, 영재, 판선, 병선, 귀철, 문구 등은 어느 때보다도 의기양양한 모습으로 원등초등학교가 증축하므로 우리가 썰매(스케이트)를 만들 수 있는 쇳가락(철근)이 있으니 가서 훔쳐오기로 했다. 총대장은 철민이고, 다음은 문구다.

그러니 여러 소리 말고 같이 가자, 철민과 친구들은 비상한 결심을 품고 원등초등학교로 향했다. 학교 운동장으로 가지 않고, 띠약골쪽 강영재의 논이 있는 곳으로 진입했다.

마치 군인이 생사를 넘나드는 북파공작원과도 같아 각자 숨을 죽이고 철근이 쌓여 있는 학교까지 당도했다. 이때 하얀 눈이 내리기 시작했고, 싸늘한 날씨는 냉 기침을 한 철민이에게는 견디기 어려웠다. 자신도 모르게 기침이 쿨렁쿨렁 나오자 판식이가 소리쳤다.

"조용히 해, 새끼야!"

판식이가 철민의 입을 틀어막았다. 사방을 둘러본 철민이가 저기 가서 철근을 가져오라는 신호가 떨어지자 철근 한 가닥씩을 가져왔다.

일행은 큰 어려움 없이 철근을 훔쳐서 그 이튿날 새로운 썰매를 만들어 타기 시작했다. 여기서 말한 철근은 골조 공사용이 아니라 창문 미닫이용으로 네모난 쇠인 것이다. 지금은 플라스틱이지만 그 당시는 네모 형에 쇠로 만든 것을 사용한 것이다.

그러므로 긴 것 하나면 썰매를 아주 많이 만들 수 있었고, 그러한 철근이 없는 경우에는 쇠로 된 빨래줄(원래는 실외 전봇대에서 사용했음)을 사용하기도 했다. 그러므로 창문용 철근은 최신이며 모든 아이들이 부러워했었다.

지금은 썰매 타다가 빠지면 겁을 먹어 심장마비로 죽기도 하지만, 그 당시는 얼음이 깨져 물에 빠지는 것은 비일비재하였으며, 옷과 신발을 다 적셔 집에 가면 매를 맞고 쫓겨난다 하여 나무를 해서 다 말린다. 그 과정에서 검정 고무신 또는 장화가 불이 붙어 타버리는 경우도 허다했다.

뿐만 아니라 큰 망치(오함마) 즉, 갯노로 얼음 속에 보이는 돌을 내리쳐 붕어, 피라미를 잡아 양은 냄비에 쪼려 먹는 그 맛은 일품이었다. 날씨가 갑자기 추워 유리 같은 얼음이 얼 때면 친구들과 썰매(스케이트)를 밀고 당기며 뒹굴던 그 추억은 수십 년을 지난 오늘에도 잊혀지지 않고 있다.

불알 가린 봉호

철민이를 비롯한 동네 아이들은 여름만 되면 냇가에서 목욕(멱) 하는 게 일상생활이었다. 여름철에 보통 5~6번 멱을 감게 된다. 그럴 때면 물장구, 물싸움, 물속에서 보물찾기, 물속에서 숨 안 쉬고 오래 견디기, 작살로 고기 잡기, 더듬질하기(맨손으로 고기 잡는 것), 수영하기 등등 그야말로 현대인들에게서는 찾아볼 수 없는 물놀이의 진수를 보인 것이다. 뿐만 아니라 지금 생각해보면 아주 위험한 물놀이도 많았다.

한 예로, 큰 홍수가 날 때면 개나 돼지 등이 떠내려 오면 그것을 건지겠다고 사나운 큰물을 헤치며 건져오기도 하고, 장난삼아 홍수를 헤치며 저쪽 뚝방에 갔다 오기 등 지금 생각하면 소름이 끼칠 정도로 위험한 물놀이를 한 것이다.

어느 여름 해질 무렵, 마을 앞 말총(말 무덤)이 있는 근처에서 철민, 병주, 귀철, 우수, 봉호, 택열, 정열, 병수 등과 멱을 감고 있었다. 여름이어서 매우 후텁지근했고, 우리 일행은 옷을 홀라당 벗고 물속으로 일제히 들어갔다. 장마로 인해서 평상시보다 수심이 깊었고, 물살이 여느 때보다 센 편이라서 개울 한가운데까지는 갈 수가 없었다.

개구쟁이들은 물놀이 재미에 심취돼 있는 사이에 어느덧 땅거미가 내려 어두워지기 시작했다. 때마침 천둥번개를 치며 소낙비가 내리기 시작하여 철민이를 비롯한 개구쟁이들은 소리쳤다.

"야! 빨리 옷 입어~ 집에 가야지!"

옷이라고 해야 삼베, 빤스(팬티) 하나에 난닝구(런닝셔츠) 또는 삼베로 만든 등지기(배와 등짝에 적당량의 베를 대고 양쪽 옆구리 부분을 끈으로 맨 옷) 등이라서 옷을 금방 입을 수 있었다. 너나 할 것 없이 부리나케 소낙비를 피해 마을 빨래터가 있는 봉호, 병주, 귀철, 우수네 집 근처에서 비를 피하고 있었다. 쏟아지는 비는 언제 그랬냐는 식으로 금방 그쳤다.

밤은 어둑어둑한데 봉호 누나, 칠순이가 우리 봉호는 왜 안 보이냐고 당황한 목소리로 철민에게 묻는다. 그때서야 철민이와 친구들은 봉호가 없다는 것을 알게 되었다. 그러자 철민이가 말한다.

"아! 봉호 집에 안 왔어? 우리랑 같이 멱 감았는디, 어디 갔지? 정말 집에 안 왔어?"

그러자 봉호 누나가 당황해했다.

"그래, 인마!"

"큰일 났다. 어디 갔지? 큰일 났네."

동네 아줌마들까지 나와 땅이 꺼져라 하고 걱정을 태산같이 하고 있었다. 그도 그럴 것이 몃 감은 곳을 다시 가 보아도 벗어 놓은 옷도 없지, 봉호도 보이지 않았다.

소낙비가 쏟아져 냇가 물은 불어서 금방이라도 사람을 삼킬 듯이 넘실대므로 겉으로는 내색들을 하지 않고 있었지만, 속마음으로는 큰물에 휩싸여 떠내려갔을 거란 것이 각자 마음이었다. 같이 몃 감았던 친구들은 죄인 심정으로 여기저기를 샅샅이 뒤지기 시작했다.

"봉호야! 봉호야! 빨리 나와, 어디 있니~?"

동네 사람들과 아줌마들은 "아마도 큰물에?" 하고 걱정들을 하고 있었다. 다시 말하면 봉호가 큰물에 빠졌거나 떠내려갔다는 의미였다. 자연히 체념하고 실망한 분위기는 큰 홍수가 마을을 덮칠 듯한 심상치 않은 분위기였다. 그러자 철민이가 봉호가 있을 만한 곳을 일일이 뒤지기 시작했다.

우수 집에 가서 칙간(변소)을, 종두 형님네 집에 가서 부엌, 소마구간 등을 일일이 찾아보았지만 봉호는 보이지 않았다. 모든 것을 체념하고 병주 큰집 옆에서 동네 아줌마들, 봉호 누나, 전명자, 양순자, 채순이, 옥련이, 덕자 등 처녀들까지도 모두 한자리에서 걱정을 하고 있었다.

이때 개구쟁이로 악명 높은 철민이가 무릎을 탁! 치며 이제 알았다는 듯이 말했다.

"아! 그래 우리가 숨바꼭질 할 때 숨은 곳, 거기야!"

철민이는 부리나케 병주네 큰집 멍석을 쌓아 놓은 사랑채 큰 대문을 살금살금 열어보았다. 그러자 철민이가 "아악!~" 하고 소리를 지르자, 또한 사람들이 "으아악!" 하고 동시에 소리쳤다.

바로, 그렇게 찾던 봉호가 불알을 가리며 문 뒤에 숨어 있었던 것이다.

"칠순아! 옥련아! 봉호 여기 있어, 얼른 와 봐~."

봉호는 손으로 불알을 가리며 어찌할 줄을 모른다. 그도 그럴 것이 동네 아줌마들 또한 처녀들이 우르르 쫓아와 보고 있었다.

"봉호야, 너 여기 있구나! 어메, 왜 옷을 벗고 있지, 어마나, 불쌍한 것?"

그날 밤 봉호는 칠순이와 친구들의 앞뒤 호위를 받으며 집으로 갈 수 있었다. 그렇다면 봉호는 왜 병주네 큰집 대문 뒤에 숨어 있었던 것인가?

친구들과 멱을 감고 물 밖으로 나왔는데 갑자기 쏟아지는 소낙비 때문에 물이 차올라 옷이 떠내려가 버렸다는 것이다. 그래서 어두워지는 틈(어두운 밤)을 타서 손으로 불알을 가리고 병주 큰아버지 집 사랑채 대문으로 달려가 숨어 있다가 날이 더 어두워지고 사람 통행이 적어지면 집에 가서 옷을 입으려고 하였는데, 동네 아줌마들, 처녀 누나들이 웅성웅성하여 나오지 못하고 마음 조리며 숨어 있었다는 것이다. 그런데 여시 같은 철민이가 찾아냈다는 것이다. 참으로 우스꽝스러운 일이었다.

하지만 만약 봉호가 막상 홍수에 떠내려갔다면 어찌하겠는가? 설령 옷을 열 번, 백 번 벗고 손으로 불알 가린 망신 아닌 망신을 겪었다 하더라도 이는 소중한 생명과 어찌 바꾼단 말인가. 이렇듯 봉호는 마을 사람들 입에 오르내리는 하나의 이슈가 되었다.

　56년이 지난 오늘에도 소중한 추억으로, 그 생각만 하면 웃음이 절로 난다.

똥깔보라 했다가 죽도록 매 맞는 철민

철민이가 어릴 때의 술집이란 것은 주로 주막이 두 분류로 돼 있었다. 하나는 양은 주전자나 대두병 등에 담아 파는 됫술집이 있었고, 또 하나는 운전사나 마을 유지 산판목상(나무벌목이나 나무 장사치)를 주로 상대한 주막이 있었다.

주막 술집은 됫박 술만 판매하는 것이 아니므로 싸움도 자주하게 되고 본이 아니게 유언비어도 난무하게 마련이다. 그러므로 나이 어린 철민이도 자연스럽게 소문을 듣고 그대로 믿을 수밖에 없었다.

특히 철민은 어른들하고 생활하는 게 많아 더욱 그렇다. 어른들 틈새에서 새끼 꼬고 꼴망태, 짚새기(짚신) 등을 만들기 때문에 다른 친구들에 비해서 이것저것 얻어들은 소문이 많다.

요즘 말로 굳이 표현하자면 개인 정보에 능통하다는 것으로 비유된다. 특히 철민은 원색적인 말이나 행동을 잘하기로 평이 나 있었다.

심한 경우에는 잠자고 있던 처녀의 가장 중요한 곳을 막대기로 건들기도 하고, 어느 때는 임재덕 씨 여동생이 냇가에서 상추를 깨끗이 씻어 놓은 것에 코를 풀어 먹지 못 하게끔 하기도 하고, 몇 년 전에 삼기 면장이었던 백종천 선친 빈소에 찰밥 차려 놓은 것을 그릇째로 도둑질한 것이며, 병환네 집에서 찰밥을 도둑질하다가 병환 씨 할아버지께 들켜 꾸지람을 들은 것이며, 한운식 방에서 최초로 러브 스토리를 행한 일들은 악명 높은 철민이 이외에는 할 수 없는 짓궂은 밀행적인 모습이었다. 철민은 이와 같이 못된 짓 개구쟁이 짓은 모두 다 한 셈이다.

그러던 어느 가을날이었다. 당숙네 논에서 흙을 파다 마당을 다시 만드는 일을 하고 있었다. 소위 찰흙이라 해서 온 동네 사람들이 붉은 찰흙을 당숙네 논에서 파다가 마당을 보수하고 있었는데, 철민이도 작은 지게를 지고 흙을 파 나르고 있을 때였다.

노병일 집, 강원식 씨 집, 그리고 김성수, 정열네 집 근처 오르막을 오르고 있을 때 철민이가 말하는 똥갈보 아들이 보였다. 그리하여 철민은 툭 한마디 던졌다.

"왜 이 똥갈보 아들이 여기 있지?"

순간, 느닷없이 주먹과 발길이 철민이의 가슴과 머리통을 짓밟기 시작했다. 철민은 어찌할 줄 모르고 굼벵이가 몸을 움츠리는 듯한 자세로 이마를 땅에 꼴아 박고 죽은 척하고 있었다. 이 광경을 본 동네 사람들이 소리쳤다.

"아! 철민이 죽이네, 죽여! 저 어린것을 세상에, 왜 그래!"

철민은 동네 사람들이 만류한 틈을 타서 원등 1구 회관 마루 밑으로 숨어 눈만 뽀얗게 뜨고 있었다. 분노에 못이긴 주막 술집 사장(원등초등학교 옆 주막 주인)은 길길이 뛰었다.

"이놈 죽여야지, 누가 가르친 거야? 어른이 아니었으면 저놈이 어찌 나를 보고 똥갈보라고 하고, 우리 아이한테 똥갈보 자식이라고 해. 오늘 사생결단으로 그 이유를 알아내야 해. 시팔 좆가튼 것(성질날 때 쓰는 욕)!"

그러자, 주막집 주인하고 친절한 봉호 형과 봉길 씨가 중재에 나섰다. 철민은 가을 달밤에 비쳐주는 회관 마룻장 밑에서 겁에 질려 오들오들 떨고 있었다. 숨은 곳을 안 사람은 단 한 사람, 바로 당숙이었다.

당숙은 후레쉬를 내 얼굴에 비추며 말했다.

"내가 신호하기 전에는 꼼짝 말고, 이곳에 숨어 있어라, 응~ 알았지."

철민은 당숙께서 시키는 대로 회관 마룻장 밑에 숨죽인 채 꼭 숨어 있었다.

새벽쯤 되었을 때였다. 봉길 씨가 철민이에게 후레쉬를 비추면서, "철민아! 철민아! 이리 나와 봐라!" 하고 철민이에게 낮게 소리쳤다.

그러자, 철민은 퉁퉁 부은 얼굴에 벌집처럼 구멍이 난 몸에서는 피멍이 들어 눈 뜨고는 차마 볼 수 없었다. 겁에 질린 철민은 회관 마루 밑에서 나와 봉길 씨의 손을 잡고 당숙네 집으로 갔다.

거기에는 분노를 참지 못한 주막집 부인 남편이 앉아 있었다. 철민은 큰절을 올리고 용서를 빌었다. 두 무릎을 꿇고 머리를 조아리며 떨리는 소리로 말했다.

"용서해주십시오. 다시는 그런 일이 없도록 노력하겠습니다."

어느덧 철민이의 눈에서는 하염없는 눈물이 흐르기 시작했다. 철민이는 피 범벅이 된 얼굴로 목이 메어 엉엉 울어댔다.

그러자 옆에 있던 할머니(당숙 어머님)께서 조용히 말했다.

"철민아, 앞으로 말을 조심해라. 말은 물동이를 땅에 붓는 것과 같이 한 번 내 뱉으면 다시 주워 담지 못한다. 그러니 말을 아끼고, 조심해라."

이런 일이 있고 나서 철민이는 말을 극도로 아끼고, 조심하고, 또 조심하는 계기가 되었다.

그런 일이 있은 뒤 주막집 주인은 철민이를 불쌍히 여기고 오히려 칭찬했다.

"아이고, 철민이가 사죄를 하는데 두 무릎을 꿇고 용서해 달라는데, 나를 깜짝 놀라게 했어. 하여간 애는 쓸 만해, 참 괜찮은 애야."

나중에 안 사실이지만 철민이가 똥갈보라고 욕할 때, 대명리로 제사를 지내려 누군가를 기다리고 있었다고 한다. 마치 경사 각도가 80도 이상 오르막이고, 왼쪽에는 나무를 쌓아 놓았기 때문에 사람이 잘 보이지 않았다. 따라서 주막집 주인 아들이 길 쪽으로 나와 있길래, 똥갈보 아들이라고 말한 것이다.

그러니 그 말을 들은 주막집 주인인 부모 입장에서 열이 치밀어 노발대발하면서 마치 벌 떼처럼 달려들어 철민이를 개 패듯이 팬 것이다.

제3장
풍랑을 만난 일엽편주

한문서당 입문과 성제(星濟) 선생님의 만남

철민이 나이 열네 살 무렵, 아직 꽃샘바람이 불던 초봄이었다.

철민은 독학으로 한글을 깨우치고 한문도 꽤 이해하는 편이었다. 철민이는 그야말로 피나는 노력으로 초, 중등학교의 실력은 물론 한문학도 스스로 《천자문(千字文)》을 완파할 정도였다.

새벽에는 물론, 밤늦게까지 공부하고, 소꼴을 베면서 나무를 하면서도 책을 외우는 등 실로 피나는 노력을 한 끝에 마을 어른들로부터 칭찬을 듣기 일쑤였다.

이런저런 사정에 의해서 작은할머니(당숙 어머니)께서 얘기했다.

"네 정성이 갸륵하니 서당을 보내주겠다."

그러면서 철민이의 손을 잡고 서당으로 갔다.

서당 선생님은 본명은 김동호 씨이며, 아호는 성제(星濟)라고만 들었다. 철민은 할머니와 같이 성제 선생님께 큰절을 올리고, 앞으로 열심히 공부하겠다, 라고 엎드려 조아렸다.

풍채가 선풍호걸(仙風豪傑) 상(像)인 성제 선생님은 하얀 수염을 다듬으시며 말했다.

"너, 나 모르겠냐, 이놈아~."

철민은 고개를 들어 선생님 얼굴을 쳐다보는 순간, 깜짝 놀라 몸들 바를 몰라 쩔쩔 맸다. 그도 그럴 것이 작년에 소꼴을 논에서 베다가 논 주인에게 들켜 손이 발이 되도록 빈 적이 있었다. 그런데 그 논 주인이 바로 선생님이었기 때문이다.

참으로 인연치고는 괴이한 인연이었다. 그 당시만 하더라도 논두렁 옆에는 물레방앗간이 있는데, 그 물레방앗간 주인도 성제 선생님이었다. 참으로 서정적인 추억이었다.

철민이는 성제 선생님으로부터 열심히 지도를 받아 《추구(推句)》, 《사자소학(四字小學)》, 《명심보감(明心寶鑑)》 등을 이수하였다.

그러나 그 과정은 우여곡절로 점철되었다. 마을 어느 사람은 "이제 그만 배워도 되는데 무슨 공부를 계속하느냐?"고 질타를 하기도 했고, 충고하기도 했다. 공부에 너무 치중한 철민이는 서당 나무마저도 한밤중에 해야만 한 어려운 처지에 배운 것이다.

열심히 공부한 까닭에 마을 사람들은 신동(神童)이라고까지 극찬했지만, 신동은 어림도 없고 노력의 합당한 대가로 본다.

한학 사부 성제(星濟) 선생

55년이 지난 오늘도 생각해본다. 서당을 다닐 때 또 다른 칭찬의 이유 중 하나가 서당에 입학하기 전에 독학으로 한문 실력을 쌓았기 때문이다. 각종 서당 시험에서 항상 일등을 했기 때문이다.

시험 중에서도 《추구》에서부터 《명심보감》(1~2년을 배운 것)까지를 책 한 번 보지 않고 모두 외운 것이나, 270여 개가 넘는 우리나라 성씨를 단숨에 써버린 것 등이 그 당시 실력을 말해준다.

완전히 공부에 미쳐버린 아이 철민이는 눈만 뜨면 공부에 얼마나 몰두했다.화장실에서도, 걸어가면서도, 나무하면서도, 꼴을 베면서도, 잠을 자면서 꿈속에서 잠꼬대 등에서도 참으로 불철주야 노력하고 또 노력했다. 철민은 한문 공부 이외에 영어, 수학, 국어 등을 배우기 시작하여 어느덧 중, 고등학교 실력으로 향상되다 보니 희망과 목표가 설정되었다. 해군을 갈까, 공군을 갈까, 아니면 육군사관학교을 갈까, 하는 등 그야말로 희망이 넘쳐났다.

때는 어느덧 흘러 철민이 나이 17세가 되는 해, 음력 정월이었다. 꿈도 많고, 희망도, 그리고 공부의 집념은 누구보다도 많아 용기백배, 의기양양한 자신감에 쌓여 있었다.

'이대로 계속 공부하면 경찰관도, 산감도 되겠지?'

사실, 그 당시는 불법 나무를 할 때에는 순경과 산감이란 사람이 단속을 하여, 자연 그 사람들이 돋보이기 마련이었다. 그래서 나무꾼을 단속한 경찰과 산감이 부러웠던 것이다. 하지만 이것도 철민이에게는 그림의 떡이고, 한낮 물거품에 지나지 않았다.

철민이가 17세가 되는 해, 정초(음력으로 설)에 당숙과 할머니께서 철민이를 조용히 불러 앉히고서는 이렇게 이야기하셨다.

"야, 철민아! 너는 이제 니가 살아갈 날을 생각해야 한다. 그러기 위해서는 금년부터 네 밥벌이를 해야 한다. 그래야 논, 밭 사서 장가도 갈 것이 아니냐."

그러면서 할머니는 내 손목을 잡고 눈물을 흘리시며 말했다.

"철민아! 너에게는 말은 안 했지만 이미 이야기가 돼 결정이 났다. 그래서 금년부터는 원등 6구에 있는 꾕매기 정센(정삼채 아버지 별명) 집에서 머슴살이를 해야 한다. 네가 있는 집 자식 같으면 7대 독자 종가에 종손으로 얼마나 호강하면서 크겠냐."

그러면서 할머니는 하염없이 눈물을 흘리시고, 철민이 자신은 상기된 모습으로 엉엉 울어댔다.

검정 고무신 신고 머슴살이를 떠나다

철민이 나이 17세가 되던 정초, 어느 때와 같이 눈발이 날리고 골목마다에는 담벼락 곁에 쓸어 놓은 눈이 긴 밭도랑처럼 놓여 있어 마치 백용(白龍)이 누워 있는 모습이었다.

철민이는 당숙을 따라 원등 6구 꿩매기 정센 집으로 가기 위해서 할머니께 정중히 큰절을 올리고 대문을 나섰다. 그러자 할머니께서 눈물을 흘리시며 철민이의 뒷모습을 쳐다보고 있었다.

철민은 검정 고무신에 초라한 옷차림에 꿩매기 정센('씨'를 '센'으로 부름) 집으로 갔다. 철민은 꿈에서도 보지 못한 주인(꿩매기 정센)과 마주 앉아 아침밥을 먹고 나서 이렇게 이야기했다.

"저는 죽으나 사나 공부를 계속해야 하기 때문에 방을 하나 따로 마련해주시면 고맙겠습니다."

철민이 그렇게 간청했다. 그러자, 주인은 한참을 생각하고 나더니 말했다.

"그래, 네가 정이나 공부를 해야 한다고 하니 아래채에 있는 소죽 방을 쓰도록 해라."

철민은 하늘을 나는 듯한 마음에 격하게 반응했다.

"주인님, 고맙습니다, 정말 고맙습니다."

그렇게 고맙다는 말을 연신 반복하며 자리에서 벌떡 일어나 주인을 향해 넙죽 절을 하면서 자신도 모르게 눈물을 주르륵 흘리고 말았다.

그러자 당숙은 철민이의 손을 꽉 잡으면서 얘기했다.

"정말 잘했다. 네 소원대로 공부를 계속할 수 있으니 얼마나 좋으냐. 자, 그러면 나는 이만 간다."

당숙의 이 모습을 바라본 철민은 또 다시 울먹였다.

철민이는 머슴이란 자신의 본분을 망각하지 않고 나무하고, 꼴 베고, 쟁기질하고, 밤에는 멍석이나 가마니를 짜고, 공부는 남들이 자고 있을 때, 땅바닥에 글씨 연습을 하는 것이 공부의 주류였다.

그러던 어느 날, 주인은 철민이에게 거친 어조로 얘기했다.

"철민아, 이제는 아래채 소죽 방보다는 머슴들의 사랑방(새끼 꼬거나 멍석 만드는 곳)으로 가서 자라."

그 소리는 약속했던 공부를 할 수 없음을 의미하는 것이었다. 철민이는 하는 수 없이 머슴들만 쓰고 있는 사랑방으로 가야만 했다.

그 사랑방은 앞에 우물이 있고, 큰 부자로 알려진 원등 6구 서치옥 씨 집이었다. 그 당시 서치옥 씨 집에는 큰 머슴, 작은 머슴 둘을 둘 정도로 부자였다. 집안이 일어나려는 징조에서 그런지, 가죽나무에 토종벌이 날아와 마치 호박이 매달려 있는 것처럼 풍요로운 벌 떼를 쓸어 담은 그 모습은 실로 장관이었다.

철민이가 사랑방에서 알게 된 머슴은 조창식, 김정기와 서치옥 씨의 큰 머슴, 작은 머슴(맹아골이 집임) 등이었다.

사랑방에서도 철민이는 여전히 공부를 계속했다. 다른 머슴과 같이 새끼를 꼬고, 짚신을 만들고, 꼴망태를 만드는 등 머슴으로서 할 일은 다 하면서 다른 머슴들이 잠잘 때 철민이는 호롱불을 가려가며 외로이 다시 공부를 하고 있었다.

그런가 하면 선생님에게 눈물어린 간청으로 서당을 다시 다니기로 했다. 그러다 보니 초저녁에 할 일을 서당에서 먼저 공부를 한 까닭에 머슴들이 잠이 들고 있을 때 멍석 만들고, 새끼 꼬는 일을 하기 때문에 머슴들의 눈총을 받기 일쑤였다.

"야! 철민아 머슴 주제에 뭔 공부를 해. 공부 더해서 정승이 되는 것도 아니고, 출세할 것도 아닌데, 잠도 안 자고 올빼미처럼 공부만 해. 어서 불 꺼, 인마! 너 때문에 못 살겠어, 하루 이틀도 아니고!"

철민이의 주인인 꾕매기 정센은 나이가 많아 우물도 철민이가 전적으로 맡게 돼 하루 종일 일을 마치고 날이 어둑어둑하면 으레 물지게를 지고 물을 항아리에 가득 채워야만 했다.

겨울철에는 유리알처럼 얼어붙은 샘가에서 넘어지기가 일쑤였다. 이럴 때마다 바로 근처에 살고 있던 큰 고모(6촌 고모, 문수, 정수, 애숙, 애란 엄마)께서는 철민이의 그런 모습을 보시고 눈물을 흘리며 말했다.

"야! 이 철민아, 옷 좀 따뜻하게 입어라. 옷이 찢어져 살이 보이지 않냐, 하느님도 무심하기도 하시지. 이렇게 착한 아이를 머슴이나 살게 두다니, 참으로 애통하다. 애통해, 자아! 어서 물 떠 가지고 가라. 춥겠다."

그러면서 동이에 있던 물을 철민이의 물통에 부어주시곤 했다.

세월은 어느덧 철민이 나이 18세, 그야말로 꿈 많은 촌뜨기 총각이었다.

그 당시의 머슴살이는 일 년에 쌀이 몇 가마냐에 따라 큰 머슴, 작은 머슴을 구별하였는데, 큰 머슴(상머슴)은 1년에 쌀이 5~6가마였고, 철민이와 같이 작은 머슴은 1년에 쌀 세 가마가 고작이었다. 그리고 일을 잘하는 작은 머슴에게는 쌀 반 가마(5말) 정도 오르고 게으른, 일을 잘 못하는 머슴은 세경(머슴이 받는 일 년 수고비)이 오르지 않는다.

새해가 다가와서 새로운 머슴살이할 곳을 정해야만 했다. 하지만 철민에게는 이곳저곳에서 서로 데려가려고 혈안이 되었다. 철민이는 역시 공부가 우선이어서 철민이를 이해할 수 있는 주인이 절실히 필요했다. 그러다 보면 자연히 개방적이고, 현실성이 강한 사람이어야만 했다. 그리고 지난번처럼 약속이 흐지부지한 경우를 피해야만 했기에 약속을 받아야만 했다. 왜냐하면 철민이는 어떤 경우에도 공부를 계속해야만 했기 때문이다.

철민이를 이해하는 새 주인, 전필수

일 년 동안을 누구보다 모범적으로 머슴살이를 끝마치고, 새로운 주인인 전필수 댁에서 두 번째 머슴살이를 시작한 것이다. 이 전필수 댁은 소가 없고, 사람됨이 개방적이고 성격이 호탕했다.

그래서 철민이는 공부할 시간이 아주 많아 실력이 하루가 멀다 하고 향상되었다. 그래서 철민은 또 다른 공부를 하기 시작했다.

공무원 시험을 대비하는 공부를 누구보다도 열심히 하고 있어, 마을에서는 칭찬 반, 비판 반이었다.

칭찬하는 사람들은 이랬다.

"머슴을 살면서 공무원 시험 준비를 하다니 참으로 신기하다. 온 천지에 그런 사람은 없을 것이나, 참 별난 놈이 우리 동네에 태어났어."

그런가 하면 비판하는 사람들 이야기는 이랬다.

"흥, 뛰고 나는 놈들도 공무원이 못 되는데, 지 까짓것이 무슨 재주로 공무원이 되나. 참 별 어리석은 놈도 다 있어. 미친놈! 주제를 알아야지."

철민이는 마음속으로 "아, 이 야망에 불타오르는 불꽃을 더 활활 타오르게 할 것인지, 아니면 이대로 야망을 접고 평생 머슴살이나 해야 할지"를 놓고 남모르게 흐느끼며 울분과 좌절을 하고 있었다. 이때 주인인 전필수 씨가 자주 쓰는 어조로 "철민아, 철민아!" 하고 불렀다.

철민이는 곧바로 대답했다.

"예, 예. 부르셨어요?"

"그래, 너에게 할 말이 있어 불렀다. 거기 걸쳐 앉아라."

철민이는 두 손을 하복부에 대고 마루에 걸쳐 앉아 있었다.

"야! 너 요즘 공부 잘하냐?"

그러더니 한참 동안 대답이 없는 철민이에게 말했다.

"너의 마음을 알고 있다. 세상을 사노라면 칭찬하는 이도, 비판하는 이도 있게 마련이다. 그러니 너도 얼마나 요즘 마음이 심란하겠느냐. 그러나 좌절하지 말고 끝까지 노력해라. 그러면 성공한다. 그리고 듣자하니 공무원 시험 준비를 하고 있다는데, 그 자체만 하더라도 세상에 둘도 없는 대단한 일이다. 초, 중고를 졸업하고도 공무원은커녕 실업자로 노는 경우가 얼마든지 있지 않느냐. 헌데 너는 학교라고는 문전도 구경 못한 네가 공무원 시험 준비를 한다는 것은 온 세상이 깜짝 놀랄 일이며, 신문에 날 일이다."

그러더니 전필수 씨는 계속 말을 이었다.

"그건 그렇고, 철민이 너 기술 한번 배워 보는 게 어떠냐?"

"예? 기술이요?"

"그래, 기술, 공무원이 되는 것만이 최선은 아니지 않느냐."

듣고만 있던 철민이가 힘찬 목소리로 되물었다.

"기술요? 무슨 기술입니까?"

철민이가 자신감 있게 목소리가 큰 것도 무리는 아니다. 왜냐하면 머슴살이인 철민이에게 그만큼 배려하는 경우는 흔치 않기 때문이다. 더욱이 큰아들인 병채는 광주에서 유학하고 있어서 머슴인 철민이에게 공부를 하도록 배려하는 것이나 새로운 진로를 제시한다는 것은 상상할 수 없는 당시의 시대상이었기 때문이다.

그래서 철민은 상기된 얼굴로 또 물었다.

"병채 아버님, 어떤 기술을 배워요?"

전필수 씨는 철민이의 얼굴을 한 번 살피고 나서 입을 연다.

"요즘 있지 않냐, 라디오 기술."

"아! 그거요?"

"그래, 그 기술 하나만 있으면 평생 밥 먹고산다. 요즘 전파사들 돈 잘 번다."

"아! 그래요, 그것 맞아요~. 그런데 기술을 어떻게 배우지요?"

"아! 그것은 염려마라. 《라디오 기술 강의록》이 있어 혼자도 공부할 수 있다. 우선 강의록 기본 원리를 알고 전파사에서 한 1~2년 견습공으로 있게 되면 완전 기술자가 된다."

철민이는 병채 아버님의 이와 같은 권유에 온 세상이 내 것처럼 한없이 즐거웠다. 그런 대화가 있고 나서 한 달가량 지나서 정식으로 라디오 기술 강의록으로 공부하기 시작한 것이다.

각종 공무원 시험 응시 때 모습

그러니까 일반 행정 공무원 시험 준비에서 소위 엔지니어링 준비로 전환한 것이다. 어느덧 세월은 황금물결이 반짝이는 가을이 성큼 다가왔다.

철민이는 몇 개월 동안《라디오 기술 강의록》을 손에서 놓지 않고 앉으나 서나 온갖 힘을 다하여 공부를 했다. 보는 이로 하여금 감동을 줄 만큼 틈만 있으면 책을 읽고 쓰고 하여, 비록 짧은 기간이었으나 기초 이론에서 상당히 실력을 쌓아 사람들이 언제 그런 기술을 배웠냐고 칭찬이 자자했다.

그러던 어느 날, 당숙네 집을 인사차 들렸더니 남원에서 운전하고 있는 작은 고숙(6촌 작은 고모 남편)이 와 계신 것이다. 철민이가 책을 손에 들고 다닌 것을 보시던 고숙께서 말했다.

"야! 철민아, 너 요즘 무슨 공부하느냐, 그 책 좀 이리 가지고 와 봐라."

철민이는 고숙에게 정숙하게 두 손으로 책을 건냈다.

고숙은 한참 동안 책을 주시하고 나더니 말했다.

"너, 이 책 다 이해하느냐?"

"예, 거의 이해합니다."

《라디오 기술 강의록》을 다 이해한다고 하니까, 고숙은 무척이나 놀란 모습이었다.

"철민이 네가 이 책을 진짜로 이해한 것이 사실이냐?"

"예, 잘은 몰라도 어느 정도 이해합니다. 공무원 시험 준비하다가 이 기술로 바꾸었거든요."

고숙은 더욱 놀란 모습으로 철민이를 쳐다보며 말했다.

"너 학교라곤 구경도 못했지 않았느냐?"

"예, 그렇습니다."

"아! 너, 대단한 놈이구나."

고숙은 놀란 모습을 한 채, 하늘만 멍하니 쳐다만 보고 입을 다물 줄을 몰랐다. 고숙은 가끔 원등을 오시지만 철민이와는 별로 만난 적이 없었기 때문에 철민이가 주경야독으로 공부하는 것을 자세히 모르고 있는 처지였다.

고숙이 비록 운전을 하고 있지만 철민은 마음속으로 고숙을 무척 부러워했다. 그 이유는 고숙 한 달 월급이 쌀 다섯 가마 정도였기 때문에 촌에서 상머슴 일 년 세경이고, 철민과 같이 신출내기 머슴은 근 2년간 머슴살이에 해당하기 때문이다. 그러니 라디오 기술 정도하고는 게임이 안 될 정도였다. 그 당시는 어쩌면 최고의 엔지니어링이었다. 심지어는 '운전기사들이 무슨 음식으로 밥을 먹는지? 잠은 어떻게 자는 것인지' 신비스럽게까지 느낄 정도였다.

그도 그럴 것이 정식 운전기사가 되려면 15년 정도 조수생활을 하다가 운전 면허증을 취득하고, 자신이 운전할 차를 정식으로 맡아야 비로소 명실상부한 운전기사가 되기 때문이다. 뿐만 아니라 운전 면허증 소지자는 글을 그만큼 잘 안다는 전제가 되기 때문에 거의 대다수 글을 모르는 문맹시대에서는 운전기사가 돋보이기 마련이었다.

고숙은 철민이를 쳐다보면서 얘기했다.

"철민이 너, 운전 한번 배워 볼래? 그러나 처음은 엄청난 고생이다. 그래서 너의 당숙도, 진상이 사돈(당숙모 동생)도 운전사가 되려는 꿈을 중도에 다 그만두었지 않느냐. 그렇다면 너는 자신 있게 버틸 수 있겠느냐?"

"예, 고숙, 시켜만 주세요. 저는 자신합니다. 꼭 운전사가 될 겁니다."

이런 일이 있고 나서 음력 11월경에 고숙한테서 연락이 왔다.

"운전사가 되려면 우선 자동차 정비 공장에서 정비 견습공으로 있다가 자동차 조수가 되고, 그다음에 실력을 연마하여 면허증을 따면 한 3년 정도 있다가 운이 좋아야 정식 운전사로 채용된다. 너, 이 험난한 과정을 겪고 운전사가 될 수 있겠냐?"

철민이는 자신 있게 대답하고 속으로 결심했다.

'꼭 운전사가 돼야지, 그럼 죽어도 돼.'

세월이 흘러 눈이 뽀얗게 내리고 혹독한 겨울이었다. 철민이는 친구 병주네 작은 방에서 만들고 있던 멍석(덕석 방언)을 집어 치우고, 기술을 배울 수 있는 전북 남원으로 떠나기로 결심했다. 막상 결심을 하고 보니 아쉬움이 너무 많았다. 머슴살이를 하면서 마땅히 잠잘 자리가 없어 회관이며, 선신기 집이며, 전광수 방 등을 전전긍긍하다가 병주의 배려로 불이 나 새카맣게 타 버린 사랑채 방을 빌려주면서 우선 여기서 자도록 하라는 등의 추억은 출세하겠다고 결심한 철민이의 마음을 가로막지는 못했다.

하지만 꼭 성공하기 위해서는 정든 고향 땅을 떠나야만 했다.

때는 바야흐로 철민이 나이 19세에 전북 남원행 버스에 몸을 실고, 손바닥으로 눈물을 닦으며 차창 밖을 보면서 흐느꼈다.

남원에서의 자동차 정비 견습공

철민이 나이 어느덧 꽃다운 청춘 열아홉.

남원에서 자동차 정비 견습공으로 입문, 그 당시는 기술을 배우려면 최소 6개월~1년 정도는 자신이 침식을 해결해야 했다. 이러한 사회적 배경이 있어 철민이도 2년 가까이 머슴살이했던 쌀 6가마로 견습공의 숙식을 해결했던 것이다.

그 당시에는 자동차 정비공으로 어느 정도 즉, 웬만한 차 고장은 수리할 정도가 되어야 비로소 인정을 받아 차 조수가 되고, 다음으로 면허증 취득 후 한 3년을 근실하게 일을 해야 정식 운전사가 되는 시대였다. 그리하여 철민이는 운전사가 되기 위한 첫 관문인 차 정비 견습공이 된 것이다. 그것도 2년간 머슴살아 번 돈으로 시작한 것이다.

처음 삼화자동차 정비공장에서 시작한 일이 전기 용접공 보조였다. 오야지란 사람은 손세일 씨로 지금 생각하면 불쌍하고 어리석은 철민이를 무척 아끼고, 가르쳐 주려고 노력했었음을 알 수 있었다.

촌에서 전기 용접 불빛은 단 한 번도 보지 못했고, 어쩌다 산소 용접 파란 불빛을 보고도 신기하다고 느꼈는데, 막상 전기용접 불빛을 보니 참으로 신기하기만 했다. 그래서 하루 종일 시간만 있게 되면 용접의 불빛을 쳐다보고 또 보았다.

그러자 오야지, 손세일 씨가 얘기했다.

"야! 철민아 이 촌놈, 너 눈 아파 큰일 난다. 용접 불빛 보지 마라. 눈이 아프고 잘못하면 실명된다. 그래서 용접할 때는 이멘(전기용 접시, 눈을 보호하는 일종의 면경面鏡을 말함)을 쓰고 하는 것이다. 알아? 이 바보야."

그러나 철민이는 아랑곳하지 않고 불빛을 보고 있었다. 그러자, 저녁때 쯤에 이상하게 눈물이 나고 눈이 따끔거리기 시작했다.

철민이는 지난날, 그러니까 현정리란 곳에서 여덟 살, 아홉 살 때, 나무하고 피곤할 때면 코피가 나고 눈곱이 껴 눈을 못 뜰 때는 눈을 물로 씻으면 괜찮았다. 철민이는 그러한 생각만 하고 있었기 때문에, 오야지 말을 전혀 듣지 않고 첫날밤을 지내야 했다. 말하자면, 고향 떠난 첫날밤인 것이다.

사실 그때 나이는 열아홉 살이었으나 도회지 생활은 전혀 해보지 못하여 형광등을 어떻게 켜고 꺼야 하는지, 전화를 어떻게 받아야 하는지, 전혀 몰랐다.

철민이 자신이 그러한 면을 모른다는 것을 증명하는 이유로 기술을 배우는 입장에서 가장 쫄자(막내)이기 때문에 입사 첫날밤부터 선배들의 온갖 심부름을 다해야 했다. '담배 사 와라', '장갑 사 와라', '내 차 좀 닦아' 등 이루 말할 수 없었다.

밤에는 선배들이 따뜻하게 잘 수 있도록 탄창통(총알 담는 통)에 따뜻한 물을 데워 발밑에 놔주는 일, 형광등 켜고 끄는 일, 전화 받는 등등 머슴살이할 때보다 훨씬 고된 노동이었다. 첫날부터 창피 당한 것은 전화 걸고, 전화 받는 것이었다. 왜냐하면 전화를 어떻게 거는지, 어떻게 받는지를 전혀 몰랐기 때문에 전화 걸 정도는 알 것이다, 라는 선배들의 생각이었다.

"야! 너 몇 번으로 전화 좀 걸어서 나 좀 바꿔, 어서."

그렇게 말하면 당황한 철민이는 어쩔 줄 몰랐다.

"예~예. 전화요? 저는 걸 줄 몰라요."

눈이 휘둥그레진 선배들은 철민이를 재수 없다는 듯이 얘기했다.

"예잇! 병신 같은 놈. 세상에 전화도 못 걸어. 이 미친놈, 똥을 싸라. 똥을 싸, 바보야."

첫날밤을 이렇게 보내고 아침 일찍 일어나려고 눈을 뜨려고 하는데 눈이 떠지지 않는 것은 물론, 눈이 퉁퉁 부어오르고 통증이 심해서 정신까지 혼미했다. 공장 마당에는 하얀 눈이 쌓여 눈이 부셔 쳐다볼 수조차 없었다.

그러자 오야지가 버럭 화를 냈다.

"봐라, 인마. 내가 뭐라고 했어~. 보지 말라고 했잖냐. 이 똥물에 튀길 놈아!"

이런 일이 있고 나서 한 달이 될 무렵 어느 날 밤이었다. 선배들과 겨우 얼굴을 익힐 정도가 된 것이다. 그러던 어느 날 밤, 외부에서 전화가 걸려 왔었다. 그러자 대선배인 용호가 내게 말했다.

"철민아! 전화 받아 봐."

"알았어요."

철민이는 얼른 전화 수화기를 들고 말했다.

"여보세요~여보세요~ 누구세요?"

"아~네, 공장 반장이에요?"

"예, 알겠습니다."

그리고는 다시 수화기 본체를 내려놓고, 전화를 끊어버린 것이다. 사실 그 전화는 저쪽 상대가 같이 자는 공장 반장을 바꾸어 달라는 것이었는데 철민은 전화기를 전화통 위에 받기 전 상태로 놔두어도 되는지 알고 사실상, 전화를 끊어버린 것이다.

그러자 반장인 경엽이가 물었다.

"야! 철민아 무슨 전화냐?"

철민이는 거침없이 대답했다.

"반장님! 반장님 바꾸라는디요."

그러자 반장인 경엽이가 화를 벌컥 내면서 소리를 질렀다.

"이 바보 같은 새끼야! 전화를 바꿔 달라면 수화기를 전화통에 놓지 말고 들고 있거나 방바닥에 놔야 되지! 이 멍청한 놈아 아이고~ 답답해 촌놈."

사실 철민이는 수화기가 무엇인지도 모른 상태였다. 철민이는 어느덧 큰 눈에서 눈물이 줄줄 흐르고 있었다. 그러자 반장인 경엽이가 협박했다.

"너, 계속 울면 회사 그만두게 할 거야, 알았어? 무식한 놈. 아이구, 저런 촌뜨기가 어디 있어, 예잇! 멍청한 놈. 똥만 가득 차 있구만. 얼른 잠이나 퍼 자라. 아이구, 답답해."

철민이는 회사를 그만두게 한다는 말에 복받쳐온 설움과 울분을 가슴에 묻고 고요히 잠든다.

입사한 지 5~6개월이 될 무렵, 철민이에게도 후배가 새로 들어왔다. 그 이름은 번암 산골짜기에서 온 심종수(작고) 촌닭이었다. 철민이는 마음속으로 아주 흡족했다. 그 당시, 선후배 동료는 요즘의 군대에 비유하면 대대장과 신병 차이었다. 그러기 때문에 후배가 들어온다는 것은 큰 영광은 물론, 그만큼 잡일거리가 줄어들게 마련이다.

종수가 들어오므로 철민과 종수는 단짝이 돼, 자동차에 기름을 넣어 주고(그 당시는 일일이 스피야깡으로 넣음), 차 닦고, 정비하는 것이 일상생활이 되었고, 종수와는 차 조수도 같이 일했다.

하지만 종수는 전주 금암동에서 깔려죽어 전주 도립병원에 시신으로 안치되었을 때, 철민이는 하얀 천을 떠들고 하염없는 눈물을 흘렸는데, 어언 50여 년이란 세월이 흘러 이 글을 쓴 철민이는 또 한 번 눈시울을 적신다.

자동차 조수가 된 철민

　지금은 자동차 조수란 직업이 무엇을 하는 거냐고 반문할 정도
로 생소한 직업이지만 1960년대에는 화물차, 버스는 물론 택시마
저도 조수가 있는 경우도 있었다. 특히 버스에는 조수 아래에 차
장(車掌)까지 두어 서열로 따지면 차장, 조수, 운전사 식으로 구성
돼 있었다. 운전사는 물론 차장 조수란 직업은 그 자체가 선망의
대상이었다.

　그러한 내면을 살펴보면 월급보다 외수입이 훨씬 많기 때문이
다. 한 예로 오일장날 같은 때에는 과외 수입이 많았다. 그 이유
는 교통이 지금처럼 편리하지도 않고 소말 달구지(우마차)가 주류
이고, 반면 농산물을 팔아야만 현금을 만져 볼 때라서 사람은 말
할 것도 없고 짐(화물)이 많아 장날에 장터를 경유하게 되면 쌀 한
가마는 운임이 얼마, 사람 한 명당은 운임이 얼마 등등 실로 놀라
울 만큼 짭짤한 수입원이 되었다.

　화물차 중에서도 돌을 운반하는 차 조수는 더욱 인기였다. 그러

한 이유는 돌(장석, 규석, 수출용)은 부피가 적어서 화물이나 사람을 더 많이 실을 수가 있기 때문이다. 철민이는 그동안 관심이 덜 했던 공부를 다시 시작했고, 한편으로는 자동차 운전 면허시험 대비 공부도 쉴 사이 없었다.

조수가 된 뒤부터는 월급도 상당히 많이 받았고, 외수입도 짭짤한 덕에 갖가지 책도 사 볼 수 있었다. 특히 한문 공부는 체계적으로 지난날 서당을 다닐 때 비하면 월등한 실력을 쌓아가고 있었다.

그 당시 같은 조수로서 기억나는 선후배들로서는 정비반장이었던 경엽, 용덕, 용호, 노래 잘하기로 유명한 화태, 학수, 삼화운수 사장 동생 갑이, 밀양에 산다는 덕용이, 장수에 산다는 김용철(가명), 철민이의 바로 후배 심종수 등등으로 이들은 입사 1~2년차로서 마치 고향 친구 사이처럼 한 무리를 이루었다.

그러므로 고향 친구들하고는 자연히 멀어지고 객지에서 만난 친구(조수들)하고 잘 어울리다 보니 자연히 외로움도 면하고, 사춘기란 황금 같은 시기에 짓궂은 장난도 무수히 친 게 사실이다. 하지만 조수란 직업은 막노동에서도 상노동임은 틀림없었다.

때로는 타이어가 빵구(펑크)가 나면 수십 리 길을 타이어를 굴려서 빵구를 떼워 와야 했고, 아무리 추운 겨울이라도 차고가 고장 나면 물속에서도 차를 고쳐야만 했었다.

만약 산속에서 차가 고장 나면 그 부속을 지게로 져다가 수리하기도 한다. 그런가 하면 조수는 항상 찬밥 신세다. 그 당시는 운전사가 손님하고 식사나 술을 먹으러 갈 때에는 조수는 차나 정비하고 기다리는 게 일상적 행위였다.

　뿐만 아니라, 아무리 추운 날씨에도 운전석 곁에 조수석은 화주나 운전사가 맘에 든 여자를 태우기 때문에 조수는 뒤 적재함(짐칸)에 타기 일쑤이다. 이럴 때면 울화통이 터져 화주가 밉기도 하고, 동고동락을 한 운전사가 얄밉기도 하고, 더욱이 운전사와 아는 여자가 조수석을 빼야 하고, 운전사와 희죽거릴 때 철민이는 뒤 적재함에서 추워서 덜덜 떨며 굳어버린 손을 입에 대고 녹일 때에는 운전사가 야속하고, 속이 빤히 보여 죽이도록 미울 때가 있었다. 더욱이 운전사와 조수가 화기애애 대화를 나누며 달리고 있을 때, 젊고 예쁜 여성이 손을 들면 그렇게 바쁘게 달리던 운전사는 차를 세우고 그 여성을 태운다. 이럴 때면 조수인 철민이는 뒤 적재함으로 타야 한다. 그러니 자연히 운전사가 얄미운 생각이 들 수밖에 없는 게 사실이다.

요천과 지리산 달궁의 애환

남원에서 요천리는 4.5km(10여 리) 정도의 거리이다. 조수 생활에도 재미를 붙여 항상 웃는 모습이었지만 철민의 나이 20대, 그야말로 무서운 것 하나 없고, 온 세상이 돈짝 만하게 보일 때였다. 그야말로 20대는 정열과 용기가 충천한 시절이었다.

더욱이 짓궂기 이를 데 없는 철민은 그 끼가 다시 발동한 것이다. 여름철이면 요천 냇가는 멱 감기가 아주 좋은 것이다. 그래서 여름밤이면 젊은 처녀들이 목욕을 하게 되고, 차 조수들은 자동차 정기검사를 할 때면 그곳에서 세차를 한다. 그러니 조수들은 그곳을 더욱 익숙히 알 수밖에 없었다.

그래서 여름밤이면 처녀들이 요천에서 목욕한다는 사실을 더더욱 잘 알고 있는 터라, 철민을 비롯한 10여 명의 조수들은 밤 8~9시쯤 요천에서 목욕하고 있는 처녀들을 근처에서 보고 있다가 옷을 벗고 물속으로 진군한다. 물이 그다지 깊지 않기 때문에 고양이가 쥐를 응시하고 살금살금 처녀들이 목욕하고 있는 곳으로 접근하여 은연중 목욕을 뒤섞어 하게 된다.

달이 뜨지 않은 그믐에는 조수들의 절호의 기회이다. 왜냐하면 껌껌해서 서로 얼굴을 알아볼 수 없기 때문에 더더욱 좋은 기회인 셈이다. 밤이 깊어 갈수록 처녀, 기혼 여성 등이 많이 모여 목욕을 하게 된다. 이러한 기회를 봐 조수들이 잠수 목욕을 같이 한다.

그 당시의 사회 젊은이들은 장발이 많을 때라 어두운 밤에 목욕을 하게 되면 여성 단발 머리카락인지, 남성 조수들의 머리카락인지 구분하기가 어렵다. 그러므로 조수들은 물속으로 잠수하여 처녀들의 몸과 스치기도 하고, 중요한 부분을 일부러 스치는가 하면 때로는 만지기까지 한 경우도 있다. 그런데 이상한 것은 남성인 줄 알면서도 모른 척하고 묵인한 처녀들도 있다는 것이다.

물론, 전부가 그런 것은 아니다. 간혹 기겁을 하고, "엄마야!" 하면서 혼비백산하여 물가로 나가버린다. 이런 경우에는 사전모의 때와 같이 잠수하여 부리나케 아래쪽으로 줄행랑을 친다. 그렇게 되면 처녀들은 별별 소리를 다한다.

"야! 순애(가명)야, 지금 뭐가 있어."

"아니야, 있기는 뭐가 있어."

그 처녀들 중에는 조수들이 자신을 건들인 것을 알고 있으면서도 모른 척하고 있는 경우도 있었다.

때로는 조수들이 작심을 하고 오늘밤에는 무조건 쳐들어간다고 사전에 약속하고, 일제히 동시에 옷을 벗고 잠수하여 목욕하는 처녀들을 급습한다. 여기서 급습한다는 것은 막무가내 식으로 잠수로 급습하여 처녀들을 껴안고 몸을 접촉한다는 의미인 것이다. 그러니 중요한 부분도 만져보고, 특유한 처녀의 향취를 맛 본 것이다. 그러나 흥미 위주이지 결코 자제를 못할 정도의 흥분 상태가 아니기 때문에 큰 불상사는 없었다.

또, 그 시간은 불과 몇 분이었으니 당시의 사회 관점은 분명치 않으면 이해되는 일이었다. 물론 지금 같으면 정식 수사를 요청하기도 하고, 처녀들이 함정을 파놓고 법정에 서도록 할 것이다.

50년이 지난 오늘에 생각해보면 진정으로 아름다운 추억이었다. 아울러 그 당시 불특정 처녀들에게 진심으로 머리 숙여 용서를 빕니다.

철민과 지리산 달궁의 인연

철민이 지리산과 인연을 맺은 것은 자동차 정비 견습공일 때부터이다.

혹, 조수가 결근을 할 때면 예비 조수로 지리산 달궁을 가게 될 때가 가끔씩 있었다. 남원에서 출발하여 운봉 인월 산내 반석을 걸쳐 달궁에 도착하는데 인월쯤에 가서 먹는 반숙된 계란프라이는 그 당시 철민이로서는 최고의 간식이었다.

간식을 먹고 맑은 물로 유명한 산내천 걸쳐 숲이 우거져 호랑이가 자주 출몰한다는 반석(마을 이름)을 걸쳐 비로소 달궁에 도착하여 개천 변에 있는 방앗간 집에서 점심식사를 하는데 정말 꿀맛이었다. 물론 나이가 쇠붙이와 돌도 삼킨다는 20대란 특징도 있지만, 남원에서 산내까지 비포장도로인데다가 산내를 지나면서부터는 차가 요동치기 시작한다. 울퉁불퉁하여 자연히 소화에는 그만이다.

아무리 중심이 강한 사람이라도 중심을 심히 잘 잡지 않으면 차

밖으로 튕겨 나가버린다. 그토록 험난한 길이므로 심장병 환자는 위험하지만, 위장 소화에는 그만한 운동도 없었다. 지금은 관광지가 되어 도로가 말끔히 포장으로 정비되었지만, 그 당시에는 아주 험난하여 웬만한 운전기사 기술이 부족한 사람은 차를 놔두고 도망쳐 버린 경우도 있었다.

특히 뱀사골에서 나무를 실고 후진으로 내려오는 것이나, 청학동 급경사는 순간적으로 급경 브레이크와 액셀러레이터(가속장치)를 동시에 밟으며 왼발로는 클러치를 밟아 번개처럼 기어를 조작하지 않으면 차가 거꾸로 내려가 큰 사고로 이어진다. 이때, 경험이 없는 운전사는 수십 미터 아래로 차가 밀리면서 거의 100% 전복사고가 나기 마련이다.

철민이가 조수로 다니던 달궁 장석광산만 하더라도 서툰 운전사가 차를 절벽 낭떠러지로 추락하여 사망 사고가 난 곳이다. 그래서 여름 날씨에 비가 올 때면 열 바퀴에 쨍을 쳐야 올라갈 수 있었다. 이토록 험난한 길이므로 최고의 운전사만이 다녀야 했다.

그래서 철민이와 같이 다닌 정하륜이란 운전사는 그 당시 나이가 60으로 최고의 베테랑이었다. 관광지로 개발된 뒤 소위 달궁산, 그러니까 철민이가 조수로 다니던 그곳을 사람들이 보고 저곳에 어떻게 차가 다닐 수 있었는지, 하고 감탄을 자아내기도 했다.

어느 가을 날, 자동차 제너레이터(발전기)가 고장 나, 차와 운전사는 달궁밤 집에 있어서 철민이는 제너레이터를 메고 남원 공장으로 다시 왔다.

남원 공장에서 수리를 마치고 버스를 타, 인월에 오다 보니까 어느덧 해는 저물고 산내로 가는 막차마저 이미 가버렸다. 철민이는 하는 수 없이 제너레이터를 짊어지고 바쁘게 달궁을 향해 가기 시작했다.

그때는 이미 앞을 분간 못할 정도로 날은 어두워져 버렸다. 철민이 자신만 생각하면 산내쯤에서 자고 내일 갈까도 생각해 보았지만, 내일 가게 되면 자칫 내일도 차를 운행할 수 없다는 생각에 고민을 하다가 밤중에라도 죽을 각오로 걸어가기로 결심했다. 물론, 우직한 철민으로서는 무엇보다 책임성이 아주 강하여 죽는 한이 있어도 가기로 결심한 것이다. 산내에서 달궁까지는 약 4시간 이상 걸려 비장한 각오가 아니면 도저히 갈 수가 없었다. 더욱이 반석에서는 호랑이가 가끔 나타난다는 이야기를 들은 적도 있었다. 그러나 철민이는 '가야만 해, 그래야 책임을 다하지?' 하고 길을 걸었다.

철민은 앞이 잘 보이지 않는 숲속 길을 배고픔도 참고 걷고 또 걸어 기진맥진한 상태로 달궁에 도착하여 밥집 마당에 픽 쓰러지자, 운전사는 물론 밥집 주인이 깜짝 놀라면서 소리쳤다.

"이 바보야, 어디서 자고 내일 오지. 멍청하게 밤새도록 걸어와, 멍청한 놈. 아! 호랑이가 다닌다는 것도 모르나, 어서 밥 먹어."

이때 시간이 새벽 2~3시였다. 철민은 흐르는 석간수에 세수하고 기운을 다소 차린 뒤 밥 한 숟갈을 입에 넣는 순간, 눈물이 와르륵 쏟아져 밥을 더 이상 먹을 수가 없었다.

이러한 일이 있고 나서 운전사인 정하륜 씨 부인이 병석에서 돌아가셨는데, 소식을 운전 중 듣고는 몸을 사시나무 떨듯 떨며 철민이에게 얘기했다.

"야, 야, 철민아 내가 도저히 운전을 할 수가 없으니 네가 회사 가서 전하고 다른 운전사가 차를 가지고 가도록 해라."

그리고는 차를 도로변으로 정차시키고 발걸음을 재촉했다. 그 모습을 마지막으로 정하륜 씨와는 인연이 끊긴 것이다.

제4장

흥망과 생사

전주에서의 파란만장한 역경의 늪

남원골에서 정이 들만 하니까 공교롭게도 회사(삼화운수)가 전주 진북동으로 이사를 한 것이다. 철민이 인생에서 가장 화려했고 즐거웠던 때는 역시, 전주 진북동에서였다.

남원에서 이사를 오자마자 회사 바로 앞에 처녀 둘 순애(가명), 애영(가명) 등이 있어 젊은 차장조수 정비공들의 심심풀이 요기가 되었다. 순애, 애영이 친구들과 같이 놀기도 하고, 바로 앞에 제사공장(누에로 실 뽑는 곳) 아가씨들과 희희낙락하며 대장촌 호떡집에 아지트를 두고, 저녁밥만 먹으면 모여들었다.

회사에서 고봉밥(밥그릇 위로 밥이 산처럼 높이 쌓인 밥)을 먹고 나서도 대장촌 호떡집에 가서 라면 2개에 계란 3개를 넣어 끓여 먹고 다시 호떡 다섯, 여섯 개 정도를 먹고도 물 한 그릇을 먹고 나서야 배가 부르다는 것을 알 정도였다.

철민이가 고향에서 옥련(샘이 있는 윗집 박씨 딸)을 짝사랑하고, 원등 6구 회관 곁에 박씨 딸을 사랑하는 때와 다르게 전주에 와서는 제사공장 아가씨, 강희, 길명자(가명)와 은연중 정이 들어 연애를 하기 시작한 것이다.

어느 봄날, 강희와 명자를 덕진역에 데려다주는 바람에 통행금지에 걸려 금암동 파출소에 잡혀 갖은 애를 다 써 풀려나기도 했다. 그때가 초봄이라서 꽃샘바람이 불어 오버를 입을 때였다. 그날도 덕진역까지 데려다 주어 고맙다고 하면서 강희가 오버를 철민이에게 벗어주었다. 이러한 까닭은 금암동 파출소 순경 아저씨들은 철민이를 마치 간첩인 것처럼 절도범처럼 취급, 조사했다. 철민이가 입고 왔던 여자용 오버 코트를 기숙사에 걸어 놓은 이유로 생난리가 났다. 연애를 하는 둥, 하룻밤을 지냈다는 둥 실로 별별 말이 많았다.

그런가 하면 민속제품을 만드는 공장 아가씨들, 가방 공장 아가씨들과도 주거니 받거니 요상한 말과 행동을 다했다. 한편, 대장촌 호떡집 근처에 산을 넘어 마을에서까지 청년들하고 싸움을 하기도 하고, 말없이 길 가던 젊은이에게 시비 걸어 싸움질을 하는 등, 참으로 겁 없는 인생길을 가고 있었다.

철민이는 운전 면허증만 없다 뿐이지 운전을 곧잘하여 운전사 박재곤(인후동) 씨로부터 운전대를 물려받아(운전사로부터 차를 몰아 보라고 맡김) 운전을 하기도 했다. 이러한 실력이 있어서 그랬는지, 운전사 박재곤 씨는 철민이에게 말하고 했다.

"철민아, 운전 면허를 따야지, 철민이 너 몇 살이냐?"

철민이는 조용한 어조로 대답했다.

"예! 저는 49년생입니다."

"아! 그래 그러면 만 20세부터 면허 응시 자격이 있어. 아직은 이르다. 이론 공부를 부지런히 하라."

"예, 알겠습니다."

철민이는 평상시에 일반 행직과 면허 응시시험 대비 공부를 하고 있었다. 말하자면 면허시험 대비용 책 한 권을 외울 정도였다. 하지만 나이가 어려 응시할 수는 없는 처지였다.

그러던 어느 날, 새벽에 진안군 장성면 광산을 갈 경우 운전사 박재곤 씨의 집 앞으로 지나가기 때문에 철민이에게 차를 가끔 끌고 오라고 했다.

그날은 일찍 일어나 차 정비를 하고 휘파람을 불면서 비포장도로를 달리기 시작했다. 전주 역전(구 역전)을 걸쳐 철길을 넘어 전주고등학교 담벼락을 달리고 있을 때, 와장창 소리와 함께 전신주를 받고 차는 어느 가정집 담벼락에 앞머리(보닛bonnet)가 박혀 버렸다. 겁에 질린 철민이는 부리나케 운전사 박재곤 씨 집으로 달려갔다. 때마침 화장실에서 나온 박재곤 씨가 물었다.

"너, 차 가지고 왔어?"

철민이는 한참 있다가 고백했다.

"기사님, 큰일 났어요! 차 사고가 났어요."

상기된 박 기사님이 고함을 쳤다.

"뭔 사고가 나, 그러면 차는 어디에 있느냐?"

"전고 담벼락쯤에 있어요."

상기된 기사님과 철민이는 지나가는 차를 잡아타고 사고 현장으로 가 보았다.

사고 현장은 참혹한 아수라장이었다.

그 이유 중 하나가 하필이면 들이받은 전신주에 무거운 변압기가 장착돼 있었고, 개인주택 지붕으로 넘어진 것이다. 그것도 가발공장으로.

그러니 난리가 날 수밖에. 지금 같으면 금방 경찰차가 오지만, 그때만 하더라도 백차(흰색 군용 개조차)가 경찰서에 한두 대 뿐이었다. 이러한 까닭에 새벽이나 이른 아침은 경찰관이 별로 없었던 시절이었다. 박 기사님과 철민이는 일단 차를 호남정기화물 차고에 입고시키고, 직원들 출근만 기다리고 있었다.

본래 호남정기화물, 삼화운수는 같은 김 사장 것이므로 정비도 한 장소에서 하게 된 것이다.

철민은 겁먹은 모습으로 순경이 무서워 정비공장 양철 지붕으로 올라가서 엎드려 있으면서 동태를 살피고 있었다.

시간이 얼마 흘러 직원들이 출근하고, 여기저기서 웅성거린다.

"야, 철민이가 사고를 냈대. 큰일이네, 큰일이야."

그러던 중, 사이카를 타고 온 교통순경이 공장을 두루두루 살피더니 사무실로 들어간다. 철민이는 지붕 위에서 몸을 최대한 낮추어 상황을 레이더처럼 환히 보고 있었다. 철민이는 순경이 회사로부터 멀리 간 것을 확인하고서야 지붕에서 내려와 사무실로 들어갔다.

한쪽에서는 저놈을 쫓아버리자는 둥, 아니면 가만두면 콩밥(형무소)을 먹게 된다는 둥, 설왕설래가 무성했다.

아무튼 결론은 형무소를 가지 않고, 경찰서 몇 번 출두에 해결되었다. 물론, 사고 담당 상무인 김상(김씨)이 경찰서 갈 때마다 철민이를 데리고 갔다. 지금 생각하면 경찰관 앞에서 얼마나 간절한 사정을 했는지, 그 추억을 회상하면서 느낄 수 있다.

철민이는 사고로 인해 삼화운수를 그만두고 한일운수로 자리를 옮겼다. 사실, 객지에서 목줄(밥벌이)이 달아난 것은 무척 힘겨운 일이다. 회사를 당장 그만두면 침식할 자리마저 없는 게 사실이기 때문이다. 그래서 회사를 그만두면 무척 외로워지고, 무엇인가에 쫓기는 불안정한 상태이다.

한일운수로 옮긴 철민이는 그 회사에서 인정을 받아 운전사들로부터 칭찬이 자자했다. 그 회사 차량번호는 전북 영555호였다. 운전기사님은 홍준표 씨로 죽음다리[죽음교(竹陰橋)] 근처가 집이므로 전주에서 약 4km 거리이다. 그래서 무슨 일만 있으면 철민이가 차를 끌고 가곤 했다.

한일운수로 자리를 옮긴 철민이는 어느 때보다도 공부를 열심히 했다. 그래서 그동안 편중되었던 공부를 역사, 일반상식, 고전문학, 법률, 영어, 기술 등으로 세분하여 고등학생, 대학생 못지않은 공부를 하고 있었다. 간혹, 왜 그런 공부를 하느냐며 칭찬과 비판을 받은 것이 비일비재하였다.

종수의 죽음과 면허시험

심종수는 철민이와 입사 몇 개월 차이여서 항상 붙어 다녔다. 철민이가 한일운수로 자리를 옮긴지 얼마 되지 않아 철민이의 소개로 한일운수 조수가 된 것이다.

철민이가 한일운수로 온 지도 몇 개월 될 무렵, 하얀 눈이 내리는 겨울이 되었다. 겨울이라서 덤프차가 별 일감이 없어 한가한 편이라 놀지 않고 현상유지나 하기 위해서 운임을 다운시켜 운반하는 게 보통이었다. 그러한 까닭에 개인 차가 몇 대 되는 경우에는 차 한 대만 움직여 운전사 조수가 놀게 되므로 서로 교대로 일하는 것이 그 당시 시류였다. 이런저런 이유로 철민이는 학생 못지않게 공부에 여념이 없었다. 그래서 일을 나가려면 기사의 양해를 얻어 친구 심종수를 대신 시켜 그 남은 시간에 공부를 하게 된 것이다.

날씨는 참으로 매서워 살갗을 도려낼 듯 어설펐다. 점심을 먹을 때, 철민이가 종수에게 말했다.

"야, 종수야, 네가 오후에는 홍 기사님과 수고해라."

종수는 말이 별로 없어 무뚝뚝한 어투로 대답했다.

"그러면 그렇게 해. 오후에는 내가 따라다닐 테니, 너는 공부나 열심히 해서 성공해야지."

이 말이 마지막이 될 줄은 꿈에도 상상하지 못했다. 지금처럼 철민이가 하찮은 도력(道力)이라도 있었다면 감(感)을 잡았을지도 모른다.

종수는 밥을 먹고 철민이를 대신하여 홍 기사와 같이 자갈을 실고 추천교 상류로 차를 몰았다. 시간은 오후 3~4시쯤이 되었을 때, 한집차(김전무) 운전사인 배봉기(인후동)가 헐레벌떡 다가와 얘기했다.

"철민아! 큰일 났어."

철민이는 태연한 자세로 물었다.

"뭐가 큰일 나, 큰일은?"

"야야, 철민아! 종수가 죽었어."

"에이~ 농담 말어. 형은 무슨 농담을 그렇게 해."

"야! 진짜야. 요 근처 이발소 신축 예정지에서!"

순간 철민이는 가슴이 철렁했다. 왜냐하면 오전에도 그곳에 자갈을 운반했는데, 차가 뒤로 올라가면 자갈이 아래로 내려오면서 옆에서나 뒤에서 신호를 하면 밟고 있는 아랑방이 딸려가 자칫 차 바퀴에 상처를 입을 수 있다는 것을 체험했기 때문이다.

철민이는 봉기와 같이 종수가 안치돼 있는 전주도립병원으로 달려갔다. 설마, 설마했는데 종수는 하얀 천에 덮여 있었다. 철민이는 떨리는 손으로 천을 거두면서 종수 얼굴을 보았다. 철민이는 자신도 모르게 눈물을 흘리며 흐느끼는 목소리로 흐느꼈다.

"종수 이 자식아, 너 나 때문에 죽은 거야. 죽기는 왜 죽어. 병신 같은 자식."

정말 생사의 갈림길이 2~3시간 사이었다. 철민이는 충격과 자괴감(自愧感)에 빠져 매사에 의욕이 없었다.

세월은 흘러 어느덧, 음력설을 맞이하였다. 설처럼 큰 명절이 돌아올 때면 철민이는 기쁨보다 외롭고 쓸쓸한 생각이 들어 더더욱 괴로웠다. 그럴만한 이유는 명절이 되면 모든 사람들이 고향으로 가서 일가친척들을 만난다고 야단법석(野壇法席, 불교에서 유래된 말)을 떨지만 철민이는 오고갈 데가 없는 혈혈단심(孑孑單身) 타행객지(他鄕客地) 생활이기 때문이다.

그래서 명절이 돌아오게 되면 슬픔은 더욱 치밀어온다. 모두 고향으로 가버린 선후배, 동료들의 텅 빈 방은 냉기마저 감돌고 있었다. 이럴 때에는 영화를 보거나 무작정 길거리를 배회하기도 한다.

이러한 사고무친한 외로움의 삶은 철민이 자신만이 그 절규를 뼈저리게 느낄 뿐, 뭇사람들은 철민이의 마음속 깊이 흐르는 외로움은 아무도 이해하지 못하는 게 냉정한 현실이었다.

종수가 죽은 뒤 매사에 의욕을 잃고 실의에 빠져 하루하루 괴로운 나날을 보내다가 회사를 그만두었다. 그러자 철민이가 조수로 따라다니던 차는 김종우(가명)을 새로운 조수로 구했다. 그런데 이상하리라 만큼 철민이는 또 한 번의 죽음을 빗겨간다.

조수를 그만두고 하숙을 하면서 운전 면허시험 공부와 일반행정직 시험에 대비해 여러 가지 공부를 하고 있었다. 그러던 어느 날, 철민이 대신 조수 일을 하고 있던 김종우가 전북 부안에서 토목공사를 하던 중 차를 정비하다가 덤프가 내려와 깔려 죽었다는 것이다. 만약 철민이가 그 차 조수를 그만두지 않았다면 죽었을지도 모른다는 생각에 등골이 오싹했다. 그러니까 철민이가 현정리에서 나무하러 갔다가 절벽에서 떨어져 죽을 뻔한 것이나, 종수가 철민이 대신 잠깐 조수로 갔다 죽은 것이나, 이번에는 회사를 그만두지 않았다면 부안 가서 불귀의 객이 될 수 있었을지도 모른 경우를 생각하면 철민이는 20대 초반에 무려 세 번의 죽음을 빗겨선 것이다.

철민이는 그렇게도 바라고 바랐던 운전사의 꿈을 이룰 것인지? 아니면 그만두고 다른 길을 선택할지를 놓고 분간할 수 없는 갈등을 하고 있었다.

얼마간 마음을 잡지 못하고 방황과 번민을 한 끝에 일단 면허시험에 합격하는 일에 최선을 다하기로 했다. 때마침 내년이면 면허시험에 응시할 수 있는 나이가 돼 기회도 적절한 것이다. 그 당시에는 만 20세가 돼야 면허시험에 응시할 수 있었고, 1년에 단 한 번의 시험을 실시했다.

생애 최초로 국가고시(면허시험)를

요즘같이 고학력 시대에서 생각해보면 무슨 면허시험이 큰 벼슬이나 한 것처럼 과대하게 생각하느냐고 비웃을 수도 있다.

그러나 1960년대 말경만 하더라도 한글도 이해하지 못한 문맹인(文盲人)이 대다수였으며, 그중에서도 기름쟁이(운전사 조수, 정비공) 중에서 한글도 모르는 사람이 꽤 많았다. 그래서 돈으로 면허증을 사기도 했다. 어찌나 부정이 판을 치던지 면허시험을 담당했던 경찰관이도 경찰국에서 자살한 경우까지 발생했었다.

철민이의 경우에는 남다른 감회가 있을 수밖에 없었다. 그도 그럴 것이 학교라곤 문전도 구경 못하고, 생사를 넘나드는 역경을 극복하면서 순전히 독학으로만 실력을 쌓아 왔기 때문이다. 더욱이 그 당시 운전 면허시험은 학과시험(이론)에서 법규 60문항, 구조 60문항, 총 120문항으로 두 시간을 보게 되고, 학과시험에 합격하면 두 번에 한하여 기능 시험을 볼 수 있었고 S코스도 후진이 있었다.

차는 아주 고물인 군용 쓰리쿼터로 보였다. 운전하기도 매우 어려웠다. 그리고 비포장도로에서 장거리 시험에 합격해도 맨 마지막으로 기능적성 검사를 보는데, 그 단계에서도 10% 정도를 불합격시킨다.

막상 합격을 해도 면허증을 받으려면 1~2개월을 기다려야 하고, 소양교육을 받는 사람에 한한다. 시험 시기도 일 년에 한두 번이 고작이었다.

그 당시 또 하나의 세태는 차 정비도 잘하고, 운전도 아주 잘하지만 한글을 몰라 매번 낙방하여 결국, 운전사 되는 길을 포기하고 평생 조수만 있는 경우도 있고, 아예 고향으로 가 농사꾼이 되기도 했다. 분명한 것은 촌에 살 때, 상머슴 일 년 세경(봉급)이 쌀 5~6가마인데 비해 정식운수 한 달 월급은 그보다도 더 많은 경우가 있어 참으로 선망의 직업이었던 것이다.

아무튼 철민이는 생애 최초 국가고시란 그 자체에 응시한다는 자부심은 요즘 고시(高試)를 응시한 사람과의 감회와 다를 바가 없었다. 아니, 그보다 더 짜릿한 성취감을 가졌는지도 모른다.

철민이는 일단 학과에 응시했다. 장소는 전주 전매청 건물이었고, 수험생은 약 400~500명 정도로 보였다. 시험지를 받아든 철민이는 한문 서당에서 보는 시험 이외에 난생처음이어서 긴장된 모습이었다. 그 당시만 하더라도 학과시험은 학원을 다녀야 가능하다는 것이 지배적이었다.

드디어 시험 시작종이 울리자 교실은 침묵과 시험지 넘기는 소리만 날 뿐, 엄숙하다 못해 긴장감마저 들었다. 철민이는 시험을 대비해 책 한 권을 몇 년 전부터 외울 정도로 열심히 공부한 까닭에 정해진 시간이 두 시간이었는데, 20~30분 만에 다 마쳤다. 그러자 시험관이 학원 다녔냐고 묻는다.

사실, 학원은커녕 학원 문전도 가보지 못한 철민이는 자신만만했다. 500여 명 중 제일 먼저 자리를 일어난 것이다. 역시 예상했던 대로 학과시험에 합격한 것이다.

나중에 안 사실이지만 가장 짧은 시간에 수석 점수였다는 것을 알고, 어느 시험에도 자신감을 갖게 되었다. 학과시험 합격한 뒤 한 달쯤 있다가 실기(코스 시험)를 보았다.

그런데 이게 웬일인가, 평상시에 도로에서 그렇게 잘하는 운전이었는데, S자 후진에서 그만 낙방한 것이다. 그 당시에는 시험관에게 소정액의 돈을 쓰면 수험생이 실수하더라도 다른 곳을 주시한 척, 모른 척하여 합격한 경우도 있었다.

실기에 낙방한 철민이는 자동차 학원을 몇 주 다니면서 실기의 공식을 알아냈고, 그 공식대로만 하는 것이 곧 합격의 지름길이란 것을 알고 난 두는 별것 아님을 다시 한 번 깨달았다. 반 년 정도를 기다렸다가(당시에는 일 년에 한두 번 시험이라 오래 기다려야 함) 실기 시험을 보았는데 당당히 합격한 것이다. 그것도 여유 있게 코스를 완벽하게 끝마치고, 대기 중 수험생 무리에 서 있자 자신들끼리 수근거렸다.

"야! 방금한 그 사람은 운전이 귀신같다. 야! 크랑크 코스를 어

운전기사 시절(맨오른쪽이 저자)

떻게 단번에 나오지 아, 신기한데, 어떤 자식인지?"

운전 면허시험에 당당히 합격(合格)한 철민이는 큰 부자가 될 수 있다는 자부심과 망상에 사로잡혀 있기도 했다. 왜냐하면 정식 운전사가 되기만 하면 한 달에 논 한 마지기를 살 수 있는 쌀 다섯, 여섯 가마를 벌 수 있기 때문이었다. 돈방석의 자격증이라고 생각했기 때문이다.

그러니까 일 년이면 논 10마지기를 살 수 있고, 5년이면 논 50마지기를 살 수 있다고 예견되었기 때문에 철민이의 상상도 무리는 아니었다. 왜냐하면 촌에서 큰 부자라 해야 고작 논 20~30마지기인데, 그러니까 철민이가 5년 정도만 부지런하게 운전한다면 50~60마지기의 논을 살 수 있어 그야말로 큰 부자가 될 수 있다는 희망사항인 것이었다.

지금 철민이 나이 고희(古稀, 70세)를 바라보는 삶의 경험에서 보면, 무척 단순하고 어리석은 생각이었던 것이다. 한마디로 세상물정(世上物情)을 헤아릴 수 없는 지혜를 갖지 못했던 철민이는 오늘에서야 현명한 생각이 아니란 것을 깨닫게 된다.

아무튼 학교라곤 구경도 못하고, 독학으로 불철주야 얼마나 피나는 노력을 했는가. 그런 철민이가 운전 면허증을 땄다는 것은 그 시기에는 깜짝 놀랄 일이었다. 더욱이 전라북도에서 가장 어린 나이로 면허증을 땄지만 회사를 그만둔 상태이므로 우선 일자리를 구하는 게 급선무였다. 그렇다고 바로 정식 운전사가 되는 경우는 그다지 많지 않고, 2~3년간 근면성실한 조수로 어느 누구에게도 미움을 사지 말아야 하고, 무사고가 전제되어야 한다.

면허증이 있다고 운전하다가 사고를 내게 되면 뭇사람들로부터 인정을 받지 못하고, 자칫하면 감옥살이까지 하기 때문에 아주 중요한 시기인 것이다. 그러니 자연히 근면성실(勤勉誠實), 겸손(謙遜), 예의(禮儀), 매사근신(每事謹愼)을 해야만 된다. 뿐만 아니라 차주나 운전사 마음에 쏙 들게 성실한 자세로 무사히 잘 있을 때만 가능하다. 그러므로 운전도, 기술도 좋아야 하는 것은 물론이고 대인관계도 원만해야 모름지기 정식 운전사가 되기 쉽다.

철민이는 하숙생활을 청산하고 건축회사에 소속한 화물차 조수로 다시 일을 하기 시작했다.

공사 현장은 전주 완산동 완산 정수장(물탱크)이었다. 월급은 면허증이 있어 더 받을 수 있었으나 순수한 자동차 회사가 아니고, 막노동인 건축회사이기 때문에 그 차원이 많은 차이가 있었다.

그래서 철민이 자신도 어느덧 성격이 난폭해질 수밖에 없었다. 그래서 모두들 잠들어 고요할 때 맞장 뜨자며 싸움 아닌 싸움을 하기도 하고, 식칼을 들고 죽인다고 설쳐 대는 등 순한 양이 사나운 호랑이로 변해가고 있었던 것이다.

제5장

풍운아(風雲兒)의 절규

다리 밑 원조 노숙자

운전 면허만 따면 만병통치 만사형통(萬病通治 萬事亨通)인 줄로만 알고 있었던 철민이의 삶은 정반대였다. 누구보다 부지런한 철민이는 밤잠을 설치며 차 정비도 완벽하게 하고, 공부에도 자신감을 갖고 열심히 노력하였다.

하지만 마땅한 기숙사가 있는 것도 아니고, 함바집(공사 인부들 밥먹는 식당)에서 자거나 아니면 차에서 자는 것이 일상생활이었다. 건축 현장이라 본인 밥도 손수 해먹어야 하고, 시장에서 부식도사야 하고, 아침 일찍 일어나 운전사가 운전하는데 불만이 없도록차 정비도 꼼꼼히 해야 하며, 짬을 내 공부도 해야 하는 등 실로면허가 없을 때의 조수만 못한 생활이었다.

공사 현장 주위에는 소기인(가명) 집과 그 집에는 시집을 못 갔는지, 안 갔는지는 모르겠으나 현자가 있었고, 바로 아래에 군산에서 미용실 한다는 여동생이 꽤나 예쁜 편이어서 철민이의 마음을 사로잡기도 했다. 공사 현장 주변이 이상하게도 집집마다 처녀들이 있어 마치 아름다운 꽃을 심어놓은 듯 보는 이로 하여금 미소 짓게 하였다.

우선 소기인(가명) 씨에는 소현자를 비롯한 군산에서 미용실 한다는 동생, 학교를 금방 졸업했다는 막내 여동생, 그리고 그 옆집에는 김명자(법사 동생), 조금 아래에 위치한 김승희(가명) 등이 처녀들이 살고 있어 20대 철민이로서는 아주 좋은 환경이 구성된 것이다.

세월이 갈수록 처녀들의 질투는 심해져 철민이 승희하고 단둘이 있을 경우 명자가 나타나고, 명자하고 둘이 있게 되면 승희가 나타나 곁눈질을 하는 등 실로 대단한 질투였다. 어느 날 아침에는 현자 막내 여동생에게 연애편지를 받기도 했다.

세월은 어느덧 일 년 가까이 지나고, 공사도 마무리에 접어들었다. 거기에서도 외로움을 넘어설 수 없었다. 명절이 되면 모두들 선물 꾸러미를 들고 고향으로 가버리기 때문에 철민이는 오히려 더 외로운 명절을 보내야만 했다. 텅 빈 공사 현장은 먹을 것마저도 없어 배를 쫄쫄 굶고 있을 때도 있었다. 물론 현장에 있었던 선배 동료 형춘학, 김현철이 자기네 집으로 가자고 권하기도 했지만 철민이는 거절하고 오히려 현장을 외로이 지키는 게 마음이 더 편한 편이었다.

공사가 막상 끝나자 일꾼들은 뿔뿔이 흩어지고 현장은 썰렁하여 삭막했다. 모두 다 떠나버린 현장에서 쓸쓸한 하루하루를 보내고 있을 때, 현장반장이었던 김현철 씨가 찾아와 깜짝 놀랐다. 왜냐하면 모두 다 떠난 현장에서 굶어가며 잠은 약품 처리통, 일명 싸이렌(정수약품을 넣기 위해서 시멘트로 만듦) 안에서 자기 때문이다.

그곳은 약품으로 인해서 자연히 온도가 올라감으로 춥지 않기 때문이다. 김현철 씨는 철민이를 회사로 데려가 월급을 주어서 보내야 한다며 통사정을 한 결과, 밀린 한두 달 월급을 받아주었다. 그러니까 자연히 회사를 그만두었으므로 오고갈 때가 없었다. 돈은 몇 푼 있었지만 허허벌판 객지에서는 금쪽 같이 아껴 써야만 했다. 철민이를 유난히도 신경 써줬던 김현철 씨는 고아로 자라면서 어릴 때부터 그 회사 사환(심부름꾼)으로 자라 오다가 비로소 현장반장이 되었다고 한다. 그래서 그런지, 철민이에게 유별나게 신경을 쓴다는 것을 피부로 느낄 수 있었다.

그 현장에서 헤어진 뒤, 김현철 씨는 승진하여 지금의 전북중학교 공사소장(동아건설로 기억)으로 있게 되었다. 그리고 후일 철민이가 정상적인 삶을 포기하고 방황하고 있을 때, 전주중앙시장 근처에서 다시 만날 수 있었는데, 철민이의 손을 꼭 잡아주며 시래기국에 막걸리 한 잔을 받아주었다. 철민이는 너무나도 감격스러워서 금방 술잔을 들지 못하고 울먹이고 있을 때, 김현철 씨가 철민이의 손을 다시 한 번 두 손으로 꼭 잡아주면서 충고의 말을 했다.

"철민아, 인생은 누구에게나 희로애락이 있게 마련이고, 젊어서는 사서 고생도 한단다. 그러니 실망하지 말고 자신감을 가지고 살다보면 네가 원하는 대로 성공할 것이다."

철민이의 어깨를 툭툭 두들기며 희망과 용기를 주었다.

이후 수십 년이 흘러 철민이가 문학 작가로 활동할 때, 선시집

(仙詩集)이란 책에서 시래기 국과 막걸리란 제하의 시를 써서 그때의 고마움을 남기기도 했다.

철민이는 일자리도 구하지 못하고, 돈은 몇 푼 남지 않아 당장 먹고 잠자리가 걱정이 돼 남모르게 고민하고 있었다. 날씨는 점점 싸늘해지고 사고무친한 객지에서 걱정이 아닐 수 없었다. 밀려오는 외로움, 냉엄한 사회의 무관심으로 점철된 참혹한 현실은 철민이의 가슴속에 긍정적 생각보다는 비관적 생각으로 점점 다가가고 있었다.

될 대로 되라. 누가 보고 있지만 않으면 도둑질도 할 수 있다는 실로 무서운 생각을 하고 있었다. 하루하루를 이유 없이 길거리를 방황하고 밤에는 서학동 다리 밑에서 최초로 노숙을 하게 되었다.

그 당시 그 다리 밑에 우마차가 있었고, 그 바로 다리 위에는 삼천당이란 아이스크림 공장이 있었으며, 그 옆에는 함(咸)씨 성을 가진 가정이 있었다. 날씨가 추울 때에는 몸을 최대한 웅크리고, 가마니때기를 덮어야만 했다. 그중에 고마운 것은 신문지였다. 박스가 귀한 때여서 구하기 쉬운 신문지로 몸을 끈으로 싸고, 그 위에 가마니를 몇 겹으로 덮게 되면 그다지 춥지 않았다. 다만 추위보다 더 매서운 것은 깜깜한 밤거리의 수많은 가정들의 불빛을 보면서 저토록 많은 집이 있는데, 오고 갈 때가 없다는 고독이었다.

그러니 자연히 마음 한구석에는 정상적인 생각보다는 비정상적인 생각을 갖는가 하면, 아, 이 세상에는 죄와 벌도 없으므로 양심(良心)이 필요하지 않은 것으로 생각하고 있어 점점 삐뚤어져 가고 있는 형편이었다.

　그러던 어느 날, 전상구(田相九)란 기사님을 길거리에서 만났는데 마치 조수를 구한다는 것이다. 참으로 기적 같은 일이 일어난 것이다. 철민이는 어려웠던 지난날들을 회상하며 마음속으로 결심했다.

　'죽는 한이 있더라도 아주 열심히 일을 해야지. 주인이 그만두라는 말을 절대 안 하도록 열심히 해야지. 그리고 함부로 회사를 그만두지 말아야지.'

　철민은 그렇게 마음속으로 결심하고, 또 결심하면서 새롭게 조수 일을 시작했다.

풍운아, 암흑가에 가다

철민이가 정식 운전사가 될 수 있는 기회에 온 것은 참으로 기이한 인연이었다. 몇 년 전에 금암에서 조수로 있을 때, 눈이 오나 비가 오나 밤새도록 차를 정비하는 것이 비일비재했다. 그런데 그 근면성을 몇 년 만에 효과를 보게 된 것이다.

철민이는 어느 여름 날, 차 부속을 구하기 위해서 금암동 철뚝 바로 옆에 있는 고물상으로 가서 해당 부품으로 이것저것 보면서 일하는 사람하고 흥정을 하고 있었는데, 고물상 사무실에서 사장이 철민이를 보자고 한 것이다. 아무도 영문을 모른 철민은 무심코 사무실로 가보았다.

거기에는 얼굴이 다소 창백한 여성과 사각형에 아래턱이 긴 남성이 앉아 있었다. 그러자, 일꾼 하나가 남녀를 가리키면서 "이분이 이 회사 사장님이시고, 이분은 사모님이시고, 이 아이는 사장님 딸입니다." 라고 말하면서 안내를 해주었다.

이에 철민이는 공손하게 머리 숙여 두 사람에게 인사를 하고,

의자에 앉아 있었다. 그러자, 사장이 철민이에게 아는 척을 한다.

"자네는 나를 몰라도, 나는 자네를 대충 알고 있네."

철민이는 깜짝 놀라며 말했다.

"예, 저를 알고 계신다고요?"

"그렇다네."

사장은 철민이를 주시하면서 말을 꺼냈다.

"자네 금암동에서 조수하면서 눈이 내리는 밤에도 차를 정비했지. 자네가 아주 근실하고, 책임이 강하다는 것을 알고, 농담 삼아 우리 회사에도 저런 사람이 있으면 얼마나 좋을까 하고 푸념 반, 농담 반 조로 이야기했었는데, 자네가 이곳을 찾아오다니. 자네 우리 차 좀 운전하게나. 저, 저, 삼륜차가 우리 차일세."

철민이가 창밖으로 내다보니 파란색에 삼륜차가 서 있었다.

그러자, 사장은 한마디 덧붙였다.

"자네 눈동자가 살아 있어."

철민이는 절호의 기회다 싶어 자리에서 정식 운전사를 승낙했었다.

나중에 안 사실이지만 정식 운전사 김기훈(화산동) 씨가 있었으나 운전이 서투르고, 우선 정비를 제대로 못하여 애를 먹었다는 것을 알았다. 사장이 철민이의 근면성실한 것을 몇 달 전에 금암동 엿 공장을 출입하면서 알게 되었는데 오늘에야 그 효과를 톡톡히 보는 셈이다.

철민은 며칠간 운전을 하면서 사장에 대한 엄청난 사실을 알게 되었다. 그것은 넝마주의 총대장이란 것이다. 요즘말로 표현하면 조폭 보스인 것이다. 총대장 아래에 20~30명씩 넝마주의를 네리고 있는 구역장 즉, 중간 보스들만 수십 명에 달했고, 총 인원은 400~500명 정도였다.

전주 시내 다리 밑의 집합소만 서서학동 다리, 중화산 다리, 용머리 고개 다리 등 수십 곳이었고, 다리 아닌 대표적인 집합소는 노송동, 용머리 고개 개천 근처 효자동 등 역시 수십 군데였었다. 또 전라북도 곳곳에 산재하고 있는 곳도 수없이 많았는데 그중 오수, 순창, 남원, 김제, 이리, 군산이 대표적이었다.

총대장인 신기영(가명)은 중간 보스들을 모아 놓은 각종 고물과 넝마를 수집하여 공장에 직접 판매한 것이다. 그러므로 자연히 돈은 번다고 하기보다는 주워 담는다고 하는 표현이 적절한 것이었다.

철민이가 하는 일은 바로 각 집합소마다 다니면서 고물을 실어 나르는 것이다. 처음에는 총대장인 신기영 사장과 같이 다녔지만, 점점 익숙해지자 철민이에게 모든 것을 맡기자 철민이 혼자서 다니게 되었다.

그러다 보니 철민이 자신이 총대장 행세를 한 것이다. 다리 밑을 가면 수십 명 넝마주의들이 차렷 자세로 인사부터 하고, 그다음 본 업무에 들어가는 것이 그 계통의 하나의 룰이었다. 그러니 철민이도 자연히 그들을 닮아간 지 이미 오래전 일이었다.

일반 예의나 규범적 생활은 오히려 잘못된 것이다. 난폭하고,

사기성이 강하고, 무질서하고, 힘으로 상대를 제압해야 하는 등 한마디로 무법천지의 소굴인 것이다. 동료끼리도 마음에 맞지 않으면 옷을 훌랑 벗고 깨진 유리병을 쌓아 놓은 맨 위에서 싸움을 시작하여 서로 발길질을 하면서 굴러 떨어지기도 하고, 식칼 들고 싸우기도 하고, 각종 쇠파이프는 말할 것도 없고, 잡히는 데로, 보이는 데로 집어던져 상대를 제압한다.

그런데 이해가 쉽게 되지 않는 것은 유리병이 산더미처럼 쌓여 있는 곳에서 맞장을 뜨는 데도 그다지 크게 다치지 않는 것이다.

그들이 먹는 것은 식당에서 걷어온 짬밥(잔반)이다. 일단 식당에서 수거해 오면 다시 정리하여 솥에 끓이는데 솥 뚜껑도 없이 신문지에 물을 묻혀 덮고, 땔감은 검정 고무 등이 주 연료가 된다. 그러므로 넝마주의들은 눈만 깜빡이고 얼굴은 온통 새까맣다.

철민이도 그들과 같이 밥도 먹고 행동도 같이 해야 하기 때문에 어느덧 넝마주의 대장이 돼버린 것이다. 그 당시 넝마주의 집단이 넝마나 고물만 주운 것은 절대 아니고, 그 이외에 상당한 이권(利權)이 있었다.

첫째는 전주 시내를 비롯해 전라북도에 산재한 구두닦기 기관.

둘째는 전주 역전과 노송동 일대 매춘녀와 업주 등 관리.

셋째는 각종 쇼나 영화 등 기도 및 관리.

넷째는 애경사(초상집, 결혼식), 잡일 봐주기 등.

실로 놀랄 정도로 여러 곳에 검은손을 댄 것이다. 만약 어느 술집이 말을 잘 듣지 않으면 넝마주의들이 술을 시켜 놓고 자신들끼리 패싸움을 벌여 영업을 못하게 만들어 버리고, 공사장에서 굴러다니는 쇠붙이들을 줍다가 못 줍게 밀리면 떼거지로 쫓아가 공사를 방해하고 인부들에게 위협을 준다.

이때 위협을 주는 과정은 너무도 잔인하다. 식칼로 자해를, 아니면 병을 깨서 얼굴이나 배를 긁어 피가 철철 흐르게 하고, 병을 일부러 공사장 주위에 깨는 등 참으로 험난한 모습이다. 이런 행패를 막을 사람은 단 한 사람, 중간 보스들이다.

아무튼 철민이는 넝마주의 보스로서 때로는 위압감을, 때로는 용서를, 이 중에서도 가장 위엄이 있고 돋보이는 게 뭉칫돈이나 기타 몇 푼 안 되어도 절대 돈을 세지 않고 손에 잡히는 대로 주는 것이다. 그러므로 보스의 진면목을 보여 백 마디, 천 마디 말이 필요 없다.

그 당시는 야바위라는 게 아주 많았는데 그중에서도 화투 3매로 한 소위 잘 봤다, 못 봤다와 장기는 박포장기 큰 좌판에 글자 알아맞히기(회전할 때), 작은 물통에서 낚시질하기 등등 속임수의 요지경이었던 것이다.

그런가 하면 사기도박(화투)을 하다가 뜻밖에 돈을 잃게 되면 전기선을 끊어 버리고, 바닥 돈을 싹 쓸어 담아 줄행랑을 치는 등 실로 막무가내 식의 삶을 보여주는 것이다.

하지만 분명한 것은 보스들은 몸을 함부로 노출하지 않는다는 것이다. 물론 아주 큰 건은 상명하복(上命下服)의 질서에 따라 움직이지 않으면 그 조직에서 쫓겨나야만 한다.

이런 난폭한 보스로서 철민이는 손 씻은 지 10여 년이 될 무렵이었다. 집사람과 열애를 하고 있을 때, 서울 남산을 정신없이 오르고 있었는데 마침 계단 옆에서 화투를 잘 봤다, 못 봤다 야바위를 하고 있는 젊은이들을 보자 옛날 생각이 나서 2만 원을 놓고 해 본 결과, 세 번을 계속 이겨버렸다. 그러자 젊은이들은 상기된 모습으로 "돈이 있는 대로 놓으시오."하고 퉁명스럽게 쏘아붙인다.

마침 주머니에는 집사람 월급을 뭉치째 가지고 있는 터라 좌판 위에 올려놓았다. 상기된 모습으로 패를 돌린 젊은이는 손이 제법 빨라 일반인 같으면 곧잘 속아 넘어갈 수밖에 없었다. 철민이는 다시 찍었다. 역시 또 이겨버렸다. 그리고 딴 돈을 모두 돌려주고 집으로 돌아온 적도 있었다.

또 다른 예로 서울에서 예술 활동(서예, 저서 등)을 하고 있을 때, MC를 보고 있던 곽정기(가명, 故 곽규석 동생, 코미디언) 씨가 철민이를 알아보고 술도 잘 먹고, 이러이러했다는 이야기를 간접적으로 들은 바가 있었다. 마음마저 씻어 버린 지 이미 수십 년이 지났는데도 그러한 이야기를 듣는 순간, 가슴이 철렁하여 다시 한 번 자세를 더욱 낮추는 계기가 되었다.

사람이 인연은 눈에 보이지 않는 공기와 같아 어느 시기, 어느 장소에서 다시 만날 수 있는지? 참으로 기이한 것임을 알 수 있었다. 그래서 그런 것인지, 우연치 않게 철민이의 결혼식에 곽정기 씨가 사회를 봤던 것도 또 다른 인연이 아닌가 싶었다.

곽정기 씨가 철민이에 대해서 알 수 있었던 것은 수십 년 전에 전주관광호텔에서 쇼가 자주 공연되었고, 그 쇼의 MC를 곽정기 씨가 자주 보았으므로 그때 철민이에 대해서 알고 있지 않았는가, 하고 다시 한 번 회상(回想)해본다.

이야기를 다시 저 옛날, 넝마주의 시대로 가보자.

철민이가 총대장 차를 운전한지도 상당 기간이 되자, 총대장은 철민이가 운전하고 다니는 삼륜차를 사라고 권유했다. 만약 돈이 없으면 우선 외상으로 넘겨줄 테니 인수하라는 것이다. 물론, 일 감은 예전처럼 계속 유지하고 차량 값도 모자라면 운임으로 갚도록 하겠다는 것이다.

철민이로서는 아주 좋은 기회라고 판단해 시골 당숙네 집으로 연락해서 차를 사는 방향으로 노력했다.

며칠 뒤 당숙, 진상(고인 당숙 처남), 그리고 종배(5촌 형제) 세 사람이 부리나케 전주로 와서 차도 보고, 철민이에게 자세한 이야기를 듣고 얼마 있다가 차를 구입했다. 갑자기 차주가 돼버린 철민이는 매사에 자신감이 있었고, 성공이란 문턱이 별것 아니구나, 하고 단순하게 생각했었다.

그 당시 당숙께서는 촌에서 일하는 것이 지긋지긋하여 철민이에게 투자하면 괜찮을 것으로 생각이 돼 큰마음 먹고, 그것도 빚을 얻어 투자한 것이다. 그러나 실상 철민이가 직접 운전하면서 차주가 되었는데도 월급쟁이 수입하고 큰 차이가 없었다.

우선 경비가 만만치 않은 것이다. 밥도 사 먹어야 하고, 잠자는 것도 여윳돈이 없어 여관이나 여인숙에서 해결해야 하므로 수입

이상으로 지출이 많아 큰 재미를 보지 못하고 있었다. 그러다 보니 시골에 돈을 부쳐줄만한 여유가 없었고, 시골에서는 살림을 못할 정도라며 난리가 난 것이다.

이러한 시기에 묘하게도 밤에 일을 마치고 택시를 타고 하숙집을 가는 도중에 택시 운전사하고 이야기를 하던 중, 그 택시가 지금 운전하고 있는 기사 차라는 것이다. 그러니까 자기 차를 직접 운전한다는 것이다.

그 뒤 몇 번이나 같이 식사도 하고 제법 가까이 지냈다. 고향은 순창 삼계(동계)였는데 심성이 아주 착한 편이고 철민이에게 비유하면 세상 물정을 잘 모르는 순진한 모습이었다. 그 사람이 보기에는 철민이가 하고 있는 생활을 부러워하는 눈치였다. 그래서 그런 것인지, 차를 자기 택시와 철민이의 삼륜차와 바꾸자는 것이다.

철민이는 며칠간을 두고 생각해보자고 했고, 그 결과 차를 바꾸기로 결심했다. 그 이유 중 하나는 영원히 넝마주의 계통에 있어서는 아니 되고, 공부도 다시 해야 하기 때문에 그렇고, 여윳돈이 별로 없어 현찰이 잘 돌아가는 택시가 훨씬 좋다는 생각이 들은 것이다. 삼륜차는 원래 한 달간 있다가 간조(수금)를 해주므로 그 동안에는 철민이 돈이 계속 나가야 하는 불편이 있었다. 말이 한 달 만에 수금이지 두서너 달 되는 것도 보통이었다. 어쨌든 이런 저런 이유로 결국 차를 맞교환했다.

눈 내리는 밤 노숙자, 청석동 파출소로 연행

철민이는 어떠한 고생도 냉험한 처지에서도 바른길을 가야 해, 가야 해 하고, 비장한 결심을 했다. 지금이라도 넝마주의 계통으로 가면 큰소리치면서 대우받고 살 수 있다는 것을 누구보다도 잘 알고 있었다. 이러한 것을 너무도 잘 알기 때문에 그 계통을 빠져나와야 한다고 몸부림친지도 모른다.

낮에는 이곳저곳 아무 생각 없이 돌아다니고, 저녁에는 아무 곳이나 괜찮다 싶으면 꼬꾸라져 자고, 옷은 갈아입지 않은 지가 수개월이 되었고, 세수를 하지 않은 지도 꽤나 오래되었다. 먹지 못해 눈동자가 풀린 지는 이미 오래되었고, 그렇지 않아도 큰 눈은 더더욱 커져 사람이기보다는 사나운 짐승 모습으로 변해가고 있었다.

그러던 어느 겨울. 날씨는 살점을 도려내듯 추웠고, 간혹 불어오는 바람에 하얀 눈이 휘몰아치고 있었다. 철민이는 추위를 견디기 어려워서 눈을 맞으며 몸을 움츠리고 길거리를 뛰기도 하고,

걷기도 하면서 점점 내려가는 체온을 막으려고 온갖 노력을 다하고 있었다.

몸은 추워서 이빨이 저절로 딱딱 소리를 내면서 떨고 있었고, 아무것도 먹지 못한 뱃속은 텅 빈지 오래라서 마치 뱃속에 얼음을 넣어 놓은 것처럼 차가웠다. 견디다 못한 철민이는 남문시장에 있는 어묵 가게 근처로 가 땅에 버린 어묵 쪼가리를 주워 먹었다. 그리고 남문버스터미널에 가서 차 정비공들이 피워 놓은 불을 쬐고 나니 한결 몸이 가벼워졌다.

어느덧, 밤은 깊어 정비공들도 불을 끄고 모두 가버렸다. 철민이는 조금 있으면 사이렌이 불겠다는 생각에 마음이 조급해졌다. 왜냐하면 그 당시에는 통행금지가 있어 밤 12시가 되면 사이렌이 불게 되고, 통행금지 단속이 시작되었다.

이러한 상황을 잘 알고 있는 철민이는 남문시장 개천 변에 있는 오성소주공장 담벼락으로 향했다. 그곳은 소주를 만든 회사인데, 담벼락에 큰 굴뚝을 담장과 같이 만들어 놓았다. 따라서 24시간 계속 공장이 가동되기 때문에 굴뚝이 항상 따뜻했다. 그러므로 철민이는 그곳을 미리 봐두고 급할 때는 와서 자곤 한 것이다.

그러나 깊은 잠은 잘 수가 없었다. 왜냐하면 사람이나 차가 다니는 도로변이고, 통행금지를 단속하는 방범대원 순경 등이 순찰을 잘 하는 곳이기 때문이다. 따라서 그곳에서 노숙하는 경우에는 깊은 잠을 자지 않고, 순찰 경찰과 방범대원이 오는 소리가 나면 미리 다른 곳에 숨어 있다가 그 사람들이 지나간 뒤에 다시 와서 자야 한다. 그러나 그것도 또 올 수 있으므로 마음 놓고 잘 수는 없었다.

철민이는 배고프고 춥고 외롭고 냉정하기 짝이 없는 가슴을 움켜지고, 하루 밤을 지낼 오성소주공장 굴뚝 밑으로 왔다. 비록 눈은 내리고 새찬 바람은 철민이의 오장육부를 갈기갈기 찢어 놓았다. 개천에서 헌 가마를 주어다가 등짝을 굴뚝에 기대면서 잠을 청했다.

가마니를 둘러 쓴 채 잠이 들어버린 철민이는 자신도 모르게 옆으로 비스듬히 누워 있는 채로 자고 있었다. 너무 허기져서 그런 건지 도무지 정신이 혼미하여 병든 닭처럼 힘없이 허물허물한 채로 자고 있었는데, 이게 웬일인가. 누군가가 철민이를 발로 차면서 휙휙 하는 소리가 희미하게 들렸다. 잠결에 눈을 떠보니 건장한 청년들이 5~6명이 서 있었다. 그리고 그중 한 사람은 경찰이었다. 그러니까 방범대원들과 경찰관인 것이다. 철민이는 지친 몸을 연통에 기댄 채 그들을 쳐다보았다.

방범대원 하나가 퉁명스럽게 얘기했다.

"보기는 뭘 봐?"

그러자 경찰이 그 방범대원에게 그러지 말라고 호통을 쳤다.

"우리 요 근처 청석동 파출소에서 통행금지 단속차 나왔는데 파출소로 같이 좀 동행합시다."

철민이는 통사정을 했지만 워낙 모습이 그래서 그런 것인지, 굳이 파출소로 가자는 것이다. 철민이는 그들을 따라 청석동 파출소

차 사업할 때의 일꾼들

로 갔다. 가서 이것저것을 캐물었지만 철민이는 대답하기도 힘들었다. 그러나 어디까지나 신분이 분명해야 하므로 하는 수 없이 풍남교통에서 1202호 차 사업을 하다가 사고 난 바람에 쫄딱 망하고 이렇게 되었다고 했다. 그랬더니 경찰관이 말했다.

"에이! 무슨 소리를 하는 거요. 차 사업했다는 사람이 회사 기숙사도 있고 다른 곳도 있을 텐데, 굴뚝 아래서 이 눈을 맞으며 노숙을 해요? 당신 같으면 곧이 듣겠어요? 어디 누구를 속이려고!"

그러면서 철민에게 겁을 줬다.

"당신 유치장 가야 불 것구만."

철민이는 통사정했다.

"아닙니다. 경찰 아저씨, 절대 거짓말 아니고요. 사실입니다."

경찰은 철민이를 더욱 믿지 못한 것은 학교를 어디 나왔냐고, 하여 학교를 전혀 가보지 못했다 하니까, 도리어 더 의심했다. 왜냐하면 학교도 전혀 가지 않는 사람이 어떻게 운전 면허를 취득했느냐는 것이다. 그러니까 돈을 주고 산 면허가 아니냐는 식으로 일은 점점 커지기 시작했다. 철민이는 그게 아니라며 한자로 이름을 써 보이며 지금도 공부에는 변함이 없다는 것을 써보였다. 헌데, 또 트집을 잡는다. 택시 가격이 얼마인데, 그 돈 어디서 나서 차를 구입했느냐는 것이다.

철민이는 난감한 표정으로 경찰관에게 정중한 어조로 말했다.

"선생님, 경찰관 선생님, 정 본인을 믿지 못하면 회사, 즉, 풍남교통으로 전화하셔서 확인하시면 어떨까요."

그때만 하더라도 전화로 조회를 잘 하지 않았다. 철민이의 이야기를 듣고 있던 경찰관은 까만 수동식 전화기를 돌려 풍남교통으로 조회를 시작한다.

"아! 그래요. 그 거기 철민이란 사람이 얼마 전까지도 1207호 차주였다고요. 나이가 어린데요? 아, 그래도 틀림없다고요. 예, 잘 알겠습니다."

그리고 전에 삼륜차를 운전했던 넝마주의 총대장이 운영하는 고물상으로 연락했다. 경찰관은 깜짝 놀란 모습을 하면서 "예, 예"를 연발하면서 대답했다.

"회장님 알겠습니다. 아! 그랬군요."

그러면서 백팔십도 달라진 경찰관은 철민이를 한참 주시하고 나서 얘기했다.

"야, 인마! 그러면 진작 신 회장님 이야기를 하지 이놈아. 너 참 대단하구나. 어린 나이에 신 회장님은 넝마주의 총대장 아니냐. 그래서 경찰서에서는 갱생보회 회장이란 직함을 주어 그들을 관리하게 한 것이다. 그런데 네가 그, 회장님 바로 직속 보스라며 때로는 회장 권한도 행사한다며? 네놈은 참 희한한 놈이다. 그런데 어찌하여 그 굴뚝 아래서 노숙을 해?"

철민이는 그 이유를 간단하게 설명했다.

"내가 아무리 어려워도 규범적이고 새로 길을 가야지, 우선 편안하다고 넝마주의 짓이나 하고 있는 것은 먼 장래를 보아 바람직하지 못하지요."

철민이의 과거에 대한 하소연을 듣고 있던 경찰관은 갑자기 자리를 박차고 일어난다. 그리고 밖으로 나가버린다. 그런데 이게 웬일인가, 계란 2개와 라면을 사 와서 양은 냄비에 손수 끓여 철민이에게 주는 것이 아닌가.

그 당시 경찰관 이름은 기억하지 못하지만 성은 박씨라 알고 있었다. 생각해보면 얼마나 기가 막힌 일인가. 철민이는 박 순경의 도움으로 날이 밝아 파출소를 나와 또 다른 세계를 향해 길거리를 방황하기 시작했다.

그 방황이, 행복함이, 소중함을 알았고, 실패는 성공의 어머니라는 것을 알 수 있었다.

50여 년이 흐른 오늘에도 그 박 순경에 대한 고마움을 잊지 못하고 있다. 그때 그 시절, 뜨거운 감정이 얼마였는지, 철민이 자신이 잊지 않고 있다. 지금 살아계신다면 아마 나이가 8~90쯤은 되지 않을까 생각해본다.

차라리 죽음을(최초 자살기도)

방황하던 철민이는 죽음이란 것을 생각해보지 않았다.

어릴 적에 쥐약을 옥수수 가루인줄 알고 한 움큼 먹었는데도 멀쩡했고, 현정리에서 여덟 살 때 나무하러 갔다가 절벽에서 떨어졌어도 살아났고, 자동차 조수 때도 두 번이나 죽음을 빗겨 섰는데 이제는 스스로 목숨을 끊으려고 하니 얼마나 어리석은 행동이 아니었는가.

날이면 날마다 길거리를 방황하고 하는 일 없이 시장 주변을 맴돌면서 생선뼈, 어묵 찌꺼기, 식당에서 버린 짬밥 등을 먹으며 하루하루를 눈물겨운 삶을 죽지못해 살아가고 있었다.

생각해보면 학교라곤 구경도 못한 처지에서 독학으로 중, 고등학생 이상의 실력을 쌓았다는 것은 쉬운 일이 아니며, 천에 하나 있을까 말까 한 보기 드문 경우였지만, 워낙 현실이 극복할 수 없는 비참한 삶을 연명하고 있던 철민이로서는 생사의 갈림길에서 허둥대야만 했다.

하는 일 없이 그것도 무의미하게 배고픔과 갈길마저도 보이지 않는 냉정한 현실에서 더 이상의 삶은 아무런 의미가 없음을 그 당시의 옹졸하고 어리석은 생각이었음을 오늘에야 깨닫게 된 것이다. 그러나 그 당시로서는 당연하고 누구의 생각보다 훌륭하다고 판단했었다. 아무리 살려고 몸부림쳤지만 희망이 보이지 않았다.

50년이 지난 오늘에 생각해보면 그 당시가 얼마나 소중했고, 얼마나 희망찬 시기였는지를 알 수 있었지만, 그 당시의 철민으로서는 온갖 걱정을 모두 짊어지고 살아간다는 것은 행복한 삶은 요원하다는 생각으로 전신에 가득 차 있었다.

이렇게 살아갈 바에는 죽어야지, 달려오는 차에 부딪혀서, 아니면 눈 딱 감고 고층 건물에서 떨어져 죽어야지 등등 죽음의 방법에 대해서 이럴까, 저럴까 생각해 보았다.

때마침 겨울은 막바지에 이르렀고, 꽃샘바람이 다가오는 것도 얼마 남지 않았다. 철민이는 시장을 다니며 이것저것을 주워 먹는 순간, 자신도 모르게 눈물이 와르르 쏟아지기 시작했다. 그리고 자살을 하기로 결심했다.

'사람은 언제 죽어도 죽는데, 조금 일찍 죽는 것뿐이야. 죽어야지, 그럴 바엔 죽어야지 죽는 것이 행복해. 이대로 살면 무엇하나, 그럴 바엔 죽어야지,'

유난히도 바람이 세게 불어대 몸을 가누기 힘들 정도였다. 철민이는 자살을 하기로 비장한 각오를 했다. 막상 자살하기로 마음을 먹게 되니까 오히려 편안했고, 아무것도 두려움이 없었다. 밤은 점점 깊어져, 길거리에는 먼지만 날아다닐 뿐 사람 통행마저도 별로 없어 거리마저도 쓸쓸해 보였다.

밤 열두 시가 될 무렵, 전주 전매청 근처에 있는 전주초등학교 옆쪽으로 왔다. 그 이유는 초등학교 옆에는 호떡, 핫도그, 떡볶이 마차들이 즐비하게 있었기 때문이다. 하루 장사가 끝난 포장마차 장사꾼들은 내일 쓸 연탄불을 미리 갈아 놓고 가기 때문에 그 연탄가스를 이용하여 자살하기가 아주 쉽기 때문이다.

철민이는 무거운 발걸음을 한 발 한 발 옮기면서 어느덧 두 눈에는 눈물이 흐르기 시작하고, 지난날들이 영화 필름처럼 돌아가듯 한 장면, 한 장면이 돌아가고 있었다.

막상 죽으려고 결단을 내리니, 가장 먼저 생각난 사람이 어머니였다. 그리고 외할아버지, 외할머니, 원등 할머니, 당숙, 당숙모 등 이 세상을 마지막이라 생각하니 기가 막혔다.

하염없이 흐르는 눈물을 닦으며 밤 12시경이 되었다. 철민이는 재차 다짐했다.

'내 죽음을 나 자신 말고 누가 슬퍼해줄 사람마저 없으니 오히려 더 홀가분하구나. 홀가분해.'

철민이는 포장마차에 피워 놓은 연탄구멍을 열어 유서를 꺼내 머리맡에 두고서 연탄 화덕을 코와 입에 맞도록 돌을 고여 맞추었다. 왜냐하면 연탄가스가 코와 입을 통해서 마시게 되면 큰 고통 없이 죽을 수 있기 때문이다.

연탄가스가 코와 입으로 잘 빨아들이도록 몸을 옆으로 누워 죽음의 세계로 향하고 있었다. 유서까지 써 놓은 것은 연탄 포장마차 주인하고는 전혀 관련이 없고, 삶이 요원하여 죽는다는 내용이었다.

몸을 옆으로 하여 연탄가스를 흡입하기 시작하니 머리가 띵 하고 아파 오면서 그대로 정신을 잃고 눈을 감아버렸다.

날씨는 칼바람이 불어 포장마차마저도 흔들거려 죽기 전에 바람에도 견딜 수 있게끔 연탄 화덕에 옆으로 얼굴을 대고 있었다. 너무 갑자기 대면 뜨거워서 오히려 자살이 실패할 수 있다는 생각에 견딜 만큼 거리를 유지한 채, 죽음의 늪 속으로 점점 가고 있었다. 영원히 이 세상을 오지 않으리라, 팍팍한 세상, 다짐하고 또 다짐하면서 고요히 잠들었다. 죽음을 시작한 것이다. 시간은 흘러 새벽 5시쯤 머리가 깨질듯 아픈 철민이는 정신이 몽롱한 상태로 죽음이 아닌 연탄가스 중독이 된 것이다.

참으로 신기한 일이었다. 죽은 줄만 알았던 철민이는 자살기도도 실패한 것이다. 그 이유를 나중에 생각해 보았는데 사람이 죽지 않고 살려고 하니 별별 희한한 일도 많다는 것을 새삼 느꼈다. 철민이가 죽으려고 연탄가스를 입과 코를 정조준하여 옆으로 누워 있었는데 바람이 세게 불어 그만 정조준이 엉뚱한 곳으로 가 있었던 것이다. 그리고 또 다른 유추로는 본시 잠꼬대를 잘하는 편이라 다른 때도 엎치락뒤치락을 잘하여 정조준이 틀어진 게 아닌가 하고 생각해보기도 한다.

한편, 중독이 되었더라도 밀폐되지 않은 포장마차에 바깥공기가 차가워 심한 중독을 피하여 결국 자살은 실패로 끝난 것으로 만 훗날 그 자리를 살피면서 회상해 보기도 했다. 이런 일이 있고 나서 앞으로 살아가야 할 희망이 아무것도 보이지 않았다.

그러던 어느 날, 전주 한국은행 건너편에 자그마한 배터리 가게가 문을 열었다. 주인은 한병욱 씨와는 평소에 알고 지낸 바 있어 자기네 배터리 가게로 와서 소일 삼아 있으라는 것이다.

하지만 월급은 없고, 밥만 먹여준다는 것이다. 그러나 그 한병욱 씨도 아주 가난한 살림이라서 철민이 밥만 해결해주는 데도 미안할 정도였다. 더욱이 견습공 김우석(가명)과 같이 있는 터라 먹는 것마저도 힘들었다.

어찌나 집이 가난하던지 2층집을 짓다 말고 우선 일층만 짓고, 나머지는 돈 있으면 짓는다고 그대로 방치한 것만 봐도 그 가세가 얼마나 어려운가를 알 수 있었다.

하지만 철민이는 하루 종일 아니, 2~3일 굶을 때도 있었는데 짜장면과 보리밥을 매일 같이 먹을 수 있었던 게 최초의 행복이었다. 심지어는 짜장면만 3개월을 먹었는데 온몸에서 짜장면 냄새가 나는 듯했고, 어느 사람은 곁에 같이 앉지도 않으려고 하는 것을 나중에야 알았다. 밥은 해결되었지만 잠잘 자리는 마땅하지 않아 그 창고 같은 배터리 가게에서 자야만 했다.

세월이 가고 철민이도 한 살이 더 먹어가자, 이대로 있어서는 안 되겠다는 생각에 전주가 아닌 아주 깊은 산골에 들어가서 한

십여 년 처박혀 있게 되면 넝마주의 유혹에서도 다시 발을 들여놓은 일이 없을 것이며, 멈추었던 공무원 시험공부도 다시 할 수 있을 것 아닌가.

철민이는 새로운 사람이 돼야 한다는 굳은 결심을 하고 평소에 알고 지낸 운전사 전상구 씨에게 마땅한 자리를 알아 봐달라고 했다. 겨울에는 일감이 없어 노는 차가 많아 운전사를 구하는 곳이 별로 없으나 봄만 되면 운전사를 구하는 경우가 많아 구직하기가 보다 더 쉬웠다. 겨울이 지나 따뜻한 봄이 되자 전상구 선배로부터 연락이 왔다.

철민이, 네가 원하는 자리가 났으니 어떠냐는 것이다. 전주에서는 60여 리 들어간 고산 산골짜기란 것이다. 철민이로서는 아주 좋은 자리였다. 왜냐하면 넝마주의 유혹에서 벗어날 수 있었고, 뜻한 바 공부를 열심히 더할 수 있었기 때문이다.

그러니까 산간 오지에 처박혀 모든 것을 엎드린 자세로 어리석은 바보, 모자란 듯한 행동을 하면서 살기에는 그만이다는 판단에 고산으로 가기로 결심한 것이다.

예비 운전사로서의 철민의 애환

철민이는 정식 운전사가 되기 위해서 마음을 가다듬고 또 가다듬었다.

새로 옮긴 자리는 정식 운수 회사가 아니라 개인용 화물 자가용이었다. 다시 말하면 어느 회사 명의로 등재하고 사실상 영업용 자동차로 쓰는 것인데, 그 이유는 순전히 세금 관계 때문에 그러한 것이다.

철민이는 열심히 조수 일을 했고, 마음도 안정돼 부진했던 공부도 다시 열심히 시작했다.

차주 한경섭(가명) 씨는 차가 두 대였는데, 또 다른 차 조수는 마치 완산동 정수장에서 같이 일한 바 있는 김문석(가명, 군산집)이어서 여러 가지로 편안했다. 저번 회사에서는 함바집에서 침식을 해결했지만, 새로 옮긴 차주(차주인)는 방을 두 조수에게만 사용하도록 마련해주어 얼마나 고마운지 자신도 모르게 눈물이 나기도 했다.

왜냐하면 다리 밑에서 노숙했던 지난날이 생각나기 때문이었다. 일한 것도 편안하고, 객지 친구 김문식과 한방을 쓰면서 공부할 수 있었고, 차도 정비할 것이 별로 없어 그만큼 공부할 시간도 많아졌다.

그런데 선인들이 지적한 것과 같이 포난사음욕(飽煖思淫慾)이라 했는데, 이를 다시 풀이하면 배부르고, 잠자리가 좋으면 음욕한 마음이 저절로 생긴다는 것이다. 철민이가 바로 그런 경우와 같은 일들이 서서히 다가오고 있었다.

차주 한경섭 씨가 마련해 준 방은 당시 MBC 전주방송국이 있는 근처였는데, 한경섭의 형님 집이었다. 마당도 넓고, 방도 넓은 고급 양옥집이어서 철민이는 생전 처음 그런 집에서 자게 돼 실로 감회가 이루 말할 수 없었다. 마치 옆방에는 순진하게 보이는 처녀가 그 방을 쓰고 있었다. 처음에는 잘 모르고 있다가 나중에 알게 된 철민이는 사악한 마음이 일기 시작하여 동료 김문식과 같이 옆방 처녀와 벽 하나 차이이므로 며칠 간격을 두고 동전 크기의 구멍을 극비리(克秘裡)에 뚫기 시작했다. 며칠을 두고 저녁밥만 먹고 나면 마치 무용수가 살풀이춤을 추듯 살짝살짝 뚫어 급기야는 비밀 구멍이 완성된 것이다.

문식과 철민이는 희죽거리면서 서로 처녀 방을 살며시 보고 있었다. 특히 아침에는 일찍 일을 나가므로 기회가 별로 없었지만, 저녁에 일을 마치고 돌아오면 마음껏 볼 수 있어 하루 종일 일을 할 때에도 마음이 조마조마하면서 조급해진다.

'빨리 가서 그 비밀 구멍으로 환상적인 장면을 봐야지.' 하고 유별나게 시간을 재촉하며 일을 미리미리 해치고 빨리 와 씻지 않고 우선 한 번 보고 나서 몸을 씻는다.

야한 잠옷에 보일랑 말랑 한 처녀의 백옥 같은 살갗은 한참 사춘기인 철민이와 문식에게는 자제하기도 힘들 정도로 환상적인 비밀궁의 모습이었다. 얼마까지만 하더라도 굶어가며 다리 밑에서 노숙했던 철민이가 하는 행동은 실로 가관이었다. 인간은 아무리 망각의 동물이고 변하는 생물이므로 아침저녁으로 변할 수 있다는 선인들의 충고가 무색할 정도였다.

한경섭 씨의 차를 조수로 있을 때, 잊지 못한 것은 김치찌개였다. 혹자는 웬 김치찌개냐고 반문할 수 있지만 50년 가까이 흘러버린 세월 속에서도 그 맛을 잊지 못한 게 사실이다. 그러면 도대체 무슨 김치찌개란 말인가.

가을에 배추김치를 담글 때, 비계와 기름기 많은 돼지고기를 배추김치 속에 넣어두고 두서너 달 숙성시킨다. 다음으로 돼지고기와 같이 숙성된 김치를 그대로 썰어서 김치찌개를 하게 되면 그 맛이 일품인 것이다(요즘 비계를 벗겨내는데 벗기지 말고, 그대로 김치를 담을 것).

이렇게 새로운 경험과 편안한 삶을 유지하고 있는 철민이는 결코 오래가지 못하고 얼마 되지 않아 한경섭 씨 차의 조수를 그만두게 되고, 완산동 용머리 고개에 사는 임상덕 씨의 덤프트럭 조수로 자리를 옮겼다. 그곳에서 큰 고생은 하지 않았지만 연애박사로 유명한 임상덕 씨의 처남과 일을 같이 한 바람에 마음을 잡고 일과공부를 열심히 하고 있는 철민이로서는 근묵자흑(近墨者黑, 먹을 가까이 하면 검어진다는 뜻)이 무색할 정도로 성격이 거칠어져 반사기성에 여자 꼬시는 기술 등 참으로 이런 세상이 있구나, 할 정도로 또 다른 면을 경험하게 되었다.

그렇지 않아도 어려서부터 망나니로 객지에서 굴러다니는 젊은 시절은 규범적 가정에서 보면 치외법권(治外法權)적인 행동은 뭇사람에 질타를 받을 만했다. 이러한 와중에 철민이는 근면성실하기 위해서 남다른 피나는 노력을 하고 있는 것도 사실이다. 하늘은 결코 무심하지 않았다. 철민이가 그렇게 바라던 정식 운전사가 될 수 있는 기회가 온 것이다. 따라서 임상덕 씨의 차 조수를 그만둘 수밖에 없었다.

스스로 바보가 되어, 고산 땅에서의 애환

모든 것을 다시 태어난 심정으로 석가모니(釋迦牟尼)가 세속에 물건을 연못 속에 홀연히 던져버리고 보리수나무 아래에서 피골이 상접하도록 도(道)를 닦아 견성성불(見性成佛)하듯이 철민이는 모든 과거를 잊어버리고 오직 목적을 위해서는 맡은 바 현실에 충실했다. 그리고 어느 유혹에도 어느 굴욕과 망신을 당해도 스스로 바보가 되는 길만이 제일이란 각오로 털털거리는 덤프트럭을 운전했다. 전주(현 전주역) 공동묘지를 지나 소양 봉동 남봉 서봉을 걸쳐 어느덧 고산에서도 소전마당(오일장날, 소 흥정하는 곳)에 도착했다.

차주 임동암과 동업자이면서도 처남 매제 사이인 이도순(작고)을 태우고 물설고 산도 선 타향객지 산골짜기 고산에 도착한 것은 해가 지고, 어둠이 깔려 사람을 잘 알아볼 수 없을 정도였다. 집 안에는 임동암 씨 부인이 듬직한 체구에 말이 없는 모습이었고, 얼굴에 큰 상처가 있는 상실(고인) 엄마는 마치 따발총 소리를 내면서 말했다.

"오! 총각 어서 와! 아직 젊은데 운전을 언제 배웠어, 자 어서 들어와요. 식사 같이하게."

희산(임동암 아들) 엄마는 철민이를 요리 보고 저리 보고 나서 말을 붙였다.

"총각, 총각은 언제부터 운전했어?"

"예, 저는 정비공장부터 있다가 조수를 걸쳐 운전사가 되었습니다."

"음, 그래, 그러면 성씨는?"

"예, 백가입니다."

"아 그래, 백씨는 아주 양반이지."

그 이후 철민이는 백기사(白技士)로 불려졌고, 고산에서 살아간 지도 어언 몇 개월이 되자 고산의 인심하며 지리, 그리고 건달들이 수없이 많다는 것을 알게 되었고, 엄청난 텃세가 있음을 알게 되었다. 심지어는 지서장(파출소장)이 정해진 임기를 못 채우고 전근하는 게 대다수였다고 한다.

고산은 비록 면 단위지만 모든 경제 물류가 고산을 통해서 다 이루어지므로 자연히 고산은 텃세가 센 곳이었다.

고산을 중심해 화산면 동상면 비봉면 운주면 등이 있어 고산이 일종의 수면(首面)이 된 셈이다. 차주 집에는 세 들어 사는 김용호(가명)와 큰누나 영순이, 작은누나 남수(작고) 등이 있어 한결 집안이 환히 보였다.

고산이란 텃세가 얼마나 센가를 몇 가지 예를 들어 보자.

우선, 철민이가 인사를 하지 않는다고 꾸짖기도 하며 오히려 철민이가 사과한 적도 있었다. 철민이에게 한문을 배우던 젊은이가 달밤에 불러내 칼로 위협을 주기도 하고, 직접적인 것은 아니지만 자기네 어머니가 온종일 장터에서 막걸리 장사를 하여 몸이 지쳐서 저녁 판에 잠깐 조는 사이에 돈이 들어 있는 앞치마를 잘라 가져가기도 하고, 또 어떤 청년은 자기 엄마가 말을 제대로 듣지 않는다 하여 쇠스랑으로 방짱(모기장)을 파 젖히기도 했다.

뿐만 아니라 고산에서 멀지 않은 곳에 제2하사관학교 유격장이 있는데, 그 훈련병들 하고 고산 건달하고 패싸움을 하는 등 정말 용이 불을 뿜어내듯 작열(灼熱)한 건달의 세계를 철민이는 고산 땅에서 보았다.

철민이는 일부러 바보인 척 스스로 적을 만들지 않고 표적에서 벗어나려고 내심 부단한 노력을 하고 있었다. 어떻게 보면 철민이의 입장에서는 철없이 겁 없이 날뛰던 넝마주의 보스의 기질을 청산하고 한 십 년 동안 노력한다면 어떤 좋은 결과가 날 수 있을 거라는 확신을 갖고 어떠한 굴욕도 인내로 바보 같은 생활을 하면서 참는 것이 최선이라는 것을 스스로 다짐하고, 또 다짐한 것이다.

고산에서 새로운 각오로 살아가고 있는 철민이는 그동안 소홀했던 공부도 다시 시작했다. 막연한 행정직 시험에 대비에서 검찰직, 법원서기보직, 그리고 또 한편으로는 사법고시(司法高試) 시험 대비 공부와 한문학도 빼놓지 않고 최선을 다했다. 그리고 시간이 있게 되면 〈저 하늘에 괴로움〉이란 제목으로 소설도 틈틈이 쓰기 시작했으나, 그 원고를 영화화한다는 말에 속아 서울에서 사는 지인 김영두(가명)에게 주었는데 그 이후 소식이 전혀 없어 그만 수포가 되고 만 것이다.

그 당시는 누가 봐도 의젓한 운전사로 공부하는 학도로서도 전혀 손색이 없었다. 가족적인 분위기에 편안한 삶은 그야말로 새로운 세상맛을 알게 되었다.

그런데 또 묘한 인연에, 끈이 다가왔다. 한때 암흑가 보스로 있을 때 알게 된 김영춘(가명), 일명 갈고리가 갑자기 찾아왔다. 갈고리라는 별명은 오른손이 절단 돼 의수(義手)를 쇠갈고리로 만들어 누가 보아도 위협적이었다. 얼굴은 칼자국 흉터가 여기저기 있었고, 한쪽 눈마저 실명돼 그 자체가 험상궂게 생긴 것이다. 만약 음식점이나 술집에 가서 마음에 들지 않으면 식탁을 갈고리로 찍어 뒤집어엎는 등 대하기 힘든 친구였다.

갑자기 찾아온 영춘은 철민이에게 전주로 다시 가자는 것이었다. 철민이가 완강히 거절하고 다음 어느 때까지 오라는 말을 남기고 차를 몰아 멀리 사라진다.

그 뒤, 영춘이가 다시 찾아왔다. 철민이는 그의 약점을 알고 있었기 때문에 돈을 미리 준비해 놓았다. 친절한 척, 다시 찾아온 영춘이에게 한 달 월급을 몽땅 주면서 더 이상 찾아오지 말라고 신신당부했다. 돈에 약해진 영춘이는 철민이 일로는 더 이상 나타나지는 않았는데 어느 상갓집에서 행패를 부리다가 고산 건달들에게 맞아 실제로 똥오줌 쌌다는 소식을 듣기도 했다.

이런 일이 있고 나서 영춘이는 고산 땅을 영영 밟지 않아 철민이는 지난날 과거에서 완전히 벗어날 수가 있었다. 그러나 수십 년이 지난 오늘에야 생각해보면 그 당시 철민이의 인간성은 그다지 좋아졌다고는 할 수 없는 게 사실이었다.

왜냐하면 그러한 사례로 전북 익산군 양산면에서 여산(礪山)으로 석축용 돌을 운반할 때의 사건이었다. 산에서 돌을 싣고 농로를 오고 있는데 상대방 차는 철민이가 양보할 줄 알고 계속 오고 있었다. 당연히 철민이가 양보하는 것이 원칙이었으나 워낙 무거운 돌이므로 후진하다 자칫 차가 논두렁으로 빠질 수가 있었고, 상대방 차는 빈 차이기 때문에 양보를 할 줄 알고 철민이는 계속 전진했고, 상대차도 계속 오고 있었다.

두 차는 어느덧 길 한가운데서 오도가지도 못한 채 이 새끼, 저 새끼 욕설을 퍼부어대며 서로 한 치의 양보도 없이 싸우고 있는 동안 양쪽 길에는 사람은 물론 경운기 우마차가 밀려 있었다.

철민이는 더 이상 말로 싸우다가는 무슨 일을 낼 것 같아 차를 세워 놓은 채 점심밥을 먹으러 가버렸다. 상대방 기사는 물론 뒤에 밀려 있던 사람들은 노발대발하면서 양보 좀 하라고 했지만 철민이는 절대 하지 않는다고 악을 고래고래 지르면서 마음대로 하라는 똥배짱으로 억지를 쓴 것이다.

시간은 어느덧 오후 두세 시가량이 되었고, 앞뒤로 밀려 있는 사람들은 생난리가 났다. 해결의 기미가 전혀 보이지 않자 해당

토지조합장(토지조합에서 관계한 공사였음), 지서장, 면장 등이 와서 철민이에게 사정했다. 한 5m만 뒤로 빼주면 되니까, 제발 우리를 봐서 양보하라는 것이다.

철민이는 공손한 어조로 얘기했다.

"그러시면 저쪽 차도 잘못이 있으니 나에게 사과하면 양보하겠습니다."

그러자 누군가가 그쪽 기사에게 달려가 수군댔다. 기사는 인상을 쓰면서 다가와 악수를 청하면서 말했다.

"우리 피차, 없었던 일로 합시다."

철민이도 악수하며, "그럽시다."하고 운전석으로 가 시동을 걸어 차를 빼자 자신들도 모르게, "와" 하며 박수를 쳤다.

사실 수십 년이 지난 오늘의 철민이 같으면 절대 그런 일이 일어나지 않도록 양보 또 양보했겠지만, 그 당시에는 마음을 잡고 착하게 살겠다는 결심을 했다는 입장에서 그런 고집을 부린 것은 얼마나 어리석은 일이었음을 오늘에야 후회하고 또 후회한다. 참고로 요즘은 너무 양보를 많이 해서 뒤차가 빵빵거리기 일쑤이다.

막노동꾼의 야망

지금 생각하면 도저히 이해하기 어려운 대목이다. 왜냐하면 그
렇게 원하고 원했던 운전사였는데 막노동을 자처하다니. 실로 이
해하기 이를 데 없는 일이었다. 그 이유는, 사실은 보다 더 큰 꿈
을 이루기 위해서 막노동을 자처한 것이다.

한 3~4년 한 집에서 계속 운전한 까닭에 돈도 상당히 모아졌
다. 그도 그럴 것이 희산네 엄마(임동암 씨 부인)가 계왕주가 돼 더욱
돈을 아끼고 절약할 수 있었기 때문이다. 그러니까 차 한 대는 살
정도의 돈이었다. 그러면 운전을 그만둔 까닭은 무엇일까.

첫째, 상차(차에 모래자갈 실
어주는 일)꾼의 수입이 운전사
수입보다 훨씬 많아 힘은 들
어도 마음은 편했다. 뿐만 아
니라 어려서부터 막노동에
잔뼈가 어서 오히려 막노동

모레 상차꾼 시절(가운데가 저자)

이 운전보다 수월했기 때문이었다.

둘째, 본격적인 공무원, 운전시험과 사법시험, 그리고 한문학을 공부하기 위해서는 운전보다 더 자유로운 시간이 필요했다.

운전을 그만두게 되자 당장 먹고 잘 곳이 필요해 동구(현장비 사업)네 집에서 하숙을 시작했다. 그리고 막노동꾼 5~6명을 구성하여 고산대업(高山大業)이라고 회사 이름을 붙여 모자에 새기기도 했었다.

동구네 집에서 하숙을 하면서도 전 차주 부인 희산네 엄마한테 계는 계속 유지했고, 돈도 맡겨 놓은 상태였다 철민이는 열심히 막노동(주로 상차)을 하여 더 많은 돈이 모이게 되었다. 공부 시간도 많아 철민이에게도 '이러한 행복도 있게 되는구나.'라고 생각할 정도로 하루하루를 희망찬 꿈을 안고 행복하게 살아가고 있었다.

비가 오나 눈이 오나 열심히 일을 하는 것은 말할 것도 없고, 심한 경우에는 밤중에도 모래를 채취하기도 했다. 뿐만 아니라 보다 더 체계적인 사법고시 공부를 위해서 통신대학에 입학하여 통신(通信) 강좌에 온 힘을 다했다. 주로 한문이 대부분인 고시공부나 법원·경찰직 시험은 철민이에게 아주 적절하기 때문에 흥미를 더할 수 있었다.

그러가 하면 동네 아이들에게 한문도 가르쳐주고 나름대로 최선을 다하고 있었다.

그러던 어느 날, 실력을 견줄 수 있는 기회가 찾아왔다. 다름 아닌 검찰 사무직 공무원을 모집한다는 것이다. 철민이는 어느 때보다 더 열심히 공부하여 마침내 광주에서 시험을 본 것이다. 그러니까 학교 문턱도 가보지 못한 철민이가 300 : 1이란 공무원, 그것도 검찰직을 응시한 그 자체만으로도 엄청난 사건이 아닐 수 없었던 것이다.

비록 오급을류(五級乙類, 당시)이지만 검찰직이란 특수성 때문에 응시생들은 거의 고졸에서 대졸 대학원생이 주류를 이루었다. 전국에서 20명 정도 공채하기 때문에 각 도에서 한두 명, 서울에서 10명 정도 뽑게 되므로 아주 어려운 시험이었다.

결과는 낙방이었다. 물론, 꼭 합격하리라는 자신감을 가졌던 것은 아니었다. 그야말로 시험을 대비한 시험을 본 것이다. 하지만 막상 낙방하고 보니 다소의 서운함과 아쉬움은 그다지 쉽게 잊을 수가 없었다.

평소와 같이 일상생활로 돌아온 철민이는 한 번 실패는 성공의 어머니라는 격언을 되새기며 불철주야 막노동일과 공부를 더 열심히 하고 있었다.

그런데 사소한 문제가 발생한 것이다. 다음부터는 검찰직 시험에 영어가 출제된다는 것이다. 영어에 자신감이 없는 철민으로서는 공부의 방향을 바꿀 수밖에 없었다. 법원서기보직으로 바꿔서 계속 공부했다. 물론 사법시험 공부도 같이 하고 있었다.

이러한 공부를 할 수 있는 근본적 뒷받침은 한문 실력이었다. 하등의 국어 국문학을 따로 배우지 않아도 한문으로 충분히 이해되기 때문이었다. 그 옛날, 종이가 없어 손등에, 장단지에, 땅바닥에, 한문을 쓰기도 했고, 나무하면서도 길을 가면서도, 누워서도, 자면서까지도 한문 공부했던 덕을 크게 보고 있는 것이다.

검찰직에서 법원서기보직으로 전환하여 그 옛날 공부했던 모습으로 돌아가 열심히 공부를 한 까닭에 때로는 코피를 쏟기도 했고, 때로는 일시적인 현기증까지 겹쳐 건강이 걱정될 정도였다. 하지만 당신의 생각으로는 건강이란 개념마저도 염두에 두지 않을 만큼 무관심이었다. 새벽에 일어나 공부하는 정도는 아무것도 아니었다. 변소에서, 차에 모래를 실으면서, 밥을 먹으면서도 중얼중얼 마치 미친 사람처럼 혼자서 중얼댔다.

그러한 노력에 법원서기보시험에 자신을 갖게 되었다. 그 원인으로는 기출문제를 통한 모의고사를 보면 거의 만점이 나와 다음 시험은 자신만만했다. 의기양양한 자세로 광주에서 법원직 시험을 보고, 발표날만 기다리고 있었다.

합격하면 어디서 근무하지, 고향 쪽인 광주, 아니면 전주, 아냐 전주에서는 곤란해. 넝마주의 애들 때문에 혼자서 합격을 자신한 철민이는 떡 줄 사람은 생각지도 않는데 김칫국부터 마신 격이 돼 버렸다. 드디어 합격자 발표가 신문에 나 있었다.

어느 때보다도 자신 있게 신문을 본 철민이는 눈을 비비며 자세히 보았으나, "철민"이란 이름은 찾아볼 수 없었다. 처음 검찰직 발표 때와는 다르게 철민이는 실망에 한숨을 내리쉬고 있었다. 그때야말로 위안의 술 한 잔 생각이 간절했지만, 전주에서 고산으로 온 지 수년이 되었지만 술 한 모금 입에 대지 않는데, 낙방하고 보니 술 생각이 저절로 난 것은 인지상정(人之常情)일 수밖에 없었다.

밀려오는 실패 감정, 이렇게 혼자서 몸부림쳐도 누구 하나 위안해주는 사람마저 없다는 허탈감, 정말 그 당시의 철민이의 절규는 하늘만 알고 땅만 그 소리를 들었을 것이다.

'아, 그렇게 노력했는데, 그렇게 자신했는데, 에이 못쓸 놈의 세상, 문을 두드려라, 그러면 열릴 것이다, 열리기는커녕, 더 닫혀버렸는데, 하면 된다. 하기는 뭘 해. 더 안 되는데. 누가 이런 말을 했을까. 건방지게.'

철민이는 낙방의 상처가 의외로 큰 것은 그만큼 자신했기 때문이었다. 철민이는 자리를 박차고 일어나 전주행 버스에 몸을 실었다. 그리고 전주남문시장 개천 변에 위치한 철학관을 들어가 공부는 남 못지않게 자신하는데 왜 시험에 떨어질까요, 하고 당돌하게 물었다.

그러자 그 당시로는 알아듣지 못한 얘기를 하는 것이었다.

"사주에 관성(官星, 명예, 벼슬, 직업을 상징)이 없어."

철민이는 자세를 가다듬고, 불쾌한 어조로 따지듯이 물었다.

"관성이 무엇인데요? 그런 것이 뭐가 필요해요? 아 공부 잘해서 실력 좋으면 시험은 당연히 합격하는 게 아닌가요? 그런데 관상이 무슨 합격을 좌우해요?"

안경 너머로 철민이를 물끄러미 쳐다보고 있던 노인은 철민이의 말이 기가 찬지 혀를 찼다.

"자네 같은 사람하고는 이야기하기도 싫으니, 어서 가 보게나."

그때 그 당시의 철민이의 생각은 철학으로 운명을 상담하는 사람은 아주 하찮은 사람들로 정상적인 삶을 포기하고 막 되게 살고 있는 사람들만 운명상담을 하는 것으로 생각하기 이를 데 없었던 것이다. 지금 생각해보면, 그때 그 태도가 얼마나 무식하고 불손했는지 모른다.

노인하고 말다툼을 하면서 큰 소리가 나자 노인 아들이 가세하여 받았던 돈을 다시 돌려주면서 철민이를 억지로 밀어냈다. 철민이는 밖으로 떠밀려 나오면서도 큰 소리로 말했다.

"운명이 어디 있어. 그냥 살면 되지. 나는 그런 미신 안 믿어. 모두 미신이고 사기야 사기."

고산으로 돌아온 철민이는 며칠간 일도 하지 않고 방에 틀어 박혀 앞으로도 시험을 계속 볼 것인지, 말 것인지를 골똘히 생각하고 있었다.

그 결과, 결론은 공부를 더 열심히, 체계적으로 하기 위해서 학원을 다니기로 마음을 굳혔다.

이튿날, 철민이는 전주 모 학원 행정학과에 정식 입학을 하여 다음 시험에 대비하고 있었다. 그렇다고 막노동을 포기한 것은 아니고, 학원에서 보낸 시간만큼 더 열심히 일도 하여 돈 버는 것은 큰 차이가 없었다. 막상 학원을 다니고 보니 어떤 면에서는 혼자 독학하는 것이나 별다를 바가 없어 두서 달 다니고, 다시 독학을 죽도록 열심히 했다.

그래서 법원직을 다시 도전했었다. 그러나 결과는 또 낙방이었다. 실망이 큰 철민이는 어려운 법원직만 볼 게 아니라 가장 쉬운 직급을 보기로 하고, 법원직에서 형무소 간수직인 교정직을 보기도 했다. 그 이유 중 하나가 국어, 국사, 일반 상식이 시험 과목이므로 자신이 있었기 때문이다. 그리고 두 번째 이유라면 우선 공무원이 되고 나서 근무하면서 사법고시에 도전할 계획이 있었기 때문이다. 평 공무원 시험은 마지막이라는 각오로 하루가 무섭게 실력을 쌓아가고 있었다. 더욱이 법원직 공부보다 교정직 공부는 훨씬 쉬웠다. 그리고 공부하는데 더 흥미로운 게 사실이었다.

드디어 교정직 시험을 역시 광주에서 자신 있게 보았다. 그러니까 맨 처음 검찰직 한 번에 법원직 두 번, 이 시험까지 네 번을 모두 광주에서 보게 된 것이다. 철민이는 마음속으로 다짐했다. 이번에도 만약 떨어지면 더 이상 평 공무원 시험은 보지 않고, 아예 사법고시에만 목숨을 걸어야지, 철민이는 자신과의 다짐을 몇 번이고, 다지고 또 다졌다. 그리고 공부는 남 못지않게 잘하는데 왜, 시험에는 떨어질까, 하고 생각을 깊이깊이 해보았으나 해답은 얻을 수가 없었다.

그런데 갑자기 전주에서 봤던 운명가의 말이 귓전에서, 관성이 없어, 관성이 없어, 그래서 시험에 안 붙은 거야. 이 말이 소리 없는 함성으로 들려왔다. 시험을 광주에서 무사히 보고 차를 타려고 서 있는데 허름한 손수레에 손때가 묻고 먼지가 싸여 있는 책 한 권이 눈에 띄었는데, 그 책 이름이 《역술전서(易術全書)》였다.

철민이는 일단 그 책을 두말하지 않고 사서 가방 속에 넣어두고 고산 집으로 들어왔다. 그 책을 산 이유는 이해되지 않는 부분, 즉 공부는 남 못지않게 잘하는데 시험만 보면 왜 떨어질까를 풀어 보고자 했다. 물론, 역학을 본격적으로 공부하고 나서야 그런 방식으로는 관성(官星)이란 것을 알 수 있는 것이 아니고, 진짜 관성이란 것을 알기 위해서는 몇 차원이 높은 육신법(六神法)을 적용한다는 것을 알게 된 것이다.

아무튼 시험발표를 기다리면서 광주에서 사 온 《역술전서》를 열심히 보았다. 그 책은 공부하는 사람이라면 누구나 볼 수 있게 구성되어 있어 전문인이 아니어도 이해가 가능했다. 그런데 그 책에서 중요한 몇 가지 단서를 발견하여 깜짝 놀라지 않을 수가 없었다.

왜냐하면 미래야 맞을지, 안 맞을지 모르지만 과거를 보니까, 부선망(父先亡, 아버지가 먼저 죽은 것)을 운운한 것과 조출타향(早出他鄕, 일찍 고향을 떠나온 것)이 이러고저러고 한 것 등 실로 눈으로 보듯이 딱 맞아 떨어진 것이다.

아무리 그렇다 하더라도 철민이는 어쩌다 그런 것이지, 누구나 다 맞겠나, 미신이야 미신, 사법고시 합격하여 판검사가 될 내가 이런 미신을 믿다니, 이런 것은 낙오자들이나 보는 것이지, 참으로 지금 생각해보면 건방지고 인간 이하로 취급될 생각과 말이었다. 그때 생각으로 사람이 살아가는데 가장 중요한 것이 돈 있고 빽 있고, 머리 영리하면 최고라는 못된 생각을 하고 있었다.

이러한 생각을 하고, 인격이란 전혀 찾아볼 수 없는 철민이가 만약 평 공무원이 되었거나 사법고시를 패스해 판검사가 되었다면 얼마나 많은 사람에게 가슴 아픈 상처를 주었을까, 하고 회상해보면서 평 공무원도 판검사가 되지 못한 게 얼마나 다행인지 모른다. 아울러 인격수양을 전제로 한 도인(道人), 작가(作家), 종교인(宗敎人, 국제민불종 창종)이 된 것을 한없는 영광이며, 한없는 기쁨인 것이다.

교정직 발표일이 다가와 신문을 바쁘게 훑어보았으나 합격자 명단에는 역시 철민이라는 이름은 없었다. 참으로 이상하다. 공부라면 둘째가라면 서운한 내가 왜 이러지, 참 못살겠구먼. 에이, 다 치워버려 못살겠네.

철민이는 감정을 주체 못하고 신문을 갈기갈기 찢어버리고 밖으로 나가서 하늘만 멍하게 쳐다보며 긴 한숨을 내리쉰다.

참 미치겠네, 미쳐, 그래도 어떻게 보면 대단하지, 그것은 내가 생각해도 대단해. 내가 이러한 계단까지 와 있다니. 만약 세상 사람들이 이런 철민이에 대한 비밀을 안다면 대단하다고 박수갈채를 보낼 거야. 암, 그러고 말고. 다시 시작해야지. 고시를 향한 꿈나래를 활짝 펴야 해.

철민이는 다짐하고, 또 다짐하면서 본격적인 사법고시 준비에 한걸음 다가와 있었다.

큰 뜻을 안고 강촌(江村) 열차에

　네 번의 공무원 시험 응시에 모두 실패한 기회를 또 다른 도전으로 변화, 성공으로 승화시키고자 특단의 행동을 하기로 결심했다. 막노동과 공부를 동시에 하던 것을 아예 사법고시를 대비, 공부만 열심히 하기로 마음을 굳힌 것이다.

　다만 최소한 숙식은 할 정도로 돈도 다소 벌면서 공부를 하는 것이 합리적이라 생각하고 있던 차, 고산에 살고 있는 김형종(가명)과 같이 강원도로 가기로 했다. 물론 형종이는 공부와는 거리가 멀지만 한때 은행 장사(열매가 있는 상태로 사는 것)를 같이 했기 때문에 철민이는 공부를 주로 하기로 하고, 형종이는 그 당시 유행했던 참옻나무 씨앗 채취와 폐비닐 등을 수거하여 팔아 돈을 벌 계획으로 강원도 춘성군 남면 발산리에 머물기로 했다.

　때는 가을이라서 출렁이는 황금 들판이 차창 너머로 마치 한 폭의 구름처럼 스쳐 지나간다. 말로만 들었던 강원도를 사법고시를 합격하여 의젓한 판검사의 큰 꿈을 안고 가고 있었던 것이다.

철민이는 차 안에서 마음속으로 다짐했다. 어떠한 고통이 따르더라도 고시는 패스해서 꼭 판검사가 돼야 해, 하고 수없이 다짐했다. 강촌까지 열차를 타고 와 다시 발산리 황골, 발산중학교 근처에서 내렸다. 같은 산골짜기라도 고산하고는 너무 달랐다. 버스도 하루에 두서너 번만 다니고, 여기저기 하나둘씩 있는 집들은 너무도 삭막하게 보였다.

해는 이미 서산에 걸쳐 있어 우선 급한 것이 먹고 잘 수 있는 하숙집이 필요했다. 마침, 근처에 새로 지은 집이 눈에 띄었다. 그 집 주인 양반은 유준상(고인) 씨였는데 아주 후덕하고 인자한 모습이었다.

그래서 형종이가 얘기했다.

"저, 아저씨, 이곳에서 한 일 년쯤 머물어야 하는데요. 적당히 묵을 곳이 있나요."

이 말을 듣고 있던 유준상 씨는 과년한 딸과 뭐라고 뭐라고 하고 나서, "정 그러시다면 우리 집에서 머물도록 하셔요." 하고 나서 방을 안내했다.

정말 강원도 산골짜기의 특수성 때문인지 방 위쪽에는 옥수수대를 울타리를 쳐 놓고, 그 반대쪽에는 고구마를 가득 채워 놓았다. 또 천장에는 옥수수 종자이며, 조(서숙) 종자 등을 주렁주렁 매달아 놓았다.

유준상 씨는 시장할 테니 우선 식사부터 하라며 밥상을 들고 왔다. 차를 타고 오느냐고 점심도 못 먹어서 뱃속에서는 꼬르륵 소리가 난 지 이미 오래되었다.

저녁밥을 먹고 나서 이런저런 이야기를 하면서 우리가 이곳까지 온 이유를 설명했더니, 유준상 씨가 "아, 그러시구나." 하면서 우리 집에 반찬은 없지만 우리 식구들 먹는 대로 먹고, 잠은 이 방에서 자도록 하라는 것이었다. 한 일 주일간 정도를 하는 일 없이 공부만 하고 있던 철민이에게 형종이가 옻나무 씨가 많이 있는 곳과 폐비닐을 어디로 가면 많이 주울 수 있는지를 알아 가지고 와서 말하는 것이었다.

"야, 철민아! 내일부터는 서서히 움직여 봐야지. 언제까지 이대로 있을 수는 없잖아, 안 그래, 철민아!"

철민이는 고개를 끄덕이며 대답했다.

"그래, 내일부터 움직이면서 공부도 할 꺼야."

두 사람은 아침밥을 먹고 옻나무 열매가 많다는 곳을 찾아갔다. 황금색을 띠며 주렁주렁 매달려 있는 열매를 철민이는 나무에 올라가서 따 내리고, 형종이는 자루에 담았다. 어느덧, 한 짐씩 짊어질 정도로 금방 두 가마를 딴 것이다. 그러자 형종이가 제안했다.

"야, 철민아! 이놈 갖다 팔면 우리 일당은 충분해. 하루에 두서너 번만 이런 식으로 채취하면 돈 금방 벌 수 있어. 야! 어서 가자."

형종이가 옻나무 열매에 대해서 잘 알 수 있는 것은 고산에 있을 때, 각종 초목 씨앗이나 옻나무 씨앗을 거래해 보았기 때문에 가격이나 판로에 대해서 속속들이 알고 있었다. 그러기 때문에 부피가 어느 정도면 돈으로 얼마만큼 되는가를 알 수 있었다. 지게도 없이 등짝에 옻나무 자루를 지고 하숙집으로 오자 유준상 씨가 깜짝 놀랐다.

"이 옻나무 씨를 뭐하려고, 이렇게 따온 거요?"

눈치로 보아 옻나무 씨에 대해서 가격이나 그 필요성을 모르는 거 같아 형종이가 아저씨에게 얘기했다.

"아저씨, 이런 씨앗을 가져오신 사람은 얼마씩 드릴 테니 여러 사람한테 알려주세요."

첫날의 작업을 끝마치고 저녁밥을 먹고 따뜻한 방에 있어서 그런지, 몸이 근질근질하기 시작했다. 본래 옻 잘 타지 않는 두 사람이 대수롭지 않게 긁적거리며 잠이 들었다. 그런데 이게 웬일인가, 아침에 자고 일어나보니 눈을 못 뜰 정도로 얼굴이며, 전신이 부어 있었다.

말하자면 옻 중독이 된 것이다. 두 사람은 서로의 얼굴을 쳐다보며 막 웃어댔다. 북어(마른 명태) 등을 끓여 먹고, 각종 민방으로 겨우 위험한 고비는 가까스로 넘겼다.

옻 중독이 걸린 이후부터는 마을 사람들이 가져온 열매만 사 들이고, 열매를 직접 따는 일은 가급적 피했다. 물론, 한 번 중독이 된 뒤에는 면역력이 생겨 무사할 수 있는 것은 알고 있었으나 그보다는 폐비닐을 수거하러 다니는 것도 짭짤한 벌이여서 하등이 옻나무 열매를 딸 필요까지는 없었다.

옻나무를 전북 이리(익산) 종묘사에 팔기로 하고 형종이가 차를 불러 이리로 첫 반출한 것이다. 큰 기대를 하고 며칠간 기다렸던 철민이는 실망하고 말았다. 왜냐하면 가격이 워낙 폭락하여 차 삯도 겨우 주었다는 형종이의 말을 들었기 때문이었다.

하지만 그 이후의 사건으로 형종이가 철민이에게 거짓말을 한 것임을 알 수 있었다. 겨우내 모은 것인데 차 삯도 겨우 주었다니 허탈할 수밖에. 그러다 보니 철민이가 가지고 온 돈도 바닥이 나고 어느덧 하숙비가 서너 달가량 밀려 있었다.

주인은 두 사람을 못 믿어 주민등록증을 달라고 하면서 방을 비우라는 것이다. 왜냐하면 옻나무 열매를 팔아서 밀린 것을 다 준다고 했는데, 사정이 여의치 않아 결국 쫓겨날 형편이었다. 주인이 얼마나 속이 탔는지, 두 사람이 쓰고 있던 방에서 가마니를 치고 새끼를 꼬는 등 한마디로 빨리 방을 비우라는 것이었다.

고물행상 엿장수가 되버렸다

철민이와 형종이는 하는 수 없이 수입이 짭짤한 고물행상을 시작했다.

그러니까 일명 엿장수, 껌장수가 돼버린 것이다. 그 당시에는 고물 다라이(다라), 쓰레빠(슬리퍼) 등이 비싼 시절이라서 수입이 괜찮았다. 엿과 껌을 가지고 다니면서 고물 팔아요, 고무 다라이나 쓰레빠, 양은 냄비도 받아요, 하고 골목을 누비며 소리를 고래고래 질러댔다.

처음에는 "고물 팔아요~!" 소리가 나오지 않아 자신도 모르게 얼굴이 붉어졌다. 하지만 사정이 사정이니만큼 창피를 무릅쓰고라도 돈을 벌어 밀린 하숙비를 주어야만 했다. 고물과 폐비닐을 모아서 다른 업자에게 팔아 밀린 하숙비를 해결하고, 그 근처에 있는 조재근(작고) 집으로 옮겨버렸다. 그리고 두 사람은 또다시 고물을 열심히 모으기 시작했다.

어느덧, 음력설이 얼마 남지 않아 그동안에 모아둔 고물이며, 폐비닐을 팔기로 하고 이곳저곳을 알아보던 중, 마침 형종이 동생 형필이가 서울에서 다라이 공장에 근무하여 얼마든지 가져오라는 것이다. 가격은 섭섭하지 않게 알아서 준다고 해서 용달차에 폐비닐 두 차를 싣고 철민이는 발산리 현지에서 있기로 하고, 형종이가 서울 가서 팔아 돈을 가져오면 그동안의 외상값이며 밀린 하숙비를 계산하고 고산으로 가기로 약속했다.

발산에서 떠나는 시간이 저녁쯤 돼서 형종이는 서울에서 자고 내일 오전 중에 이곳(발산리)에 올 것이다, 라는 말을 남기고 서울로 향했다.

날이 밝아 오전 새참 때가 될 무렵부터는 차 소리만 나면 밖에 나가 확인하기를 수차례, 해가 저물어도 형종이는 나타나지 않았다. 다음 날 오겠지, 아니면 모레나 글피에 오겠지, 하면서 사법시험을 대비한 책을 넘기고 있었다. 하지만 날이 갈수록 불안한 생각만 들지 형종이는 끝내 나타나지 않았다.

그러니 난처한 사람은 철민이었다. 하숙집 주인은 철민이가 도망이라도 갈까봐 온 신경을 쓰는 모습이었고, 날이 갈수록 철민이는 고개를 들 수 없을 정도로 하숙집에 미안했다. 그러던 어느날, 철민이가 하숙집 주인(조재근 부모)를 불러놓고 형종이를 더 이상 기다리지 말고 못난 저를 믿어달라고 사정했다. 그리고 하숙비와 외상값은 내가 책임지고 갚는다고 했다. 그리고 고산에 이만저만한 내 돈이 있으니 별문제 없다는 것을 이야기 하자, 별문제가 있겠느냐며 오히려 철민이를 위로하였다. 그러면서 염려 말고 공부 부지런히 하여 판검사가 되어야 한다고 당부를 거듭했다.

설도 지난 지 꽤 오래되었고, 서울 간 형종이는 깜깜무소식이었다. 그때서야 형종이가 철민이를 철저하게 속였다는 것을 알고 인생은 아무도 믿어서는 아니 된다고 마음속으로 원망을 하고 있었다.

어느덧, 여름이 가고 가을이 돌아왔다. 그런데 마을에서는 이상한 소문이 나기 시작했다. 하숙집 여주인하고 철민이와 이러쿵저러쿵한다며 별별 소문이 다 들려왔다. 하지만 정작 하숙집에는 아들 삼형제가 있고, 철민을 친형처럼 따르며 한문을 배우기도 했다. 그리고 하숙집 내외분(작고)은 철민과 나이 차이가 2~30년이 차이가 나서 부모 같은 연배였다.

그러한 와중에서도 의부모 형제(義父母兄弟)를 맺어 친부모 형제처럼 지냈다. 그런데 왜, 헛소문이 들릴까? 철민이가 시간이 있을 때마다 필요 없는 집 안 나무를 자르고, 집 앞 골목로 옆에 담장을 쌓아 그 집 안이 운치 있도록 개보수(改補修)를 한 것이다.

더욱이 담장이 원래 없던 것을 돌담을 쌓아 놓고 보니, 우마차 리어카가 다니기에는 다소 불편한 것으로 판단되었다. 철민이는 원래 촌에서 일을 잘했던 터라 이엉(초가집을 1년에 한 번씩 덮어준 구성체)를 엮어 지붕도 새로 덮고, 겨울에 필요한 소 옷(짚으로 만듦, 얼치라고도 함)도 만들어 입히는 등 사실상 철민의 집안일이라고 생각하며 도와주었다.

이러한 과정이 마을 사람 어느 분의 미움을 사, 풍문이 돌도록 한 것 아닌가 싶었다. 사실 이러함에도 가장 마음 고생하는 것은 하숙집, 그러니까 의부(義父)였다. 직접적인 것은 아니지만 부부끼리 싸움하는 과정을 보면 철민이로 하여금 불화가 많아 철민이의 입장이 난처한 것이 비일비재하였다.

한밤중에 쫓겨나 강촌역에서

벌써 강원도 온 지도 일 년이 거의 다 돼가고 있다.

처음 올 때가 가을이었는데 다시 가을을 만났기 때문이다. 낮에는 주로 집안일을 스스로 알아서 하고, 남은 시간과 저녁에는 밤 늦도록 고시공부를 한 덕택으로 자신이 생각해봐도 실력이 많이 향상되었음을 알 수 있었다.

월동 준비를 하느냐고 몸이 피곤하여 초저녁에 한숨 자고 일어나 밤 10~12시까지 공부를 하고 있는데 큰방(윗방 문 하나 사이)에서 의부모끼리 다투는 소리가 들렸다. 그러자 의부께서 중간 문을 확 열어 재끼고 철민이를 가리키면서 화난 모습으로 말했다.

"너! 야, 너 말이야!"

철민이는 더듬거렸다.

"예, 저요?"

분통을 못 참은 의부가 다시 큰 소리로 외쳤다.

"너 인마! 지금 당장 나가, 빨리! 살인나기 전에."

그러자 같이 자고 있던 의제(義弟, 큰아들 재근이)가 의아한 표정으로 물었다.

"아부지, 왜 그러셔요?"

의부와 의제가 서로 말이 오고간 사이, 철민이는 멍하게 천장만 바라보고 있었다. 그러고 나서 자리에서 일어나 옷을 주섬주섬 챙기자, 집이 떠내려갈 정도로 큰 소리가 나고 싸움은 격해졌다.

철민이가 짐을 거의 다 챙길 무렵, 재근이가 따라나섰다.

"나도 형 따라 갈 꺼야!"

재근이가 이불 보따리를 등에 지고 따라나서는 것이었다.

두 사람은 가을 달밤, 싸늘한 바람을 안고 강촌역으로 가기 시작했다. 두세 시간을 걸어 강촌역에 도착한 시간이 새벽 3~4시 정도된 듯했다. 아직 서울행 첫차가 오려면 한두 시간은 더 있어야 했다.

두 사람은 강촌역 차가운 시멘트 바닥에서 잠을 자야만 했다. 지금 생각해보면 참으로 아닌 밤중에 홍두깨, 아니면 파란하늘에 날벼락 격으로 너무도 순간에 일어난 일이라서 도무지 이해가 안 되는 사건인 것이다.

아무것도 얻지 못하고 고산으로 돌아온 철민이는 며칠간 안정을 취하고, 계속 공부에 심혈을 기울였다.

재근이는 남문약국(후일 철민이가 사경을 헤맬 때, 큰 도움을 줌) 차량을 운전하기로 해서 취직이 되었다. 하숙비 받겠다고 따라온 의모는 다시 강원도로 가게 되었고, 철민이는 고시 공부가 전부인 줄 알고 전력을 다하여 질주했다.

더욱 더 독한 마음으로 죽어도 고시에 합격해야 한다는 결의로 공부하는 방법을 뜯어 고쳤다.

재근이와 철민이는 서울행 첫차를 타고 고산을 향해서 가고 있었다. 촌스럽기 그지없는 두 사람은 이불 보따리를 짊어지고 옷은 입은 채 떠나와 누가 봐도 촌닭처럼 보였다. 너무나도 초라한 모습이라서 고산을 갈 수가 없어 우선 전주역(구 역전) 근처에 싸구려 월세로 방을 얻었다. 무엇보다 최우선은 재근이를 취직시켜야만 했다. 철민이가 아는 고물상(중앙시장쪽)으로 가서 자동차 조수자리를 부탁해 놓고 온 지 며칠 지나지 않아 재근이가 일하게 되었다.

전주에서 한 달쯤 있을 때 강원도에서 연락이 왔는데, 두 사람 다 다시 집으로 오라는 것이었다. 무엇인가 오해가 있어 갑자기 그런 것이므로 빨리 오란 소식이었다. 두 사람은 다시 강원도에 가게 되었다. 의부께서는 남의 이야기만 듣고 큰 소리를 쳤다며 사과를 했었다.

어느덧 세월은 흘러 겨울이 다가 와 철민이가 강원도 온지 어언 3년이 다된 것이다. 삶이야 어쨌든 철민이에게 남은 것이라면 머릿속에 들어 있는 공부였다. 철민으로서는 어쩌면 계속 공부할 수 있는 최상의 여건인지도 모른다. 왜냐하면 산골짜기에 처박혀 공부에만 열중하여 많은 실력이 향상되었기 때문이다.

음력설이 지나고서 철민이는 강원도를 아주 떠나 다시 고산으로 가 공부할 것이라고 미리 의부모님께 이야기하고, 그동안 밀린 하숙비는 일단 고산에 가서 해결해주기로 했다. 그러므로 의모님이 동행하여 돈을 받아서 오는 게 어떠냐고 하자, 흔쾌히 동의하고 며칠 있다가 철민, 재근, 의모 세 사람은 고산을 향해서 차에 몸을 실었다.

막상 고산을 와 보니 한 3년간 자리를 비운 모습이 확연히 들어났다. 희산이네 엄마에게 맡겨놓은 돈은 현종(가명)이가 철민이가 가져오라고 해서 두 번에 걸쳐 쌀 다섯, 여섯 가마에 해당하는 액수를 진작에 가져갔다는 것이다.

'그동안 일부러 바보인 척하고 살아왔던 굴욕의 세월이 헛된다 하더라도 꼭 잡아야 해. 개새끼, 더러운 놈, 잡기만 잡아봐 죽여 버릴 테니까.'

철민은 숨겨둔 넝마주의 근성이 폭발한 것이다. 만사를 제쳐놓고 고산 읍내는 말할 것도 없고 황골에 산다는 이모 집으로 본고향인 운주면 등 샅샅이 뒤졌다.

그 결과, 운주면에서 몇 시간을 잠복하고 있다가 현종이를 찾아낸 것이다. 아무 말 없이 몇 미터 밖에 있는 현종이를 향해 이단 옆차기로 날려 쓰러뜨려놓고 발로 목을 짓눌렀다.

"이 개자식아 사람을 속여도 유분수지. 그렇게 속여! 너 오늘 끝이야."

호주머니에 감추어 온 칼이 금방이라도 나와 찔러 죽이고 싶은 잔인함이 솟구쳤다.

아무튼 지금 생각하면 용케도 아주 잘 참았던 것이다.

제6장

조직에서의 탈출,
소리 없는 메아리

죽음의 문턱을 넘나드는 차 사업

그 당시의 차종은 코로나, 차 번호는 전북 1207이었다.

회사는 역전택시였다가 풍남교통으로 변경되었다. 나이 20대 초반에 택시 사업하는 것이나 그 옛날 촌에서 6~7세 때부터 나무하고 다니며 머슴살이를 하고 자동차 정비 견습공, 조수, 운전사 등을 걸쳐 이제는 차주가 되었으니 외형상으로만 보면 성공했다고 해도 과언이 아니었다.

지금(2018년)은 차 한 대가 별것 아니지만 그 당시에 차 한 대 값은 엄청난 금액이었다. 택시를 한 대 사려면 논 열다섯 마지기를 팔아야 가능하다고 했으니 실로 촌에서는 부잣집에 해당하는 것이다.

그러니 맨손으로 객지에 나와 경과야 어쨌든 택시 한 대를 운영한다는 것은 뭇사람들의 부러움이 아닐 수 없었다. 하지만 철민이에게는 이 택시 사업이 눈 내리는 밤에 오성소주(남문시장 근처 소주공장) 공장 굴뚝 아래서 노숙을 해야만 하고, 전주초등학교 근처

호떡 포장마차에서 자살을 기도해야만 하는 처절한 운명이 다가올 줄은 아무도 몰랐던 것이다.

철민은 새로운 마음으로 정식 운전사도 두고, 남은 시간에는 공무원 시험대비 공부와 한문학에 대해서도 온 힘을 다해 최선을 다해서 공부도 열심히 했다. 사실이 이런 면에서 철민이는 대단한 위치에 있다고 자부한 것이다.

정식 운전사는 공군을 막 제대한 박영일(가명)이었는데 군대에서 배운 운전이라 비교적 서툰 모습이었다. 하지만 인간성이 좋고, 얼굴이 쾌남형이므로 운전사로 정했다.

그러던 어느 날, 철민이에게 모든 것을 종지부 찍을 비보가 날라온 것이다. 택시를 운전하던 박영일이가 금암동 로타리에서 인사 사고를 냈다는 것이다. 가슴이 철렁한 철민은 앞이 보이지 않고, 캄캄했다. 지금 같으면 보험이 있어 당사자끼리 해결하면 여러 가지로 유리하지만 그 당시에는 종합보험이라는 게 없었고, 책임보험만 있어 일단 사고 그 자체가 망해가는 지름길이었다.

사고를 낸 운전기사는 바로 사고 현장에서 구속돼 경찰서로 갔고, 철민이는 사고 해결을 위해 차를 팔아야만 했다. 하루아침에 거지가 돼버린 철민이는 지금까지 쌓아온 모든 것을 하루아침에 잃어버린 것이다.

그런가 하면 시골에서는 돈 붙여주지 않는다고 아우성이고, 차 사고는 나서 사업은 이미 망해버리고, 당장 돈이 없으니 오고 갈 때는 없고 참으로 난감했다.

그것도 일가친척이 있는 것도 아니고, 혈혈단신 객지에서 누구 하나 위로의 말 한마디 해주는 사람 없고, 또한 나이는 20대 초반이라서 사회적인 인맥이 전혀 없는 때라 자신이 생각해도 비통하고 처절하다는 생각만이 들었다. 차를 처분하고 일 원 한 푼 건지지 못하고, 하루아침에 거지가 돼버린 철민은 결심했다.

'차 사업이고 뭐고, 넝마주의 계통에서 큰소리치며 다시 일을 해야지. 인생은 공수래공수거(空手來空手去)인데, 뭐가 걱정이야.'

마음을 결심한 철민이는 오히려 더 편안한 마음이 들었다. 이곳저곳을 다니다가 중화산동 다리 밑으로 가, 며칠간을 넝마주의와 생활을 같이 했다. 하지만 철민의 마음속에는 '내가 이런 식으로 영원히 살아갈 것인지, 아니면 다른 방향, 즉 좀 더 낳은 방향으로 가야 하는 지를 놓고 며칠간 고민을 하며 지내야 했다.'

결론은 '이 넝마주의 계통으로 가는 것보다는 공무원이 되고, 판검사가 되는 것이 인생의 최고이지. 죽어도 나는 이곳에서 탈출해야 돼.'

철민이는 일단 넝마주의 계통에서 빠져나오기로 결심했다. 넝마주의 계통은 더 이상 기웃거리지 않는다는 결심을 하고, 그곳(중화산동 다리 넝마주의 약 30~50명 있었음)을 빠져나와 무작정 길거리를 방황하고 있었다. 수중에는 돈 한 푼 없이 길거리를 헤매고 다니므로 당장 먹고 잘 것이 문제였다.

그러자 모든 자존심을 뿌리치고 전주역전 근처에서 몸을 파는 김예진(가명)이 살던 방에서 며칠 묵었다. 그 당시에는 매춘녀는 자신의 방을 별도로 얻어 살고 있어 포주로부터 별 간섭을 받지 않고 자유로이 있었다. 김예진은 철민이가 한때 어려움에서 구해준 여성이다. 그러므로 철민이의 고마움을 잊지 않고 있었다. 철민이는 자신과 전쟁을 하고 있었다.

'절대 이런 생활은 안 돼지, 지금 고통스럽고 남모르는 아픔을 겪지만, 언젠가는 이런 날을 생각하며 성공의 웃음을 짓겠지.'하며 김예진의 집에서 나와 무작정 거리를 배회했다.

밥은 굶은 횟수가 더 많았고, 잠은 무심코 길거리를 돌아다니는 게 많았다.

이런 생활을 어언 몇 개월째, 날씨는 추워지고 오고 갈 때도 없고, 참으로 허허벌판에서 눈보라와 한파를 만난 것이다.

물론 차 사업을 했기 때문에 회사 기숙사(운전사 대기방)에서 의지하여 생활할 수 있었지만 자존심이 허락하지 않았다. 더욱이 '넝마주의들이 있는 다리 밑은 일부로 나온 것이 아닌가?'

철민이는 어느덧 다시 노숙자가 된 것이다. 몇 년 전에 다리 밑에서 노숙은 아무것도 아니었다. 지금이야말로 망가질 대로 망가져가고 있는, 길거리 부랑자(浮浪者)가 된 것이다

절망의 늪에서 사경(死境)의 언덕

철민이는 어느 때보다 마지막이라는 비장한 각오로 아무것도 하지 않고, 오직 고시 공부에만 모든 것을 걸고 새로이 공부를 하기 시작했다. 하루에 3~4시간 정도 자면서 코피를 흘리며 순간, 쓰러지면서도 미친 듯이 공부만 하고 있었다.

더욱이, 혼자서 밥을 끓여 먹기 때문에 건강이 점점 나빠지기 시작한 것이다. 두문불출(杜門不出)하고 공부만 하고 있는지도 일 년이 다 돼가고 있었다. 그러던 어느 가을날, 저녁쯤에 변소에서 볼일을 보고 일어서는 순간, 앞이 보이지 않으면서 정신이 혼미하여 앞으로 픽 쓰러져 버렸다.

사람들이 부추겨 방으로 겨우 들어갈 수 있었는데 몸은 기운이 쭉 빠져, 혼자서는 움직일 수가 없었다. 며칠이 지나서야 겨우겨우 혼자 출입할 정도로 움직이기 시작했다.

쓰러졌다는 소식을 듣고 강원도에서 의모께서 부리나케 오신 것이다. 금방 왔다, 금방 가려고 했지만 철민이의 딱한 사정 때문에 고산에서 머무르면서 일을 다니면서 그 돈으로 철민이의 보약도 사고해서 건강이 빨리 회복되도록 동분서주하였다.

그러던 어느 날 밤이었다. 책을 보는 둥 마는 둥 하고 잠자리에 누워 있었는데 목구멍에서 이상하게 차가운 물체가 넘어오면서 붉은 피가 쏟아졌다. 가끔 피가 나기도 한 적이 있었으나, 오늘같이 큰 핏덩어리가 쏟아지면서 기침이 멈추지 않은 것은 처음이었다. 가래와 기포까지 피는 계속 쏟아졌고, 기침도 계속되며, 숨이 차기 시작했다.

얼마나 고통스러운지 순간 눈을 감고 죽었으면 하는 생각이 들기까지 했다. 피는 입에서만 나온 게 아니고 코에서도 철철 흘러나왔다. 갑자기 집 안에 피비린내가 나서 와 봤다는 큰방 여주인 보권이 엄마(현 아인건설 대표)가 어찌나 급했는지 잠옷만 입은 채로 요강을 가져다주었다.

하지만 몸이 얼마나 흔들리는지 기침이 연속해서 나오는 바람에 입을 요강에 대고 피를 토해도 정조준이 되지 않았다.

어느덧, 벽은 빨갛게 물들기 시작했고, 순식간에 방바닥은 피가 고여 흥건하기 시작했다. 이러는 동안 보권이가 쫓아와 철민이가 먼저 충격이 덜하도록 이불로 김치 독을 싸듯이 온몸을 감고 헌 수건으로 턱받이를 대고 나서 두 사람이 철민이를 리어카에 조심스럽게 앉히고, 보권 엄마는 철민이를 잡고, 보권이는 앞에서 리어카를 끌고 부리나케 보건소로 갔다.

보건소에서 우선 지혈제를 맞고 피는 멈추었는데, 기도에 남아 있던 피가 굳어 있어 숨쉬기가 여간 어려운 것이 아니었다. 하는 수 없이 목구멍에 걸려 있는 핏덩어리를 기구로 끌어냈다. 마치 붉은 선지 덩어리 모양처럼 그 핏덩어리는 보기만 해도 끔찍했다.

집으로 온 철민이는 모든 것이 수포로 돌아가는 순간이었다. 그렇게도 원했던 사법고시는 응시 한 번도 못하고, 오히려 생명의 불꽃이 점점 꺼져만 가고 있었다. 갑작스레 당한 일이라 우선 급한 것이 병명을 아는 것이었다.

전주도립병원(현 예수병원)에 가서 진단해 본 결과, 폐병 말기(肺病末期)란 청천벽력 같은 소리를 들었다. 담당의사는 왜 이렇게까지 되도록 놔두었냐며 병원에 따라온 의모께 호통을 쳤다.

고산으로 온 철민이는 하루하루 병마와 싸워야 했다. 이처럼 중환자를 그대로 방치할 수가 없어 의모는 병수발을 하지 않으면 안 될 처지였다. 허허벌판에 꺼져가는 불꽃을 그대로 놔둘 수가 없었던 것이다. 날이 갈수록 병마는 더욱 깊어져만 가고, 무슨 뾰족한 수가 없었다.

일단 폐병 말기를 치료하려면 3~4년 걸리는 게 그 당시 세인들의 말이었다. 그래도 완치되는 것은 바늘구멍에 낙타가 지나가는 것과도 같다는 것이다. 그러므로 폐병 말기 환자는 거의 사망한다는 것이 전문의들 말이었다.

피가 한 번 쏟아지면 지혈의 방법으로 소금을 몇 알 먹는 것이 효과적이기는 하지만, 참으로 생사를 오갈 때만 써야 했다. 왜냐하면 피가 넘어오다 목구멍에서나 콧구멍에서 굳어버리면 그대로 숨도 못 쉬고, 죽을 수 있기 때문이다. 그러니까 기침이 계속 나와 숨을 쉴 수가 없고, 피는 멈추지 않을 때만 소금을 사용한 것이다.

이래서 죽으나, 저래서 죽으나 같다는 판단이 있을 때만 소금을 먹는다. 소금을 먹고 한참 있으면 피가 조금은 멈추지만 기침을 하게 하게 되면 와르르하고 쏟아진 경우가 있다. 피가 굳어 밖으로 잘 나오지 않을 때는 입안에 손을 넣어 끌어당기고, 코는 그대로 끌어당기는데 이때 속 콧구멍은 물론, 머리에 뇌혈이 통째로 당겨지는 것처럼 고통이 따른다.

입천장이 콧구멍 쪽으로 뚫려 있어 그곳에 굳어 있는 피를 뽑아당길 때의 고통은 지금 당장 눈을 감은 채 죽었으면 하는 생각이 간절했다. 병을 치료하기 위해선 우선 잘 먹어야만 독한 항생제에 견딜 수 있는데, 철민이는 잘 먹을 수 있는 처지도 못되었다. 따라서 정부에서 주는 파스란 항생제와 마이신 주사를 3일에 한 번씩 맞아야 했지만, 원체 원기(元氣)가 없는 상태에서 그대로 할 수가 없었다.

만일 정부에서 준 약을 어쩌다 먹으면 소금에 절여 놓은 파김치같이 허물허물했다. 피골이 상접해 간 철민이는 아침이면 주위 사람들이 죽었는지, 살았는지, 확인하러 문밖에서 웅성웅성하기도 했다. 보다 못한 큰방 주인 전영술(작고, 보권이 부친) 씨께서 철민이 고향으로 가서 시체를 잘 고향에 묻어 달라고 손수 부탁까지 하고 오기도 했다.

그때에는 이미 전신이 마비가 돼 똥오줌을 받아내고, 말도 잘

못해 어쩌다 필요하면 철민이를 두 사람이 일으켜 전신을 이불로 칭칭 감고 벽에 기댄 채로 한 사람이 팔을 잡고 글을 써서 의사소통을 했다.

상황이 이렇게 되자, 강원도 의모께서는 그 먼 곳을 수없이 왕래하면서 좋다는 약은 다 가지고 온 것이다. 그중에서 흑구렁이를 가져오다가 전주 한진고속 짐칸에서 놓쳐 난리가 낫다는 것을 후일에 알게 되었다.

무엇보다 우선 몸의 기능이 회복되어야 하는데 전혀 가능이 없어 시간이 갈수록 절망과 죽음 이외에 생각할 수 없었다.

시체 가지러 온 당숙과 형님들

기적이 없는 한 살 수 있는 가망성은 조금도 없어 아무래도 끝날 것 같다는 생각에 전영술 씨가 전보도 치고, 직접 고향으로 찾아가 시신이나 가져가라고 했다. 그러자 고향에서 당숙(작고), 종두 형님(작고), 종철 형님 세 분이 오신 것이다. 철민이가 7대 독자이므로 친형제나 친이모, 삼촌 등이 없어 5촌 되는 형님들이 제일 가까운 형제였고, 당숙 역시 그러했다.

세 사람은 시신이나 가져가려고 왔는데 아직은 숨이 붙어 있는 상태라 죽어도 한(恨)이 없도록 하자며 나를 이불로 싸서 택시 뒷좌석 가운데 비스듬히 앉히고, 양쪽에서 붙잡고, 전주 적십자병원으로 갔다. 철민을 차에 놔둔 채 의모더러 붙잡으라 해놓고 무엇을 하는 지 세 사람은 보이지 않았다.

이러기를 두어 시간 참으로 이상한 일이었다. 그러자 김치 독처럼 싸여 있던 철민이가 다시 집에 가자는 신호를 하고 있었는데, 세 사람이 나와 철민이를 병원 침대에 가만히 눕힌다. 그리고 팔을 걷어 혈관주사를 놓아 수혈을 하기 시작한다. 철민이의 몸은 차가운 기운이 감돌아 떨고 있었고 당숙, 종두, 종철 형님들은 눈물을 흘리며 하염없이 한숨만 쉬고 있었다. 그러자 종두 형님은 철민이의 손을 잡고 닭똥 같은 눈물을 쏟으면서 흐느낀다.

"철민아! 너는 살아야 해. 응, 응! 꼭 살아야 해. 죽으면 안 돼. 정말 안 돼!"

종두 형님이 절규하자 철민이도 흐르는 눈물을 주체하지 못했다. 병원 담요를 적실 정도로 흐느꼈다. 그도 그럴 것이 철민이 자신이나 당숙, 종두 형님, 종철이 형님, 모두가 한결 같이 살 수가 없다는 것을 마음으로 이미 정해 놓았기 때문에 이 세상에서는 마지막이란 절박한 통한을 하고 있었기 때문이었을 것이다.

종두 형님은 다시 내 손을 잡고 말한다.

"철민아, 철민아. 너는 살아야 한다."

그 말을 남기고 종두 형님이 떠나가는 뒷모습을 보는 철민이의 가슴은 천 갈래, 만 갈래 찢어지고 문드러지는 심정이었다.

철민이는 마음속으로 '이제 마지막이다.'라는 생각에 하염없는 눈물을 흘려야만 했다.

철민이는 의모와 함께 고산으로 와 죽음만 기다리고 있었다. 내가 죽으면 화장하여 가까운 산에 뿌려 달라는 말을 남기고, 생명의 촛불이 꺼져가기를 기다리고 있었다.

전주 적십자병원에서 온 지 3~4일쯤 될 무렵, 옆집에 살고 있는 태흥이 할머니가 찾아와 돈은 병을 낳으면 주고, 그렇지 않으면 주지 않아도 된다면서 용약 두 재를 먹어보라고 권유했다.

그때 마침, 태흥이 할머니께서 야매(비공식)로 그런 약을 팔고 있던 중, 내 사정이 너무 딱해 보여 덕을 베푼 것이다. 용약을 다려서 일부는 병에 담아 놓고, 일부는 큰 기대를 하지 않고 억지로 먹었다.

그런데 이게 웬일인가? 기적이 일어난 것이다. 왜냐하면 신기하게도 온몸에 통증이 있어 죽을 고통이었는데 통증이 서서히 가라앉기 시작한 것이다. 그렇게 가슴이 불안하며 벌렁벌렁했는데 마음이 편하기 시작했고, 기침을 조금 덜 하게 되므로 자연히 목구멍에서 피(각혈)도 조금은 나은 편이었다. 그러다 보니 머리맡에 둔 용약이 떨어지면 나도 죽는 것이란 것을 철민이는 마음속으로 간직하고 있었다.

그렇게 한 달가량이 돼서 또 용약 두 재를 사정하여 구입해 계속 먹었는데 회복의 기미가 보이기 시작한 것이다. 이쯤에 마을 누군가가 찾아와 몸에 원기가 부족하여 저항력이 약해져 병세가 더 하니, 우선 황구(黃狗, 누른 개)를 잡아서 먹게 되면 가능성도 있다고 한 것이다.

이 말을 들은 의모는 재근이에게 월급을 가불해오라고 부탁하여, 며칠 뒤에 돈을 가져와 황구를 구입해 큰방 주인 전영술 씨가 잡아주었다. 겨울이기 때문에 가마솥에 푹 과서 그 진액을 그릇에 담아 놓으면 우무처럼 굳어 있는 것을 뚝배기에 대파를 넣고 끓여 먹기 시작했다.

사경(死境)에서 구사일생(九死一生)

용약(녹용鹿茸)을 먹으면서 황구(黃狗)를 달여 먹기 시작하면서 살아날 수 있다는 가능성이 희미하게나마 보이기 시작한 것이다. 황구를 한 달쯤 먹고 나니, 대소변을 볼 경우 한 사람만 붙잡아 주어도 방 안에서 요강에서나마 볼 수 있었다. 참으로 기적이 일어난 것이다. 또 하나의 기적이라면 철민 자신이 포기했던 생명 줄을 혹 살 수도 있다는 생각을 한 것이다.

한 달이 되고, 두 달이 되자 다시 황구 한 마리를 더 잡아 계속 복용했다. 그런 결과 방에서 혼자 일어나고 대소변도 비록 방 안에서이지만 혼자 해결할 수 있었고, 그다음은 방 안을 혼자서 기어 다니면서 말도 할 수 있을 정도가 되었다.

그런가 하면, 방문턱을 넘어서 혼자 화장실을 가서 해결하고, 새벽이면 마당에서 몇 발자국씩 걸을 수 있었고, 얼마 뒤에는 앞에 있는 소전마당(쇠전마당이라고도 함)을 혼자서 두서너 바퀴씩 돌 수도 있어 참으로 유일무이(唯一無二)한 기적이 일어난 것이다.

그러다 보니 철민 자신이 살아날 수도 있다는 용기를 갖게 돼, 비장한 각오로 죽는 것보다 살려고 죽도록 노력하는 것이 곧 살 수 있는 지름길이라고 생각한 것이다.

날이 갈수록 회복하기 시작하여 어느덧 철민이 자신이 살아야겠다는 신념을 가지게 되었다. 겨울도 지나 따뜻한 봄이 되자 만물은 땅을 뚫고 지상으로 고개를 내밀고, 마을 사람들은 "저사람 죽은 줄 알았는데 아직도 살아 있구먼." 하는 소리가 철민이의 귓전에 들리기도 했다.

철민이는 마음속으로 죽는 것보다는 죽도록 애써 살아야 한다는 것을 다짐하고 또 다짐하면서 혼자서 몸을 움직일 수 있다는 것에 고마움을 어느 곳에 감사드려야 할 지 모르고 있었다. 그리고 나중에 스스로 깨달으며 바로 곁에서 죽을 고생을 하면서 병수발을 하고 있는 의모가 한없이 고맙다는 것을 알게 된 것이다.

죽음만 기다리고 모든 것을 포기했던 철민이는 꼭 살 수 있다는 자신감으로 폐병에 좋다는 별스러운 것을 먹는 대로 주저하지 않았다. 그래서 아기 태반을 생것으로 피를 흘리며 마치 흡혈귀(吸血鬼)처럼 먹어야 했다. 게다가 쥐, 개구리, 뱀, 물고기, 두더지, 송장 뼈(죽은 사람 뼛가루) 등 살 수만 있다면 어느 것이라도 다 먹어 치웠다.

몸이 어느 정도 치유가 돼 가자 큰방 주인이 철민이를 불러 놓고, 폐병환자는 전염된다는데 그동안 워낙 사경을 헤매 차마 이야기를 못했는데 웬만하면 방을 비워달라는 것이었다.

철민이는 하는 수 없이 조근(전 하숙집 아들)이가 지어 놓은 원두막으로 가서 신세를 지었다. 그런데 거기서도 문제가 생겼는데, 하루는 조근이 엄마께서 철민이를 조용히 불러 놓고 얘기했다.

"철민이, 미안하지만. 우리 애들이 폐병은 전염된다고 투덜대고 있어. 철민이가 가 주었으면 해."

철민은 "네 알겠습니다." 라고 하면서 근처 산에 토굴을 만들어 그곳에서 연명하기 시작했다. 어느 때인가는 토굴이 무너져 그대로 생매장 될 뻔했을 때는 죽는 이, 죽을 각오로 살아야 한다는 통렬한 각오로 파스라는 약도 계속 먹고, 마이신이란 주사도 철민이 자신이 손수 놓아가며 개구리, 뱀, 들쥐, 뱀장어, 자라, 붕어, 미꾸라지는 물론 도라지, 잔대, 칡, 딸기 등 몸에 조금이라도 좋다는 것은 모두 먹어야만 했다.

특히 아기 태반은 생으로 먹을 때보다는 팬에 볶아 먹는 게 아주 먹기가 힘든 것 중 하나였다. 이 밖에 소 내장 중에서도 생간, 생염통과 애돈이라 하여 어미 배 속에서 죽은 돼지, 우두골(牛頭骨), 즉 쇠골(소머리골) 등등 살기 위해선 무어라도 마다하지 않고 입에 피를 흘리면서 또한 비위에 맞지 않아 금방 토할 것 같았지만 꾹 참고 먹을 수밖에 없었다.

어느 때인가, 아는 사람이 자기 부인이 머지 않아 아이를 낳게 되므로 태반을 준다고 약속했으나 막상 출산을 하게 되니까 미역이라도 사 주고 가져가야 한다고 하여 결국 돈이 없어 가져 오지 못한 경우도 있었다.

산간 토굴에서 연명한 지도 어언 일 년이 되었다. 철민이의 몸은 몰라볼 정도로 좋아져 이제 웬만큼 걸어 다닐 정도까지 된 것이다. 돈은 바닥이 나서 살아갈 방법이 없어 개천가를 다니며 각종 고물을 주어 팔아 겨우겨우 연명하는 처지라 건강 회복이 늦어질 수밖에 없었다.

그리하여 생각다 못해 의모께서 오일장날, 술(막걸리) 장사를 하는 곳을 사정해서 장날이 아닌 경우에는 아주 작은 만화 가게(최고 만화집) 장날이면 처마 밑에서 풀빵을 구워 팔았다. 하지만 엄청난 먹구름이 서서히 다가오고 있었다. 다름 아닌 강원도 의부(義父)께서 두 아들을 데리고 고산으로 와 버렸다. 그러니 네 식구가 한 방에서 자기 때문에 철민이는 잘 곳이 없어 다시 노숙을 해야만 했다.

뿐만 아니라, 의부네 가족하고 철민이 하고는 이해할 수 없는 풍문이 돌아 참으로 견디기 어려웠다. 의모하고 철민이 하고는 이러쿵저러쿵하다 등, 뿐만 아니라 폐병 걸린 사람을 저렇게 죽도록 도와주면서도 진작 자기 아들은 나 몰라라 한다는 등, 의모에게도 도저히 이해할 수 없는 헛소문이 퍼져 그야말로 폭풍전야이고, 금방이라도 큰일이 날 것 같아 하루하루가 불안했다. 그래서 철민이는 구차한 삶을 더 이상 살아가지 않고, 산다 해도 별 의미가 없어 최후 극단적인 행동을 하기로 결심했다. 다시 말하면 자살을 한다는 것이다.

풀빵장사와 자살기도 실패

오일장날 풀빵을 구워서 팔고 장이 끝날 무렵, 풀빵 속에 극약을 넣어 입에 넣으려고 하는 순간, 눈치를 챈 의모께서 그 빵을 순식간에 입에 넣어버린 것이다. 순간, 곁에 있던 오석근(작고) 씨 부인이 연탄집개를 의모님 입에 넣어 삼키지 못하도록 입을 벌리고, 입안에 들어 있던 독약이 든 빵을 끄집어 내 겨우 죽음을 면할 수 있었다.

이런 소동이 있고 나서 의모 부부는 부안 개화도로 이사를 가버렸다. 철민이는 그나마도 만화 가게 풀빵장사마저도 할 수 없는 처지가 돼버렸다. 당장 연명할 수 있는 길이 막힌 것이다.

몸은 병세가 조금 나아졌다고는 하나 죽음만 면했을 뿐, 중환자임은 틀림없었다. 철민이는 하는 수 없이 다시 산으로 들어가 전에 있었던 토굴에서 뱀, 개구리, 두더지 등을 잡아먹으며 힘겨운 연명을 하고 있었다.

낮에는 개천에 가 모래를 모아 팔아 겨우 밥을 먹을 정도였다.

그때 기억에 남는 사람은 전 고산 조합장인 박무성 씨였다. 철민이의 딱한 사정을 알고 모래를 사 주는 아량을 베푼 것이다. 그리고 남문약국 주인은 각종 약을 무료로 주면서 부지런히 완치되어야 한다고 힘을 실어주었다. 그러던 어느 날, 부안 개화도로 이사했던 의모께서 고산으로 와 부안으로 가자는 것이었다. 철민은 살아갈 방법이 없어, 하는 수 없이 부안 개화도로 가 단칸방에서 세 식구(의모 부부, 철민)가 살아가고 있었다.

그냥 무위도식할 수가 없어 낮에는 자개용 조개(장롱에 필요)를 잡고, 의모 부부는 일용품팔이를 하며 몇 개월을 보내야만 했다. 전주로 이사를 온 세 식구는 역시 단칸방에서 일일 노동을 했고, 철민이는 모래 채취를 하여 몇 푼씩 벌어 겨우 연명했다.

이처럼 팍팍하게 어렵게 살아가고 있는 철민이에게 희소식이 전해 왔다. 고산읍에서 차 사업을 하고 있던 양을준(고인, 양광호 아버지) 씨가 웬만하면 자기 차를 운전하겠느냐는 부탁을 한 것이다.

철민이는 흔쾌히 승낙하고, 이튿날부터 새롭게 운전을 하기 시작했다. 아직은 환자이므로 조심조심 차에 올라 운전대를 잡았는데 도무지 지형 감각이 정확하지 않아 아주 애를 먹었다. 높은 땅도 깊이 보였고, 움푹 파인 땅도 솟아 오른 땅으로 보이는 등 아주 애를 많이 썼다. 더욱이 아직 폐병이 완치되지 않은 것을 아는 사람은 같이 밥도 먹지 않으려는 눈치였다. 그래서 일부로 완치된 것처럼 할 수밖에 없었다.

다시 고산으로 이사를 온 의부모는 고산중학교 근처에 단칸방을 얻어 다섯 식구(의부모, 두 아들, 철민)가 살아가고 있었다. 철민이는 몇 개월 월급이 나오지 않아 운전을 그만두어야만 했다. 그리고는 하는 수 없이 풀빵장사를 다시 시작했고, 조금 모은 돈으로 보증금도 없는 월세방을 생가포(고산초등학교 앞) 얻어 이사를 했다.

그러자 양을준 씨 집에서 다시 운전을 하라는 요청이 들어왔으나 가지 않고, 일 년쯤은 개천가에 살면서 물고기를 잡아먹으며 치료에 전념했다.

시간이 있을 때에는 모래를 모아 팔기도 하고, 보리 이삭을 주어 식량을 하기도 했다. 모래를 상차하지 않는 것은 우선 폐병환자라는 것 때문에 어울릴 일꾼이 없었고, 아직 모래를 실을 만큼 힘이 있었던 것이 아니었다.

어느 때인가는 어찌나 배가 고팠던지, 견디다 못해 김성진(작고)을 찾아가 밥을 좀 사 달라고 했더니 밥은 없다 하면서 누룽지 섞인 숭늉을 주어서 먹고 나니 누룽지 중에서 더 이상 맛있는 누룽지가 없다는 생각을 갖게 되었다. 또한 그 고마움은 오늘까지도 잊지 않고 있다.

이렇게 저렇게 세월을 보내고 있었는데 때마침, 전주에서 운전할 곳이 있다고 연락이 온 것이다. 더욱이 그 차를 고산으로 가져와 일거리를 받아서 운영하라는 것이다. 참으로 좋은 조건이었다. 그러나 그 차주는 얼마 가지 않아 군산 장고성이란 사람에게 차를 팔아버렸다. 장고성 씨도 지난번 차주와 같은 조건으로 철민이에게 운전을 하면서 운영하라는 것이었다. 장고성 씨는 편의상 일감을 받으려면 철민이 차라고 해야 된다는 부탁을 해서 그대로 했었는데 얼마 지나지 않아 장고성 씨 스스로 자신의 차라고 폭로한 바람에 철민이의 신용은 땅에 떨어지고 말았다.

건강은 거의 다 완치되었다는 생각을 가지고 완주군 보건소(삼례에 있었음)에 가서 엑스레이 사진을 찍어본 결과, 참으로 놀랄 만큼 좋아진 것이다. 불과 몇 개월 전에 사진을 찍었을 때는 폐가 볼펜심 만하게 구멍이 수없이 있었는데 지금(그 당시) 구멍이 메워져 있는 게 아닌가. 보건소 소장마저도 무엇을 먹었기에 이렇게 빨리 완치돼 가고 있느냐고 철민이에게 묻기도 했다. 그때의 기분은 철민이 본인이 아니고서는 아무도 그 희열을 느끼지 못할 것이다.

철민이는 자신감을 갖고 고산으로 돌아왔다. 차주 장고성 씨는 차 값은 벌어서 달라며 철민이에게 차를 팔아버렸다. 하지만 약속대로 되지 않자 차를 다시 가져가 버렸다. 철민이는 건강이 어느 정도 회복이 돼, 모래 상차를 할 수 있어 다시 막노동을 시작했다.

한 일 년 막노동을 하다 보니 돈이 꽤나 모여 그를 밑천 삼아 브로크(블록) 공장을 아주 작게 무허가로 시작했다.

말이 공장이지 모래 한두 차 가져다가 손으로 블록을 만드는 정도였다. 그러나 돈은 의외로 잘 벌려 그 돈으로 정식 블록 공장을 설립, 백윤기업이란 간판을 단 것이다.

백윤기업 건축면허

그 당시에는 골재면허란 정식으로 허가가 나와 그 허가증 하나 값이 큰 다방 두 곳을 살 수 있었다. 그러니 공장허가를 내려는 사람이 군청 문턱이 닳도록 다닌 것이다. 완주군에서 15명이 허가 신청해서 세 사람만 허가가 난 것이다. 그중에 철민이도 포함돼, 어느덧 당당한 중소기업인이 된 것이다. 공장 허가가 난 뒤 얼마 되지 않아 중소기업 융자를 손쉽게 받을 수 있어 전주 모 사진관 사장이 철민이의 명의로 융자를 받아 철민이에게 500만 원을 주었다.

철민이는 그 돈으로 중고 덤프차를 구하여 기업의 모양을 점차 갖추어 갔다. 전화는 긴급전화를 놓았고, 블록 공장에 차까지, 한마디로 벼락부자가 된 것이다.

하지만 빨리 끓는 냄비가 빨리 식어버린다는 말처럼 그것은 철민이의 복이 아니었다. 왜냐하면 블록 공장 허가 면허제에서 등록제에서 신고제로 아무나 공장을 할 수 있도록 완화돼, 큰 다방 두 곳을 살 수 있는 소위 권리금이 전무한 상태로 둔갑해버린 것이다. 뿐만 아니라 상대적으로도 블록 공장이 난입해서 판매도 그만큼 격감된 것이다.

그러므로 공장마저 제대로 운영하기 힘들었다. 차는 차대로, 공사 현장에서 일을 해도 수금이 잘되지 않고 지지부진했다. 그러니 자연 경영난이 심하여 일수까지 빚을 내 쓸 정도였다.

그러던 어느 날, 운명을 가름하는 비보가 날아왔다. 현장 일을 하고 있던 차가 전복 사고가 나서 그만 차도 더 이상 쓸 수가 없다는 것이다. 그 뒤, 차는 고물상에 고철 값으로 팔아버렸다. 이제 다시 빈털터리가 된 철민이는 다시 걷잡을 수 없는 방황을 시작했다. 굶기를 밥 먹듯이 하고, 한동안 자제했던 술을 다시 먹기 시작했다. 그러다 보니 건강이 다시 악화되어 가끔 가래에 피가 섞여 나오기도 했다.

혈서(血書)

철민이는 진퇴양난의 삶의 곤란에 빠져 있어 마치 죽음만 바라보는 시한부 인생처럼 오늘내일 언제 죽을지 모르는 말단사지(末端死地)의 환자나 다를 바가 없었고, 저 옛날 왕권(王權)전쟁에서 유방(劉邦)에게 대패(大敗)한 항우(項羽)가 오강이란 강가에서 삶을 포기한 것처럼 희망도 용기도, 남은 힘도, 철민이에게는 찾아볼 수 없었다.

차는 고철이 되었고, 블록 공장은 가동을 멈춘 지 이미 오래되었으며, 기계는 녹이 슬어가고 있었다. 여기서 저기서 빌려 쓴 급전은 하늘을 찌를 듯 빚 독촉이 있었고, 건강은 악화되어 목구멍에서는 다시 피가 넘어오기 시작했다. 그렇게도 형님 동생하면서 평소 알고 지내던 사람들은 길거리를 갈 때마저도 얼굴을 돌리며 외면하는 상태였다.

이러한 삶이 일 년 정도 계속되고 있을 때, 철민이는 중대한 결심을 했다. 더 이상 이 세상을 살 필요가 없다는 절규의 결단을 내려야만 했다. 다시 자살하기로 결심한 것이다.

그러니까 자살 시도는 세 번째였고, 죽을 고비를 용케 넘기는 것도 세 번째, 그러니까 모두 여섯 번째 죽음의 문턱을 오고 간 셈이다.

– 어머니 살려주세요.

철민이는 마지막이라는 최후의 결심으로 혈족이라고 하나뿐인 어머니에게 혈서를 쓰기로 결심했다. 어머니와는 여덟 살 때 헤어진 뒤 20년 가까이 되도록 한두 번 만나본 적이 있어 어머니인데도 막상 세상을 포기해야 한다는 절박한 처지에서는 어느 때보다 어느 누구보다도 어머니가 그리움과 원망, 그리고 아쉬움이 아련히 떠올라 살아도 죽어도 최후의 결단으로 혈서를 띄워 보기로 작심했다.

오른쪽 네 번째 손가락을 깨물어서 "어머니 살려주세요."라는 내용으로 혈서를 써서 서울 수유리에서 비참하게 살아가고 있는 어머니에게 보냈다.

그 뒤 어머니는 하늘이 무너지고 땅이 꺼지는 심정으로 걱정 때문에 단 한시도 편안할 날이 없었다고 후일 털어놓기도 했다.

혈서가 도착한 지 한 달 될 무렵, 의외의 사건이 일어났다. 그것은 어머니와 이모님(어머니 동생)께서 고산을 찾아온 것이다. 어머니께서 철민이를 보니 정말 사람 꼴치고는 먹지 못해서 뼈만 앙상한 짐승처럼 보였다고 후일 웃으며 이야기 한 적이 있었다.

철민이는 이십여 년 만에 어머니와 한 이불 속에서 자면서 얼마나 흐느꼈던지, 아침에 자고 일어나니 눈을 못 뜰 정도로 부어 있었다. 게다가 목이 잠겨 말을 할 수 없을 정도였다.

어머니는 그 당시도 자유의 몸이 아니라 정길원(가명) 씨와 재혼을 하여 살아가고 있는 처지라서 그다지 자유로운 삶은 아니었다. 더욱이 전처의 자녀가 5~6명, 그것도 어릴 때부터 먹이고 가르치는 힘겨운 하루하루를 보내고 있었다.

그러한 고달픈 삶에도 불구하고 혈서를 받자마자 어려운 발길을 옮긴 것이다. 어머니와 이모님은 무조건 서울로 올라가자고 하셨다. 서울에 가서 운전이라도 하면서 살아가면 되지, 이곳에서 사서 고생을 하느냐는 것이다.

하지만 철민이는 절대 그럴 수 없다고 거절했다. 어떻게 생각해 보면 아주 좋은 기회였지만, 어머니나 이모님에게 짐이 되고 싶지는 않았던 것이다. 초라한 모습으로 어머니에게, 그리고 유일한 이모님에게 짐이 될 수 있다는 생각이 걷잡을 수 없는 파도처럼 밀려왔기 때문이다. 그래서 어머니와 이모님은 하는 수 없이 서울로 떠나버렸다.

철민이는 어머니가 몇 푼 주신 돈으로 한두 달 연명했지만, 더 이상 버틸 수가 없어 하는 수 없이 고산 땅을 떠나기로 마음을 정했다.

두 번째 혈서, 일애사수결(一愛死守決)

두 번째 혈서는 서울에 온 지 2~3년 될 무렵, 유일무이한 지금의 집사람과 열애(熱愛)할 때이다.

때는 숨쉬기도 어려운 폭염이 지속되는 여름철, 당시 애인(현 집사람)이었던 집사람과 동반여행을 여수 오동도(麗水 梧桐島)로 밤 완행열차에 몸을 싣고 서로 미소를 지으며 떠났다. 참으로 일생일대의 아름다운 추억과 기쁨이 두 사람의 심신이 무아지경에 이르게 된 것이다.

오후 늦게 출발한 완행열차는 몇 시간을 걸쳐 여수에 도착했다. 두 사람은 오동도에 가서 살아 있는 낙지에 소주 한 잔을 곁들였다. 그 당시 소주 맛은 어디에서도 찾아볼 수 없었다. 참으로 그 맛은 일품이었다. 만약 철민이 혼자 여행했다면 그 진미가 있었을까, 하고 회상해본다.

여수에서 화촉을 밝힌 두 사람은 이곳저곳을 구경하고 나서 저녁때에 서울행 완행열차에 몸을 싣고 돌아왔다.

비록 완행열차였지만 대통령 특별기보다도 더 환상적이었다. 두 사람은 하루 밤을 용산역 모텔에서 지내고, 하루 종일 손을 잡고 이곳저곳을 다니다 보니 땡전 한 푼 없는 신세가 돼버렸다.

겨우겨우 토큰 한두 개로 수유리에 도착하다 보니 어느덧 저녁때가 되었다. 두 사람은 무일푼에 하는 수 없이 세일극장 뒷산에 있는 원두막에서 하룻밤을 지내야만 했다.

집사람은 철민이의 오른팔을 팔베개하고 정다운 모습으로 잠이 들었다. 호랑이가 와도 모를 정도로 두 사람은 그렇게 원두막에서 자고 있었다. 어느 때는 춥다며 상대의 가슴팍을 파고들었고, 어느 때에는 중요한 부위를 스치고 입김을 몰아쉬기도 했다.

비록 하룻밤이었지만 왜 이렇게 밤이 짧은 것인지 원망스러웠다. 그런데 아침에 일어나보니 애인의 신발이 없어진 것이다. 그러니까 유추해보면 두 사람이 팔베개를 하고 자는 모습에 질투가 난 어느 사람이 집사람의 신발을 어디론가 던져버린 것이다.

아침 일찍 일어나보니 집사람의 신발은 온데간데없어 두 사람은 일단 아래 놀이터로 와 앉아 있었다. 아침 운동 나온 노인들은 수십여 명이 맨발로 의자에 걸쳐 앉은 집사람 모습을 보고 이상하다는 생각으로 집사람에게 물었다.

"너 혹시 집 나온 게 아니냐? 아니면 맛이 간 정신이상자가 아니냐?"

그런 희한한 말들이 많았다. 그러자 곁에 앉아 있는 철민이가 큰 소리로 해명했다.

"이 여자는 집 나온 여자입니다. 보세요. 하고 있는 꼬라지가!"

그러자 주위 노인들은 말했다.

"그럼 그렇지, 그런 거 같애. 말도 아주 안 듣게 생겼구먼, 에이! 나쁜 자식."

이렇게 포악한 소리가 오고가자 집사람은 답답하다는 듯 엉엉하고 울어버렸다. 두 사람은 수유시장으로 가서 철민이가 아는 가게에 부탁하여 다소의 돈을 빌려 신발을 사게 되었다. 이러한 일이 있고 나서 한두 달 될 무렵, 철민이는 자신의 진심을 집사람에게 보이기 위하여 최후의 진정성을 보이기로 결심했다.

그때 날씨는 가을이므로 밤에는 싸늘한 느낌이 들 정도였다. 철민이는 하얀 창호지와 초 두 자루를 사서 세일극장 뒷산의 원두막으로 가 애인을 옆에 앉혀 놓고, 손가락을 깨물어 혈서를 쓰기 시작했다.

그 혈서의 내용은 모든 마음, 모든 힘, 모든 삶이 함축되고 또 함축된 비장한 내용으로 한자로 지혈(指血, 손가락으로 씀)해 내려갔다. 즉, 일애사수결(一愛死守決)이라고, 다시 말하면 두 사람의 사랑을 위해서는 죽을 각오로 비장한 결심을 한다는 뜻이었다.

이 혈서는 40년이 흐른 동안에도 부부간에 이별의 아픔을 겪을 때마다 신비한 보약처럼 믿고 또 믿으며 울분과 이별의 절벽처럼 위기일발의 순간에도 장부로서 지켜야 한다는 생각이 떠올라 위기를 모면한 것이다.

참으로 인간은 약속한 약속을 약속대로 지키기 어려움을 새삼

느끼게 된 것이다. 이로써 두 번째 혈서는 오늘에도 아니, 내일에
도 영원히 지켜나갈 것이다. 사랑하는 부인과 어머니, 그리고 아
이들을 위해 목숨을 걸고 지킬 것이다.

무작정 상경, 인생의 기로에 선 철민

철민이는 궁핍함을 잠시라도 피해 볼 생각으로 서울로 올라왔다. 처음은 운전이라도 해야겠다는 계획도 세워 아무 시내버스를 타고 목적지 없이 하루 종일 차만 타고 다녔다.

그러던 어느 날, 약수동 내리막길을 가던 시내버스가 어린아이를 즉사하게 한 사고가 난 것을 목격한 철민이는 절대로 운전을 하지 않기로 결심했다. 임시 거처를 이모님 집으로 정했지만, 한 방에서 네 식구가 어렵게 살아가고 있는 처지인데도 철민이는 그곳에서 살지 않으면 그나마도 갈 곳이 없었다. 한 달가량 하는 일 없이 세월만 보내고 있을 때, 이모님께서 너 무엇을 하고 싶냐며 질문을 던지셨다.

그러자 철민이는 무심코, "역학자가 되겠습니다."라고 서슴없이 대답했다.

그러자 이모님께서는 반대했다.

"그러면 그러한 것은 운명에 있어야 되지, 아무나 하는 것은 아니다."

　그러면서 우선 할 수 있는지, 아니면 절대로 할 수 없는지 등을 철민이 자신이 알아보라는 것이었다. 철민이는 혜화동 로터리에서 한국 최초로 역리철학학원을 경영하고 있는 은성거사(隱成居士)를 찾아가 운명적으로 역학자가 될 수 있는지를 상담했다. 그 결과 은성거사께서 천명역학 필유문예(天命易學 必有文藝)라 하시며, 역학은 이미 운명에 정해져 있고, 먼 훗날에는 문학인이 될 수 있다는 것이다.

　철민이는 고산에 있을 때에도 김성애 아들 이름을 김용주(金龍珠)라고 작명을 해준 적도 있어 한학과 역학을 알고 있었으나 역학은 절대 믿지를 않았다. 다시 말하면 운명은 존재하지 않으며, 모든 것은 자신이 하는 대로 결과가 나타난다고 신념을 가졌던 것이다.

　수십 년이 지난 지금, 생각해보면 무척 경솔하고 우매한 생각이었음을 알고 있지만 그 당시로서는 '노력하면 무엇이던지 이루어지고, 돈 있고 빽이 있으면 되지, 무슨 운명 같은 게 어디 있어 미친 소리지.' 하고 절대 배척했다. 하지만 은성거사는 역학의 운명을 지니고 태어나 앞으로 역학을 하더라도 큰 도인이며, 자의(붉은 옷, 큰스님 상징)를 입게 된다고 예언한 것이다.

　철민이는 마음속으로 공부라면 누구보다도 자신 있고, 그동안 한문서당에서 배운 한문학이며, 스스로 공부한 사서삼경(四書三經)을 이수한 지가 이미 오래전이었기 때문에 최고의 인생 철학서인

《주역》도 더 연구해야겠다는 생각에 일단 은성거사에게 사사를 받기로 마음을 정했다.

하지만 무료로 배울 수는 없는 일, 철민이는 이모님에게 털어놓았다. 이모는 며칠 생각을 해볼 테니 기다려 달라고 했다.

철민이는 아무 소리 없이 기다리고 있었

은성거사

는데 어느 날, 이모부가 출타를 한 기회에 가슴 찡한 소리를 한 것이다. 철민이 네가 그렇게 역학을 배우고 싶으면 내 결혼반지가 있으니, 그것을 팔아 우선 3~4개월 학비를 대라는 것이었다. 단, 이모부께서 반지까지 팔아 학비를 했다는 것은 비밀로 하라고 당부를 했다. 철민이는 죽을힘을 다해서 은성거사에게 사사받기로 결심했다.

고척동에서 혜화동까지는 버스를 갈아타고 두 시간 이상 걸렸다. 은성거사께 사사를 받으면서 온갖 잔심부름도 해야 하고, 그 대신 하루 종일 공부를 하다보니까 한두 시간 공부한 사람에 비유하면 네다섯 곱절을 한 것이다.

가장 어려운 점이 있었다면 점심밥을 싸 가지고 다니는데, 다른 사람들은 현찰로 그때그때 사 먹으며 다른 학생들도 사 주게 된다. 그러면 그다음은 대접받았던 학생이 식사를 사는 것이 극히 자연스러운 것이었으나 철민이는 그러한 처지가 못 돼서 점심때면 혼자 남아 도시락을 먹어야 했다. 도시락을 준비 못할 때에는 수돗물로 배를 채워야만 했다.

일 년 넘게 사사를 받은 철민이는 수료와 동시에 사무실도 없이 수유리 자취방에서 간혹 상담하기도 했다. 하지만 지금 생각해보면 아주 위험한 행동을 서슴없이 했던 것이다.

어머니와의 비운에 절규

은성거사께 정식으로 사사를 수료한 뒤, 영등포 이모님 집에서 수유리에 부엌도 없는 단칸방으로 이사를 했다. 그러나 그 삶은 처절했다. 왜냐하면 어머니의 도움으로 방은 얻어 살아가고 있었지만, 어머니가 세 번째 결혼하여 살고 있는 집과는 100여 미터밖에 안된 거리었다.

그러니까 어머니 남편을 비롯하여 온 식구들 모르게 방을 얻어준 것은 물론 아들이 서울, 그것도 수유리에서도 불과 몇 미터 거리에 산다는 것은 모르는 것이다. 사정이 이러하니 길거리에서 어머니를 봐도 모른 척하고 지내가야만 했다.

이럴 때면 철민이나 어머니 눈에 눈물이 고이는 것은 너무도 당연한 처사였다. 어머니는 아들 하나 있는 거라며 돼지고기를 구워주기도 하고, 밥도 그쪽 식구들 모르게 해줄 때면 마음이 조급해서 밥이 생쌀로 너무 타서 먹지 못한 경우도 비일비재했다.

이 비참한 생활이 원망스러워 가까운 산에 가 땅을 치며 남모르는 눈물을 흘릴 때면 가슴이 찢어지는 아픔을 겪어야만 했다. 참으로 비운의 모자 중에서도 그토록 처절한 비운의 삶은 없었을 것이다.

그러나 철민이에게도 비운의 삶만 있는 것은 아니었다. 어느 여름날, 당시 수유5동 사무실 앞 놀이터에서 난닝구(런닝셔츠)만 입은 채로 나무 의자에 앉아 어머님과 중요한 이야기를 하고 있을 때, 눈이 크고 콧날이 오똑하여 마치 필리핀이나 태국 여성처럼 생긴 이국적인 처녀가 다리를 꼬면서 동전 20원을 빌려달라는 것이다.

그 당시는 공중전화 요금이 20원, 역시 전화하다가 동전이 떨어졌다는 것이다. 아무튼 20원을 빌려주고 어머님과 집으로 왔는데 어머니께서 어제 밤 꿈에서 본 처녀를 오늘 그 놀이터에서 만난다는 것이었다.

그 뒤 그 시간 때만 되면 그 놀이터로 가 그 처녀와 이야기도 하고, 객지에서 서로의 삶을 이해했다. 같이 나온 친구는 부옥이었는데 나이는 내가 알고 있는 처녀보다도 한 살 아래이므로 철민이와는 13세 차이었다.

철민이는 하루가 멀다 하고 놀이터에서 20원이란 돈 때문에 알게 된 처녀와 진정으로 연애를 하기 시작한 것이다.

세월은 어느덧 연애를 시작한지도 일 년이 지나고 이 년째 될 무렵, 결혼하기로 약속했다. 이때쯤 철민이는 수유여중 건너편 산 꼭대기에 불타버린 빈집을 보증금도 없이 월세 얻어 새 삶을 시작했다.

외형상으로 낮에는 간판도 없는 철학관을 하면서 밤낮을 가리지 않고 책을 쓰기 시작한 것이다. 그것도 붓으로 육필(肉筆), 말하자면 자신과의 싸움이며, 시간과의 싸움이었다.

상담 손님이라고 해야 한 달에 한두 명이 고작이었다. 그리하여 시간이 있을 때면 공부와 글 쓰는 일, 그리고 천태굴(후일 신선굴이라 했음)을 새벽 3시에 갔다가 두 시간 좌선한 뒤 하산을 하기도 하고, 경우에 따라서는 아침, 낮, 저녁은 물론 밤 1~2시에 가서 좌선을 하는 등 미친 사람처럼 목숨을 걸었다.

아무리 추운 겨울이라도 찬물에 목욕재계를 하고 좌선에 계속 정진한 것이다. 처음에는 백일 좌선을 두세 번 했고, 그다음은 천일 좌선(약 3년간)을 한 연후, 삼묘통신(三妙通神, 역학 문학 예술 중 하나만 택일)법을 했다. 그런데 원래 삼묘통신법은 세 가지 중에 한 가지만 해야지, 모두를 원한다면 십 년 감수해야 한다고 저 옛날 강태공이 지적한 바 있었다.

그러나 철민이는 죽을 각오로 3년간에 걸쳐 삼묘통신을 이룩하고, 산신(山神)으로부터 앞으로 뭇사람을 위해서 특정 종단을 창조하라는 계시를 받기도 했다.

이러한 와중에서도 결혼하기로 약속했던 처녀는 흔들리고 있었다. 왜냐하면 처가에서 극구 반대를 하기 때문에 자연 흔들릴 수밖에 없었다. 처음에는 둘째 언니가, 그다음은 셋째 언니가, 또 그다음은 장위동 큰 동서가 그리고, 최후에는 처숙부(처삼촌)께서 오신 것이다.

처숙부가 오실 무렵은 이미 동거하고 있던 실정이어서 마지막으로 철민이의 속마음을 듣고자 오신 것을 먼 훗날에 알게 되었다.

그러기 전에는 협박 아닌 협박을 한 경우도 있었는데, 어느 봄날 둘째 처형(미혼이었음)이 한 청년을 데리고 왔는데, 그 청년이 철민이에게 반말을 하면서 어디에서 누구하고 하룻밤을 보냈느냐며 비아냥거리는 태도로 철민이가 보기에는 오만불손하기가 그지없었다.

철민이는 그렇지 않아도 과거를 잊고 새사람이 되겠다고 결심하고 있어 웬만한 이야기는 신경도 쓰지 않았다. 더욱이 한때 암흑가에 있었던 철민으로서는 어떠한 굴욕도 어떠한 비굴함도 새사람이 되기 위해서 참아야 한다는 비장한 각오가 있어 웬만한 일에는 별 신경도 쓰지 않았다.

그런데 둘째 처형을 따라온 청년은 철민이의 찢어진 가슴을 더 찢어버리는 처세를 한 것이다. 비굴함도 굴욕도 참아야 한다는 좌우명에도 그 한계를 넘어서고만 것이다. 참다참다 못 참은 철민이는 그 청년의 목젖을 왼손으로 조이며 오른손은 주먹을 불끈 쥐고서 실로 입에 담지 못할 욕설과 함께 그 청년의 목을 쥐고 있는 모습은 금방이라도 살인사건이 날 것 같은 분위기였다.

사태가 이렇게 되자 둘째 처형은 새파랗게 질려 어디론가 가버렸고, 집사람의 모습마저도 보이지 않았다.

나중에야 안 사실이지만 그 청년은 처갓집의 오촌 정도 되는 오빠란 것을 알게 되었고, 그 위험한 사태가 끝나고 집사람을 찾아보니 눈물을 흘리면서 어두컴컴한 부엌에 숨어 있었던 것이다.

이후에도 마석에서 건달들을 잡고 있다는 서창환(고인)을 데려 온다는 등 별별 말이 많았다.

결국 결혼하여 두 딸을 낳고 살아가고 있지만 그때의 파란만장한 삶보다는 1990년대 들어와서는 그보다 더더욱 어려운 일들이 첩첩산중처럼 역경에 역경, 그리고 시련과 비운을 겪고 있다.

이러한 삶에도 변함없는 그 당시 애인 서영숙은 오늘도 내일도 가정을 위해서 무한한 헌신적 노력으로 살아가고 있어 표현 없는 고마움을 다시 한 번 생각하게 한다.

고서(古書)에 부부일체(夫婦一體)임을 실증하고 있는 것이다. 다시 말하면 부부는 아름다움이 아니라 삶의 진실인 것이다. 따라서 그래야만 영원할 수 있다. 단 운명은 초월할 수 없으니 경솔하지 말아야 한다.

제7장

인욕(忍辱)과 천문(天門)

벽이 임신한 까닭은

인간은 하늘에서 이미 정해준 운명이 있다는 것을 확신한 철민은 그중에서도 중국의 사대학파 중 하나인 열자(列子)가 말한 바 있는 농아(시각, 청각 장애)도 부자가 되고, 오히려 지혜롭고 영민한데도 도리어 가난을 면하지 못하는 까닭은 인간의 연월일시 즉, 사주팔자에 있다는 것을 다시 확신한 계기가 되었다.

저 유명한 김삿갓(김병연)도 인생은 기유정(既有定)인데 부생공망(浮生空望)이라 했다. 이를 다시 말하면 인생에게는 각자 정해진 운명이 있는데 부질없이 뜬구름 잡는 식의 삶을 영위하는 것이라고 〈운명〉이란 싯귀에서 지적하기도 했다. 또 정몽주(포은) 선생께서도 사주는 선천이고, 이름은 후천이며 용체(用体)라 지적한 바 있다.

철민은 속세의 인연을 끊고 인욕과 천문 도인의 길을 가고 있었다. 처음 몇 년간을 속세의 울분을 참지 못해 눈물과 한숨으로 세월을 보내야만 했다. 그 울분을 참지 못해 주먹으로 자신의 가슴을 쥐어뜯고 벽을 날이면 날마다 주먹으로 쳐 부엌에서 보면 마치 임산부처럼 부엌 쪽으로 튀어나오기도 한 것이다.

그도 그럴 것이 일 년에 상담 손님이 열 명도 채 못 되므로 생활은 산다기보다는 차라리 죽지 못해 연명하고 있다는 것이 가장 적절한 표현으로 이해해야만 하기 때문이었다.

겨울에 불도 넣지 않은 방에서 자고 일어나면 장판 속으로 성에(일종의 서리)가 일어나 방바닥을 밟으면 눈을 밟을 때와 같은 소리가 나는가 하면 문짝은 얼어붙어 잘 열리지 않았다. 너무도 추운 방에서 자고나면 배가 싸늘하게 아픈 것은 일상생활이 된 지 이미 오래였다. 그래도 생활이 조금 나아질 때는 한 해 겨울 연탄 100장을 사서 밤에만 한 장씩 떼고, 낮에는 떼지 않아 결국 한 해 겨울을 지내고도 여섯 장이 남는 경우도 있었다.

그뿐만이 아니다. 제자가 먹다 남은 밀가루 반포를 시래기 등을 넣어 죽으로 한 달 반을 먹고 나니 얼굴이 누렇게 뜨고 얼굴이 부어올라 집사람하고 서로를 쳐다보며 울기도 했다.

방세는 한 달에 4,000원인데도 반 년째 못내 밀려 있었고, 철민이는 눈만 뜨면 삼각산 천태굴에서 좌선하고, 남은 시간에는 붓으로 저서만 썼다. 그러자 주위에서는 운전 면허가 있다며 운전이라도 해서 굶지는 말아야 할 게 아니냐며 조언했다. 좋지 않은 눈초리로 보기도 하고, 심지어는 해당 통장까지 와서 운전이라도 하지, 이게 사는 것이 사는 것이냐며 충고를 하기도 했다. 생각해보면 주위나 통장은 철민이가 살아가는 모습이 답답하고 미련스럽게 보였으나 철민이는 철민이대로 당신네들이 어찌 내 마음을 알리가 있겠느냐는 생각에 더욱 답답할 수밖에 없었다.

그러나 수십 년이 지난 오늘에 생각해보면 그때가 가장 행복한 시기였음을 다시 한 번 생각해본다. 그렇게도 고생을 하고도 그때가 행복했다고 하는 이유는 몇 가지가 있다.

첫째, 젊음이 있어 포부를 성취할 수 있었다.

둘째, 사랑하는 사람과 동고동락을 할 수 있었기 때문이었다.

셋째, 젊음을 바탕으로 먼 훗날 마음에 신선이 되고, 큰 도인도 되며, 큰 문장가가 된다는 꿈을 갖고 있었기 때문이다.

그리고 산꼭대기 오두막에 단란한 신발 두 켤레가 나란히 있었고, 한지 창문에 비친 밤의 정서는 외형상으로는 행복이 넘쳐흐르는 소박한 젊은 부부였기 때문에 말없는 행복으로 느껴진 것이다.

지금 생각해보면 담장도 없고, 상하수도 시설도 전혀 없어 정말 서울 속의 자연마을이었다. 옆 산기슭에는 마음이 신선이라는 심선당(心仙堂)이 있었고, 그 옆에는 고양이 집, 예쁜이(개) 집이 있어 단란한 삶을 더해 주고 있었다. 그러므로 고양이가 죽으면 묘공(猫公), 개가 죽으면 견공(犬公)이란 비목(碑木, 비석)을 세워 두고 기념촬영까지 하는 등 참으로 천금을 주고도 살 수 없는 귀중한 삶의 정서였다.

글을 쓸 때에는 삼일 밤낮을 계속 쓰기도 해 주위 사람들을 깜짝 놀라게 하기도 했다. 이렇게 불철주야 식으로 노력한 결과, 수 권의 책을 저술할 수 있었고, 운명의 원전(原典)에 버금가는 주역팔괘 예언비록(周易八卦 豫言秘錄)인 《운명(運命)》이란 책도 저술하고 있었다.

책을 나름대로 저술하고 있었지만 시중에는 단 한 권도 내지 못했다. 저술에 목을 맬 정도로 심혈을 기울인 것도, 온갖 정력을 쏟고 있는 것도, 알고 보면 학교라곤 문전도 구경도 못했던 철민이가 사회로부터의 인정을 확인해보려는 숨은 비밀이 있었기 때문이다.

사실 학교라곤 문전도 구경 못한 문맹자가 여덟 살 때부터 독학으로만 실력을 쌓아 책을 저술한다는 것도 유일무이(唯一無二)한 것이라 비유하면 고승이 수십 년을 불도를 닦아 열반 시에 사리가 나온 것이나 같고, 낙타가 바늘구멍을 통과하는 것과도 같기 때문에 철민이의 저서는 참으로 값진 것이 아닐 수 없었던 것이다. 이와 같은 결실이 이루어질 수 있었던 것은 일행일식(一行一識), 일변일식(一便一識), 와중일식(臥中一識)이었다.

삼 년간 배고픔을 참아가며 쓴
심혈저서(心血著書) 《운명(運命)》

《운명》이란 책의 원고가 탈고되었으나 워낙 무명이라서 출판사에서 선뜻 책으로 출간을 잘하지 않으려고 했으나 공교롭게도 청한출판사 사장 최인호 씨가 출간을 하기로 결정을 보았다.

그러나 책을 만드는 도중에 편집부장이 행방이 묘연하여 더 이상 책을 만들 수가 없게 되었다. 그 이유는 주역팔괘 예언비록 《운명》은 한마디로 어려운 주역팔괘를 근간으로 서술했기 때문에 웬만큼의 한문 실력으로는 책을 만들 수 없었기 때문이었다.

철민이는 하는 수 없이 청한출판사에서 원고를 다시 가져올 수밖에 없었다. 그 결과 성정출판사에서 원고를 보자고 하여 미련 없이 주었다. 그 당시 편집장인 박지훈 씨를 통해서 계약을 한 것이다.

박지훈 씨는 원광대학교 한문학과를 졸업하여 한문 실력이 뛰어났다. 그래서 철민이가 쓴 원고를 이해하고 자신 있게 출간할 수 있다는 것이다.

철민이는 계약금으로 100만 원을 받았는데, 그 돈은 철민이로서는 8~9년 만에 처음 만져본 거금이었다. 막상 100만 원을 받아보니 쓸 곳이 없었다. 4,000원하는 월세로 방을 얻어 반 년 정도 내지 못한 것에 비유하면 벼락부자가 된 것이다. 너무도 소중한 돈이라 그 돈뭉치 앞에서 큰절을 세 번하고 생각한 끝에 어머니 보약과 집사람 시계를 사 주고 밀린 방세며, 외상값 등을 갚았다. 책은 의외로 많이 팔려 전국 곳곳에서 독자의 편지가 쏟아져 왔다.

그 당시 뉴코아백화점 회장인 김의식 씨 등이 이끈 오목회라는 곳에서도 강연 요청이 들어와 철민이는 제자 허찬회와 동행하여 강연해 준 적이 있을 정도였다. 전국에서는 물론, 미국 서독 원양어선 선원들까지도 편지를 보내오기도 하고, 직접 찾아오기도 했다.

철민이는 일약 스타가 된 기분이었다. 이때가 1986년경이었다. 아무튼 여덟 살 때부터 일자무식이나 면해보자는 단순한 생각에서 밤잠을 설쳐 가며 그 얼마나 눈물겨운 노력을 했는가. 더욱이 단순한 삼류소설도 아니고, 한민족의 소원이 통일의 시기 탄맥 금맥은 물론, 한국에도 여성 대통령이 출연할 것인가 등 실로 하늘의 척도를 헤아리지 않으면 감히 쓸 수 없는 내용들로 그 근간이 된 근본원리는 공자께서도 위절삼편(緯絕三偏)이라 하여 《주역》이란 책을 소가죽으로 세 번을 고쳐 맸다는 주역팔괘(周易八卦) 원리를 토대로 쓴 것이므로 자부심을 더하게 한 내용인 것이었다.

임진왜란과 6·25전쟁, 4·19혁명 등은 어떠한 천도(天道)이길래 그러한 변란이 있었을까, 1984~2044년까지는 하극상의 시대이므로 어른보다 아이가 우대받고, 남성보다 여성이 더욱 득세하여 세상을 집배할 것이라는 내용 등은 누가 봐도 천기누설(天機漏泄)에 해당된 것이 틀림없었다.

그러나 철민이는 천기누설을 하면 단명급사(短命急死)할 수도 있다는 현자(賢者)들의 경고에도 아랑곳없이 죽음도 두렵지 않을 정도로 혼신을 다하고 있어 아무것도 두려움이 없었던 것이다.

책표지에 '운명'이란 글씨마저도 손수 쓸 정도로 서예에도 소질이 있어 훗날 국민화합대서화전(세종문화회관)에서 심사위원을 지냈고, 덕수궁에서 개인 서예전을 여는 등 활발한 예술 활동을 하기도 했다.

《운명》이란 책이 세상에 나온 이후, 《토정비법 육십진비법》, 《한글한문성명학대전》, 《소설 삼국지(전3권)》, 시집, 《주역신단(周易神斷)》, 《태극기(太極旗)》 등 무수한 저술을 했지만 그중에서 한국

서예전시회

최초로 한글성명학을 창안한 것이나 또한 인간의 생로병사는 오직 운명에 있으므로 질병도 당연히 운명에 그 원인이 있어 소위 명리의학(命理醫學)은 허준이 《동의보감》을, 이제마는 사상의학을 창안했다면 철민(東方眞人)은 명리의학을 창안한 것이라고 감히 지적하고 싶은 생각이다.

아무튼 《운명》이란 책을 전후하여 2007년도까지 무려 백여 권의 저서를 쓰게 된 것이다. 이는 철민 자신이 생각해 보아도 초능력이 아니고는 도저히 할 수 없는 게 아닌가라고 되돌아본다. 특히 50종 정도는 깨알 같은 붓글씨(육필)이였으므로 지금 그 책을 보면 내 자신도 놀란다.

천문(天門)의 소리를 듣는가

　운명학에서 또 선도(仙道), 불도(佛道)에서는 하늘이 내는 소리와
그 움직임을 아주 중시한다. 서양 종교인 기독교에서도 하나님의
소리와 계시 등은 무엇보다 소중히 하고 있는 실정이다.
　어느 종교나 어느 도(道)를 수행하든지, 그 종당에는 진리(眞理)
를 최대의 목표로 하는 것은 모두의 공통점인 것이다. 그리고 그
멀고 험악한 길을 간다면 별스러운 기상천외(奇想天外)한 각가지
체험을 하게 된다.
　그러나 도(道)의 경지에 이르지 못한 뭇사람들은 허무맹랑한 말
이라고 일축하는 게 이 시대를 살아가고 있는 대다수의 마음이고
생각인 것이다. 철민이도 도에 입문하고 그 뿌리를 알지 못했기
때문에 충분히 이해된다.
　하지만 도라는 뿌리를 알고부터는 그 깊은 진리를 가기 위해서
는 평범한 행동, 평범한 생각을 가지고는 도저히 이루어낼 수 없
음을 스스로 알게 된 것이다. 따라서 철민이는 진리를 향해서 가

는 과정을 실제 경험적 사실을 토대로 이어온 것을 세상에 공개하고자 한다.

때는 1980년대 초, 역학을 사사받았으나 신통(神通)이 무엇인지, 신기(神氣)가 무엇인지 등의 화두(話頭) 앞에서 고민을 한 게 사실이었다. 그리하여 최초로 응경십자공법(應鏡十字工法) 또는 응경총명법(應鏡聰明法) 등을 백 일씩 세 번을 하게 되었다. 특히 응경총명법은 눈이 밝아지는데 결정적인 수양법이므로 그 법을 마치고 나면 사물을 관찰하는데 신안(神眼)적 안목을 가질 수 있어 눈에서는 광채가 번쩍이고, 눈을 감으면 특정물체의 움직임이 보일 수 있어 소위 천안통(天眼通)이 된 것이다.

뿐만 아니라 눈의 어머니는 심장(心臟)이며, 심장의 어머니는 간장(肝臟)이므로 이 두 가지 기능도 좋아지며, 그중에서도 심장은 상대의 물체나 상대인의 마음을 꿰뚫어 볼 수 있는 소위 심안통(心眼通, 상대의 마음을 눈으로 보듯 읽어냄)의 모체가 되기도 한다.

동방진인(東方眞人, 철민이의 또 다른 아호임)은 응경법을 세 번에 걸쳐 마친 다음 삼각산 천태굴(三角山 天台窟, 지금은 신선굴이라 함)에 앉아 좌선을 해본 결과, 현자(賢者)들이 많이 이용했다는 구천현녀이보법(九天玄女耳報法, 하늘의 소리를 들을 수 있는 도법)과 삼기현녀이보법(三奇玄女耳報法, 하늘의 소리를 들을 수 있는 도법), 최종목적인 삼묘법(三妙法, 의학, 역학 문장을 이룰 수 있는 도법) 등을 성취하고자 1,000여 일을 미리 정해놓고 불가사의한 신통(神通) 또는 도통(道通)의 먼

세계로 여행을 떠났다.

여기서 알아서 처신할 것은 삼묘법이다. 이 법은 의학, 역학, 문학 중에서 하나만 선택해야지 세 가지 모두를 선택할 경우 단명급사(短命急死)한다 하여 대개는 자신이 원하는 분야 하나만 선택한다.

그러나 동방진인은 단명급사한 운명이 아니므로 세 가지 모두를 동시에 한 것이다. 생각해보면 죽음을 앞에 놓고 그 위험만 행동을 자처하는 것은 아주 무모한 행동이었지만 그 분야의 욕구가 넘칠 때에는 전혀 배제할 수 있는 것이 또 하나의 사실이다.

처음에는 1,000일 간을 정해 놓지만 다시 1,000일 정도를 정했으므로 5~6년이 걸린 것이다. 새벽 3시에 일어나 입산하고 다시 하산하여 아침을 먹고, 입산하고, 특정일은 밤 열두시에도 입산하여 한두 시간 통신기원을 정진한다.

아무리 천둥번개가 치고, 아무리 눈이 많이 와도 아무리 살점을 도려내는 추운 날씨라도 산에서 흐르는 차가운 물에 목욕재계를 해야만 했다. 차가운 물이 몸에 닿을 때보다는 차가운 돌 위에 맨발로 서 있을 때는 오장육부를 도려내는 아픔을 참아야 한다.

이러한 도법(道法)은 도통한 것인지, 아니면 우연의 일치인지, 내 자신이 스스로 단정하거나 이야기 하는 것은 합리적이라고 생각되지 않는다. 아무튼 그 당시에 시작하여 오늘 2007년까지 약 30년간 정진한 까닭에 그런 것인지는 몰라도 다음 세 가지 삼묘법은 거의 이룩한 것이다.

첫째, 문(文)에 해당한 저서, 시집, 소설, 전문역서 등을 100여 권 저술한 것

둘째, 역(易)에 해당한 분야에서도 상당한 위치에 있음

셋째, 의(醫)에 명리의학(命理醫學) 저술, 탈고 상태, 개인지도에는 별도과목 있음

넷째, 불(佛)에 해당한 공익법인 대한불교 국제민불종 창종

삼묘법 통신 후 1~20년 될 무렵 계시 받아 창종

동방진인이 아무리 주옥같은 통신법을 익혔다고 해도 결과물 즉 저서, 역학, 명리의학, 창종 등이 전무하다면 단순한 소승적 기복(祈福) 행위라고 치부할 수도 있었지만 누가 뭐라해도 어느 장소, 어느 시기에 내놓는다 해도 결코 큰 무리가 없다고 단정할 수 있다.

※ 이상의 내용들은 일반인은 이해가 잘 안될 수도 있음을 이해바람.

세상에 이런 일들이

지금 공개하고자 하는 내용은 도통을 전후한 실제로 있었던 사건들을 모아 여러분의 이해를 돕고자 한다.

1. 칙귀에 놀란 사나이
2. 괴사(동방진인, 또 하나의 아호)를 울린 한탄강 물귀신-《주역비전》 인용

3. 하늘 천 자와 순자의 운명(현재 생존해 있음-《주역비전》 인용)

누가 감히 운명을 거역하는가

내가 사는 삼각산 중턱은 20호가 옹기종기 모여 살고 있는 아주
작은 마을이다. 흔히 '대문과 담장이 없는 곳'하면 제주로 알고 있
으나 내가 살아가고 있는 곳은 대문은 물론이고 담장까지도 없는
또한 상수도가 아닌 자연수를 먹고 사는 서울 속의 자연마을이다.

그래서 사람들에게는 언제나 산동네나 꽃동네로 통하고 있다.
지역 환경이 이렇게 이루어짐에 따라 항간에서 말하는 이웃도 모
르고 사는 서울이란 말이 무색할 정도로 마을 사람끼리 무척 화목
하게 살아가고 있다.

여름철이라 마을 사람들은 친목도 도모할 겸 서울 근교로 나가
2~3일간 물놀이를 갔다 오기로 했다. 그러나 그 당시, 나의 가정
형편으로는 물놀이란 것을 전혀 생각할 수 없을 만큼 빈곤했다.
뿐만 아니라 이상하게도 가고 싶은 생각이 썩 내키질 않아 몇 번
포기했지만 명색이 빠지면 되겠느냐는 마을 사람들의 권유에 못
이겨 반허락은 했으나 어쩐지 시간이 가까워 올수록 안 된다는 생
각이 짙어졌다.

마음이 하도 불안하여 물놀이를 가도 별탈이 없겠는가, 주역팔

괘를 뽑아 보았다. 한데 공교롭게도 익사(溺死)를 상징한 화수미제(火水未濟) 괘가 나왔다. 화수미제란 글자 그대로 작은 불꽃이 큰 바다를 건너는데 돌풍을 만나 끝내 건너지 못하고 사나운 파도가 불꽃을 격렬하게 덮어씌워 불꽃이 꺼져버린다는 의미였다. 뿐만 아니라 뜻밖의 놀람을 상징하는 등사(螣蛇)란 것이 움직여 천군만마를 얻는 상으로 엎친 데 덮친 격이었다.

또한 나를 상징하는 세효(世爻)에 물귀신을 상징한 관효(官爻)가 숨어 있는 데다 세효를 수극화(水克火), 즉 물귀신이 나를 물로 덮어씌우려는 격이었으니 이는 필시 물에 빠져 죽는다는 흉조가 예견된 것이므로 나는 물놀이 가는 것을 포기하기로 했다.

하지만 마을 사람들의 불같은 성화를 내는 바람에 할 수 없이 가게 되었다. 주역팔괘에 나타난 익사 괘를 뻔히 알면서도 물놀이를 가야 하는 것으로 봐, 옛말에 '친구 따라 강남 간다.'는 말이 결코 무리는 아닌가 싶은 생각이 들었다.

도살장에 끌려가는 기분이랄까, 아니면 마을 사람들을 따라 죽음을 강요한다고나 할까, 나의 이와 같은 마음을 이해하는 사람은 단 하나도 없었다. 아마 과학적인 것만을 추구하는 요즘, 사람들에게 《주역》에서 그런 뜻이 나와서 놀러 못 간다면 비웃으며, '요즘같이 밝은 세상에 수천 년이나 케케묵은 주역팔괘를 믿고 놀러 가는 것을 포기한다는 것은 미신을 믿는 어리석음이다'라고 비아냥거릴 것이 뻔했으나 명색이 《주역》을 연구한 내 판단은 달랐다.

그런 끝에 일단 물놀이를 가되, 물을 절대 조심하고 그래도 한

순간에 실수할 것을 대비하여 손발이 쥐가 날 때 필요한 칼과 전 깃줄, 노끈 등을 지니고 목적지로 향했다.

한탄강 물이 흐르는 연천수력발전소가 위치한 강에서 짐을 풀었다. 땅과 물이 오색으로 물들 정도로 형형색색의 사람들은 그야말로 인산인해를 이루어 바야흐로 피서철임을 실감할 수 있었다.

일행은 조그마한 나룻배를 타고 수력발전소가 있는 근처에 자리를 잡아 텐트를 설치한 뒤 점심을 먹기까지 상당한 시간이 흘렀으나 그때까지만 해도 내 머리에서는 주역 괘가 연상되어 물이 두려웠다. 이러한 생각을 잊지 않고 있었으므로 물에 절대로 가지 말아야겠다는 경계심을 가지고 있었다.

마을 사람들은 모처럼 온 나들이라서 남녀노소를 불문하고 수영복 차림으로 물놀이를 즐기고 있었다. 그러한 광경만 보고 있던 내가 갑자기 물속으로 뛰어든 것은 실로 놀라운 일이었다. 잠시 전까지만 하더라도 물속에 가면 죽는다는 생각에서 물을 잔뜩 경계하던 사람이 대담하게 물로 뛰어든 그 순간, 근처 발전소에서 수문을 열어 물이 갑자기 불기 시작한 것이다.

내가 물속에 가면 죽을 것이라는 경계심을 잠깐 망각했던 것이다. 평상시에도 물길이 깊은 데다 내가 수영을 하고 있던 옆쪽에서 일시에 많은 물이 밀려와 금세 강 한가운데까지 밀려갔다.

바로 그때서야 내가 물에 가면 위험할 거라던 괘가 떠올랐다. 순간, 방향을 바꾸어 오던 쪽으로 가려고 안간힘을 다해 헤엄을 쳤지만 그때는 이미 죽음 직전에 놓인 위기일발의 순간이었다.

강 한가운데에서 방향을 바꾸어 아무리 헤엄을 쳐도 발전소에서 쏟아져 나오는 큰 물줄기 때문에 도저히 나올 수가 없었다. 밀려오는 파도에 눈, 코, 입을 통해 물만 먹게 되니 마음은 더 급해져서 긴장할 수밖에 없었다. 이제는 물거품을 내며 물속으로 가라앉았다 떠올랐다 하며 죽을힘을 다해서 손을 내밀어 살려달라고 손짓을 했다.

물론 처음 한순간에는 입으로도 사람 살려 달라고 고함을 쳤지만 물만 더 먹게 될 뿐 효력이 없었다. 이렇게 익사 직전에 놓여 있자, 저 위쪽에서는 사람들이 나룻배를 타고 구출하러 왔고, 또 다른 쪽에서는 구명 튜브를 가지고 구출작전을 시도해왔다.

그때 마침, 낚시하고 있던 청년 하나가 구명 튜브를 가지고 능숙한 수영 솜씨로 나에게 다가와 뭐라고 했다. 나는 그때까지도 밑으로 가라앉아 들어가면서도 죽을힘을 다해서 순간순간 손과 머리를 물 위로 떠올렸기 때문에 그 청년의 말이 잘 안 들렸지만 본능적으로 튜브를 잡으란 게 아닌가 싶어 튜브를 꽉 잡았다.

그 순간, '아휴 이젠 살았구나.' 하는 생각이 들었다.

청년의 도움으로 강가 백사장으로 나온 나는 얼마간 뱃속에 들은 물을 빼내고 정신을 차렸다. 처음 나의 그 같은 모습을 본 사람들은 장난을 하는 줄 알고 별 신경도 안 썼다는 것이다.

그러나 시간이 흐를수록 장난이 아님을 알고 같이 온 마을 사람들은 물론 수천 명에 이르는 물놀이 왔던 사람들은 발을 동동 구르며 고함을 쳐대며, '어머, 저 어쩌나 죽겠는데…. 아직은 젊은

데, 아유, 불쌍해라' 하고 안타까워했다고 한다. 수천 명이나 되는 물놀이꾼들은 나를 에워싸고, '그래도 살았으니 다행이다.' 하며 위로했다.

정신을 차리고는 조금전 나를 구해준 생명의 은인인 그 청년에게로 다가가 인사를 하고 헤어졌다. 내 전화번호를 가르쳐주면서 서울에서 한번 만나기로 했지, 그 청년의 주소나 연락처를 알지 못한 채 그대로 헤어진 것이 너무 아쉽다.

죽을 고비를 넘긴 나는 많은 것을 생각하게 되었다. 인간이 산다는 것은 이미 하늘에서 정해준 천리적(天理的)인 이치에 따라 생로병사(生老病死), 희로애락(喜怒哀樂)이 있게 되고, 그 천리를 초월해서는 살아갈 수 없다는 것을, 또한 그 천리를 미리 예지하는 방법 중의 하나가 신묘(神妙)하다고 할 수밖에 없는 주역팔괘라는 것을 다시 한 번 대각(大覺)하는 기회가 되었다.

또한 주역팔괘를 연구하여 천문지리(天文地理)를 아는 것은 낙타가 바늘구멍을 통과하는 것만큼이나 어렵지만 천문지리를 알고 그것을 실천에 옮기기는 더욱 어려움을 알게 되었다.

나 역시 물에 빠져 죽을 운이란 것을 알고도 그에 상응한 구명줄 오륙십 미터와 칼을 준비해 갈 정도로 신경을 썼으나 한순간에 망각하는 바람에 죽을 뻔했던 것이다.

생각해보면 망신도 그런 망신이 없었으나 삶이 죽고 사는데 그어찌 망신을 운운할 수 있겠는가. 더구나 괘를 판단했을 때 빠져 죽을 것으로만 예지했지, 젊은 청년이 구해줄 것은 예지하지 못했던 터라 아직도 더 익히고 배워야 한다는 내 자신을 알 수 있었다.

지금도 마을 사람 그때의 추억을 되새기며 내가 물속에서 허우적대던 모습을 흉내내가며 웃기도 한다. 그때, 그 일에 대해서 한 가지 바람이 있다면 나를 구해준 젊은이와 선술집에서 소주 한 잔이라도 꼭 나누고 싶은 간절한 마음이다.

※ 이 내용은 동방진인이 직접 경험한 일로 다른 저서 중에서 인용함.

하늘 천(天) 자와 순자의 운명

1983년 여름이었다. 평소 안면이 있는 김순자(가명)가 찾아와 앞으로 자신의 운명이 어떻게 될지를 봐달라고 해서 바쁜 중에서도 순자의 생년월일로 사주를 설정하고, 기타 이름까지도 참작하여 주역팔괘를 만들어 보았다.

주역팔괘를 보니 항시 그렇듯이 뜻하지 않은 괘의 뜻이 발견되었다. 그것은 순자의 남편이 머지않아 죽게 될 것이어서 나로서는 그 이야기를 해야 할지, 아니면 그대로 덮어두어야 할지를 놓고 한참을 생각한 끝에 생각해낸 것이 괘에 나타난 뜻을 글로 적어줘야겠다는 것이었다.

그래서 하얀 종이에 성격, 건강, 부부, 가정, 기타 순으로 적어주고는 종이 맨 끝 좌측 상단부에 하늘 천(天) 자를 써 놓고, 그 바로 옆에 87~88이란 숫자도 써놓았다. 바로 이 두 숫자와 하늘 천자가 문제였다. 87~88자란 수의 의미는 연도를 암시하고, 하늘 천 자는 남편의 죽음을 뜻한 것으로 남편이란 뜻을 한 글자로 줄일 경우 지아비 부(夫)자로 표기하는데 이 지아비 부 자가 맨 윗부분이 없으므로 남편의 목이 달아날 상으로 남편의 죽음을 뜻하는 것이었다.

그러므로 1987~88년 사이에 남편이 죽는다는 비록(秘錄)을 한 것이었다. 그러나 그러한 사실을 미리 발설하여 한 시간이라도 더 고민을 주어서는 도리가 아니라는 생각에서 그렇게 표기(비록)한 것이어서 오직 나만 알고 있었지, 아무도 그 사실을 알 순 없었다.

그 뒤, 세월이 흘러 남편이 위급하므로 죽을지 살지를 물었다. 역시 주역팔괘로 판단해 본 결과, 머지않아 황천객이 될 수밖에 없는 비운(悲運)에 놓여있음을 알게 돼 생명이 위태로운 시간과 날짜 등을 가르쳐주었다.

그리고 몇 개월이 지난 어느 추운 겨울에 다시 찾아온 순자는 평소와 같이 남편이 어떻게 될지 궁금하다며 생사를 다시 물었다. 그래서 여느 때처럼 주역팔괘를 뽑아 놓고 이렇게 말했다.

"지금 애 아빠가 병원에 계신다고요?"

순자는 대답했다.

"예."

나는 곧 이어서 말했다.

"그래도 무척 다행한 일이요. 사실 전번에 봤을 때에는 아빠가 죽을 것으로 판단되었는데, 이젠 그 날짜를 넘겼으니 어려운 고비는 넘겼잖아요."

이 말이 끝나기도 전에 순자는 어느새 눈가에 눈물이 고여 있는 모습이었다.

"우리 아빠 돌아가셨어요. 선생님이 말씀하신 날짜와 시간에 딱 맞았어요."

설마 했던 내 마음도 한순간 철썩 내려앉는 느낌이었다.

《주역》의 풀이가 아무리 똑소리가 날 정도로 적중률이 높다하여도 인간의 도리로 그런 일에는 맞지 않고 틀려주기를 바라는 게 사실이었다.

물론 사주와 성명 등을 참고한 기록에는 죽음의 시기가 87~88년으로 돼 있어 운명보다 조금 앞서 갔지만, 뽑은 괘에서는 죽음의 일시까지 적중했다니 《주역》은 참으로 인간을 놀라게 하고, 울리고 웃기는 요술단지와 같은 존재가 아닌가 하고 생각해본다.

※ 이 내용은 동방진인 저서 중에서 인용한 것임. 내용 주인공은 현재 수유리 거주함.

지지법(知止法)의 신통력(神通力)

이 지지법은 일명 변사(變蛇)라 하는 것으로 동방진인이 가끔 사용하는 도법(道法) 중 하나로 타인의 당면한 문제를 선도적으로 해결하고자 할 때, 부득이 응용하는 것이지 결코 악용해서는 아니 된다. 그러므로 특정 사례는 그만두고 동방진인 자신이 실제 경험했던 것만 공개하고자 한다.

때는 1990년대 중반, 어머니가 세 번째 결혼한 지 30여 년이 지나도록 온갖 고생을 하며 전처 소생 자녀들을 기른 것이다. 그러나 영감님이 죽자 그 자녀들, 특히 아들과 며느리는 호적마저 파가라는 것이었다. 참으로 인간으로는 할 수 없는 부도덕성의 극치를 보인 것이다.

그렇지 않아도 호적을 원점으로 되돌려 놓으려 마음을 먹고 있던 차였다. 하지만 초등학교와 중학교 때부터 친어머니처럼 모두를 길러 결혼시켜 놓았다. 그런데 영감(아들 아버지)이 죽자마자 호적을 정리하라는 것은 비인륜적 모습이 틀림없었다.

결과적으로 호적을 정리하여 그 집안 호적부에는 어머니란 존재가 일견하면 없는 것처럼 보이기 때문이었을 것이다. 처음 호적이야기를 들은 철민이는 그 사람들을 전혀 본 적이 없어 어떠한 도법이 통할 지 알 수 없어 일단 지지법(知止法, 일종의 변사법變蛇法)을 걸어 놓았다.

그런데 기적 같은 일이 일어난 것이다. 그쪽 며느리가 구청이냐고, 철민에게 전화를 걸어 온 것이다. 그러니까 구청으로 착각하여 전화하여 시아버지가 죽었는데 같이 살았던 시어머니의 호적을 정리해야 하는데 방법을 알려달라는 것이었다.

참으로 희한한 일이었다. 철민이는 그 여성이 말하는 내용이 어머니에 관한 것임을 헤아려 마지막쯤에서 신원을 밝힌 것이다. 철민이가 신원을 밝히자 당황한 그 여성은 어찌할 줄을 모르고, "어머나, 내가 왜 이리 전화를 했지요."하는 등 횡설수설하면서 전화를 끊어버렸다.

이럴 일이 있고 난 뒤 호적을 정리하였으나 또 다른 일로 형사사건을 자초하여 구속할 수도 있었다. 하지만 어머니의 간곡한 만류에 공증을 하고 해결한 바가 있었다.

구체적인 이야기는 가슴에 묻지만 어머니 명의로 된 부동산을 인감도 위조하여 어머니 모르게 명의변경을 해버린 것이다. 그런데도 구속하지 않고 해결을 보았지만 그 은혜를 모르고 어머니에게 단 한 번도 찾아오지 않았다. 게다가 공증 문맥 중에는 어머니라는 표현 대신 자기 아버지하고 살아온 관리인이라고 돼 있어,

하늘을 두려워 할 줄도 모르고 사람의 예의범절이 무엇인가를 모르는 까닭에서 오는 것이라고 가슴속에 또 한 번 묻게 된다.

철민이는 경우에 따라 지지법을 응용해서라도 어머니에게 큰절로 사죄하도록 도법(道法)을 걸고 싶지만, 이 또한 죄가 될 수 있어 심중히 고려중이다.

절벽에서의 구출

이야기는 한 여인의 간절한 애원으로 시작된다.

겨울 날씨는 살점을 도려낸 듯 칼바람이 불어치고 있어 그렇지 않아도 차갑고 냉엄한 세상을 더욱 더 느끼게 하고 있을 때, 작은 체구를 가진 한 여인이 찾아와 얘기했다.

"선생님, 선생님이 쓰신 책을 보고 이렇게 왔습니다. 선생님 도와주십시오. 그래야 제가 살아갈 수 있습니다. 꼭이요, 선생님 부탁드립니다."

여인은 거두절미하고, 살려달라고만 연거푸 말하고 있을 때, 동방진인(필자)은 자세를 가부좌(왼발과 오른발을 겹쳐 무릎에 거의 일직선 상태)를 하고 나서 큰 소리로 말했다.

"아, 지금 살아 있으니까 나한테 온 것 아닌가, 말만 잘하네. 죽은 사람 살려야 명의지, 산 사람 살리는 게 명의인가? 그리고 내가 생사를 넘나드는 초극귀인(超克貴人)이나 되나?"

진인(眞人, 동방진인)은 다시 큰 소리로 얘기한다.

"그럼 이야기나 한번 들어보자고."

여인은 반가워하는 모습으로 절박한 사연을 털어놓았다.

내용은 이랬다.

자신의 남동생이 건축업을 하는데 자신의 집을 저당 잡히고 돈을 융통해주었는데, 갚지 않아 집이 경매가 일주일밖에 남지 않았다는 것이다. 그러니 경매가 되면 당장 길거리로 나앉아야 된다는 절체절명의 위기에 놓인 상태라는 것이다. 그러니, 경매되기 전에 팔릴 수 있도록 신통력(神通力)을 발휘해서 나 좀 살려달라고 통사정한 것이다.

더욱이 학업중인 딸이 와 같이 사는데 잘못 돼서 가출하여 길거리를 방황하면 나는 죽지, 더 이상 못 산다며 눈물을 흘리기 시작했다.

동방진인은 내심 심각했다. 왜냐하면 독자(讀者)이기 때문이다. 그러니 어느 면보다 이미지 관리가 필요했고, 그 여인의 처지로 본다면 위기에서 당장 구해주어야 하는 입장이었기 때문이다. 동방진인은 여인에게 나지막한 목소리로 얘기했다.

"내가 힘은 없지만, 최선을 다 해보겠소. 그렇다고 자신하는 것은 절대 아니오. 지성이면 감천이라 하지 않았소."

여인은 닭똥 같은 눈물을 흘리면서, "선생님, 선생님 감사합니다. 이 은혜 죽도록 잊지 않겠습니다." 하면서 뒷걸음질로 문을 나서 집으로 향했다.

동방진인은 새벽에 남모르게 참선을 하는 곳, 신선굴(神仙屈)로 향했다. 신선굴을 가는 길은 빙판이라 누구나 갈 수 있는 길이 아니었다. 지금 40년이 흐른 세월에서 생각해보면 참으로 무모한 짓이었다라고 회상해본다.

신선굴에서 모종의 힘을 달라고 눈물을 보이며 간절하게 천응진법(天應眞法)을 복창했다. 그로부터 며칠이 지나 여인을 다시 오도록 하여 비방(秘方)을 해주고, 이것은 천기(天氣)이므로 아무에게도 말하지 말라고 당부를 거듭했다.

이후 일주일가량이 지나 여인은 환환 모습으로 닭튀김을 들고 왔다. 오자마자 밝은 말했다.

"선생님, 정말 고맙습니다. 집이 팔렸어요, 진짜 꿈같아요. 선생님, 왜 이곳에 계셔요. 저 강남 같은 데로 가시지."

동방진인은 눈이 휘둥그레져 여인에게 퉁명한 소리로 말했다.

"도자(불도저, 중장비) 앞에서 삽질하지 마라. 내가 강남에 가서 돈 벌면 나는 죽은 팔자야. 알기나 해? 글쎄 알 리가 없겠지, 쯧쯧."

여인은 민망해했다.

"선생님, 죄송해요. 저는 그런 줄도 모르고, 경솔했습니다."

그 당시 여인은 평생 잊지 않는다고 호언장담하고 자리를 떠나갔다. 그렇다면 40여 년이 지난 오늘의 시점은 어떠한가, 그 이후로는 단 한마디 연락마저도 없다. 물론 동방진인이 그 말을 믿는 것은 절대 아니었다.

왜냐하면, 그러한 경험이 한두 번이 아니기 때문이다. 불도(佛

道)에서 보면 탐진치(貪嗔痴) 중에서도 진(嗔, 거짓말)에 해당하여 구업(口業, 말로 죄를 짓는 것)을 짓게 된다. 차라리 호언장담하지 않았다면 구업은 짓지 않을 수도 있었을 텐데, 하고 아쉬워해본다.

진법의 효험인가

2005년 3월 21일, 삼각산 신선굴에서 정진하고 있을 때, 국민은행 채무만 전문으로 받아주는 KB추심원에서 전화가 왔다. 4년 전, 2001년에 보증을 선 카드 연체금 1,200여 만 원을 내놓으라는 것이었다.

그 이후 KB추심원에서는 유체동산 가압류를 운운하며 매우 위협적으로 협박조의 채무 독촉을 했다. 하지만 보증을 선 일도 없고, 카드 발급을 특정인에게 위임한 일도 없었고, 더욱이 해당 은행에 가서 서명 발급한 사실이 없었다.

따라서 그러한 사실을 보다 효율적, 합리적으로 해결하고자 금융감독원과 국민은행 본점에 간곡한 진정서 등을 냈지만 한결같이 백문(百問)하면서 일답(一答) 식으로 애매모호한 식의 통보뿐이었다.

이러한 과정을 겪는 동안 몇 개월이 지나서 국민은행은 동방진인을 걸어 정식 소송을 제기했다. 그 결과, 1심에서는 생각 이외로 패소한 것이다. 물론, 관재에서도 승소를 할 수 있다는 신부(神符, 부적의 일종)를 소지하고 나름대로 도법(道法)을 구사했으나 결과는 패소한 것이다.

동방진인은 억울하다는 생각에서 항소를 했는데, 지난날 고시 공부를 했던 게 큰 도움이 되었다. 그리고 하는 수 없이 변사법(變蛇法, 지지법의 일종)을 구사하지 않을 수 없었다.

처음 변론에서는 승소는 그만두고라도 무승부 즉, 다소의 금액을 주고 해결을 보는 것도 최선이라 생각했다.

변론을 다 마치고 선고만 기다리고 있을 때, 동방진인은 진법차 삼각산을 가 있었는데 재변론을 해야 한다고 법원에서 통보가 온 것이다. 실로 놀라운 일이었다. 항소에서 재변론은 비일비재한 경우가 아니라 아주 드문 경우였다. 재변론 시에 동방진인은 마지막 진술(변론)에서 이렇게 얘기했다.

"존경하는 판사님, 국민은행과 같은 큰 조직은 법무(法務)팀이 있어 일상 업무라고 하지만, 일반 서민은 잠을 이루지 못하고 절규하고 있습니다. 본인의 사건을 불문하고 민초의 가슴을 헤아려 주십시요."

그렇게 일갈하자, 방청석에서는 탄성의 소리가 들려왔다.

그 이후 결과는 국민은행의 청구를 기각하고 소송비용은 국민은행에서 부담하라며 승소판결을 한 것이다. 따라서 2007년 7월 29일자로 확정판결이 결정되어 그 사건은 일단락된 것이다. 뭇사람들은 국민은행하고 재판을 하는 것은 계란으로 바위 치는 격이 될 것이라고 비관적 이야기를 하는 경우가 대다수였다.

심지어는 법무 쪽에서 일하는 사람도 고개를 갸우뚱거리기도 했다. 카드 발급을 위조했던 국제민불종 기획국장은 이밖에 7~8건을 더 범행을 저질러 종정인 동방진인에게 무서운 상처를 남기고 2006년 10월 16일에 식물인간에서 깨어나지 못하고 불귀의 객이 되고 말았다.

이상의 승소한 이유가 동방진인의 지지법의 다소 효력이 있었는지, 아니면 법의 공평성이 승소의 원동력이 되었는지는 독자 여러분의 판단에 맡기고자 한다.

모든 것을 떠나 우리 사회는 유전유권 무전무권(有錢有權 無錢無權)이 판친 게 사실이다. 다시 말하면 돈이 있게 되면, 자연히 권력이 따르지만 만약 돈이 없는 경우에는 사소한 권력이나 권리마저도 없다는 것으로 민초(民草)의 가슴을 후려친다.

큰 스승, 배신자들의 군무(群舞)

저 유명한 중국 송나라 대학자인 강절소(康節邵) 선생은 '아휴인 시화 인휴아시복(我虧人是禍 人虧我是福)'이라는 화두식을 설파하기도 했다. 참으로 이해되지 않는 말이다.

이를 다시 풀어보면, 내가 남에게 이롭게 하는 것은 불행(我虧人是禍)이 되고, 남이 나를 이롭게 하는 것은 행복(人虧我是福)이라 하여 쉽게 이해되지 않는 말을 남겼다.

우리네 인간이 살아가고 있는 그 모습은 천태만상도 부족하여 무태무상(無態無像, 무한한 모습)이라 하는 것이 적절한 표현이 될 것이다.

내가 남에게 이롭게 하는 것은 왜 불행일까?

예를 들어 상대가 금전적으로 어려워 진퇴양난에 빠져 있을 때, 구세주와 같이 금전적으로 도와서 일단 진퇴양난에서 빠져나올 수 있도록 도와주었는데 서로 반대 입장이 될 경우, 아니면 어려움을 도와준 금액만큼 상대가 도와주지 않고 은혜를 저버리고 배신을 한다면 그대는 뭐라 하겠는가?

그것은 곧 배은망덕하는 이율배반자가 더 나아가서는 죽일 놈 하면서 그대로 원수가 돼 버릴 것이다. 따라서 처음부터 도와주지 않았다면 배반자, 배은망덕자라 욕설하며 원수같이 대하지 않는다는 것은 너무 자명하여 결과적으로 도와주지 않는 게 행복을 추구하는 것이지, 도와주고 이러쿵저러쿵하지 말고 미련 없이 도와주어야 그것이 곧, 행복이 된다는 것이다.

그러면 남이 나를 이롭게 하는 것이 행운이 될 수 있다는 것은 무슨 까닭인가?

남이 나를 도와주는 것은 우선 그만한 복을 가지고 태어나야 한다. 만일 내 자신이 타인으로부터 도움을 받을 수 없는 운명인데, 과분하게 받는 것은 도리어 불행할 수 있는 것이다.

그렇다면 타인이 나를 도와주면 왜 행운이 따르는가?

그것은 그 상대는 누구를 도와야 생명을 연장하고, 그렇지 않으면 단명할 수도 있는데 남마저도 돕지 않고, 욕심 것 살면 생명이 단축되는 결과가 돼 일찍 죽을 수 있다.

이리하여 고서(古書)에는 빈자불요(貧者不夭)라 하여 우리에게 많은 교훈을 주고 있다. 다시 말하면, 가난한 사람은 일찍 죽지 않는다는 뜻이다.

어느 사람 운명에는 돈을 갖지 말아야 하고, 근근이 빈곤하게 살아야 하는데 다른 가족 운으로 여유롭게 편안하게 살아간다면 그 사람은 수명이 단축돼 일찍 죽고 말 것이다.

그런 사람일수록 남을 돕고 가진 것 없이 살아가야 무병장수할 수 있다는 것이다. 그러니 상대가 나를 도와 가진 것이 없다는 것은 곧, 행복할 수 있다는 것이며 생명을 연장해주는 은인이 된 것이다. 다만 이렇게 심오한 인생길을 이해하고 살아가는 이가 몇이나 되는가가 또 하나의 문제일 수도 있다.

쉽게 생각하면 죽어 있는 부처님이나 예수님에게도 수억(헌성금, 헌금)을 받치기도 하는데, 살아 있는 사람에게 못 주겠느냐 생각하면 그 속에 진정으로 삶이 있고 득도(得道)의 경지에 갈 수 있는 것이다.

그러면 동방진인이 직접 겪었던 사건을 몇 가지만 다시 한 번 서술하고자 한다.

제자 김진혜(가명)

1990년대 초, 동방진인에게 역학을 사사 받았던 제자이다. 그녀는 그 당시 부동산업을 하고 있는 터라 동방진인은 동서들과 처남들까지 돈을 모아 투자했고, 그 이후에는 김진혜 자신이 어려워져 상가 부동산 딱지를 동방진인이 아는 사람에게 사 주는 것도 이 세상에서 베푸는 일이니 사 주라고 사정했다.

그 결과, 판 딱지의 건물을 넘겨주지 않은 상태에서 행방불명돼버린 것이다. 그러니 동방진인의 사정에 못 이겨 산 김순덕(가명)은 그 책임을 동방진인에게 물을 수밖에 없어 결국, 이 사건은 동방진인이 보관 증서를 써준 것을 근거로 재판이 돼 대략 3,000만 원을 물어주었다. 그러니까 투자액수까지 따지면 훨씬 많다.

강우현(가명) 종단기획국장의 죽음

동방진인을 처음 알게 된 것은 원고 청탁이 있었기 때문이었다. 그 인연으로 국제민불종 기획국장에 발탁되어 많은 일도 하게 되었고, 그러한 행동이 있어 동방진인이 발행한 가계수표를 3~4년간 아무 대가 없이 어려울 때마다 사용했다.

4년 동안 사용할 때마다 은행 마감시간은 다 되는데 돈은 들어오지 않을 때는 가슴이 새까맣게 탄 적이 한두 번이 아니고 수십 차례였고, 때로는 동방진인이 대신 입금하기도 했다.

어느 땐가는 통사정을 하면서 자기가 운영하고 있는 한때 법인체(회사) 대표로 존함만 올려주시면 전국을 상대해서 사업을 추진하는데 큰 도움이 되겠다고 삼고초려 식으로 수차례에 걸쳐 사정을 했다. 결국 허락을 해주었는데 얼마 가지 않아 사대보험이 연체되고, 외상값 300여 만 원을 갚지 못해 돈 받아준 추심회사로 넘어가 아침저녁으로 그들로부터 빚 독촉을 받아 실로 괴롭기 이를 데 없었다.

하는 수 없이 동방진인 카드로 갚아주고 나서 얼마 되지 않아

LG카드(법인카드)가 3개월 연체되었다고 독촉이 온 것이다. 이 또한 300여 만 원의 빚을 내 갚아 주었다.

이밖에도 LG 사용 요금 연체(추심회사로 넘어옴), 모 회사 단말기 사용료 연체(추심회사로 넘어옴)가 되었다. 월급 한 푼 받은 적이 없었는데 대표이사로 월급 받는 것으로 서류가 정리가 되어서 500만 원을 소득세로 내라는 독촉을 기관으로부터 받고 있었는데, 결국 모처 재산에 가압류를 놓았다. 뿐만 아니라 재판에서 승소한 1,200만 원 이외에도 일일이 거론하기조차 힘든 사건이 많았지만 가슴에 묻기로 했다.

하지만 불귀의 객이 되었으니 가슴이 아프다.

제자 황금순(가명)

이 제자는 한때 형편이 어려워 선생님 집으로 몸이나마 이사하겠으니, 그 대신 은행으로부터 전세 융자가 아주 싸기 때문에 받아달라고 했다. 그런데 어려운 것은 1,000만 원을 은행으로부터 받으려면 약 3,500만 원이 전세 보증금으로 계약이 돼야 융자를 받을 수 있었다.

동방진인은 일단 3,500만 원을 빌려주는 것으로 보증금을 충당하기로 하고 계약서를 썼다. 물론 이사 오지 않고 가끔씩 방문하는 정도였다. 더욱이 아들까지 전입했는데 예비군 훈련을 받지 않고 벌금까지도 내지 않아 경찰들이 찾아오는 등 뒤처리가 깔끔하지 못했다.

어느덧 융자 받은 지도 4년이 지나 두 번을 연장했으므로 갚아야 했는데, 황금순 제자는 계획적으로 신용불량이 되어 수천 만 원 이상을 갚지 않아 주소지가 있는 동방진인 집으로 십여 군데에서 찾아오고 독촉 문서를 보내는 등 정말 음식물 쓰레기가 방 가운데 버려지듯이 지저분했다.

그런데 더 큰 문제는 만약 카드 회사에서 실제로는 있지도 않은 방 보증금을 압류할 경우, 3,500만 원을 물어줄 수도 있다는 조급한 생각에 하는 수 없이 은행에서 융자 받은 천만 원을 대신 갚고 말았다.

하지만 그 이후 연락을 스스로 두절하고 전화도 일부러 받지 않고, 결국 배신의 춤을 춘 제자로 남고 만 것이다.

그때 빌린 돈은 3~4년 만에 갚았으므로 이자를 치면 3,000만 원이 된다. 동방진인은 그때처럼 배신감이 폭발한 적은 없었다. 그래도 제자이므로 도법을 통해서 상응한 조처는 하고 싶지 않다. 왜냐하면 황금순 씨는 동방진인의 생명을 연장해주었는지도 모르기 때문이다. 그리고 언젠가는 제 위치로 돌아오리라 믿는다.

※ 여기서 말한 생명 연장은 빈곤한 가운데 손재를 봤기 때문이다.

배은망덕의 서생원

이 서장은 부인과 이혼하고 사업마저 부도가 나 아주 어려운 처지였다. 그러한 어려움이 있어 동방진인의 가계수표를 무료로 빌려주면 은혜를 잊지 않겠다고 통사정했다.

동방진인은 죽은 부처님 앞에 돈 놓고 예불하는 정성보다는 살아 있는 불쌍한 중생을 돕는 게 진정한 도인이 아닌가 싶어 결국 가계수표를 빌려주고, 현찰도 다른 곳에서 융통하여 빌려주는 등 그야말로 인간적으로 많은 노력을 했다.

그러던 2000년내 초, 현찰을 포함 5,000만 원 정도를 부도를 내고 말았다. 이후, 2007년 12월 말까지도 소식이 없다. 물론 다른 사람 생각이라면 찾을 수도 있을 것이나, 아직은 기다리는 자세로 마음을 평정하고 싶다. 물론, 변사법을 걸어놓을 수도 있지만 청정(淸淨)의 대도(大道)를 가고 있는 동방진인으로서는 다시 한 번 인욕의 길을 가고 싶다.

이지현(가명)의 거짓과 한승희(가명)의 사기

이지현은 본시 목욕탕을 서울에서 운영하고 있었다. 뿐만 아니라 형무소에 있을 때 눈물을 흘리며 도와달라고 해서 역시 가계수표를 빌려 주었는데 그중 1매 100만 원짜리를 500만 원으로 위조하여 재판을 하게 될 처지가 되었다. 시간적 인과, 여러 가지를 생각할 때 500만 원을 물어주는 게 현명하다는 생각에 결국 500만 원을 순순히 주고만 것이다.

이 밖에도 같은 동업자, 한승희(가명)는 동방진인에게 가계수표와 현찰을 가져갔는데, 그것도 상호신용금고에서 카드로 대출을 받아 융통해주기도 했다. 그러다 보니 배보다 배꼽이 더 큰 격이 돼, 이 또한 기천 만 원이 된다.

이렇게 동방진인에게 처음은 한결같이 사정하고 은혜를 잊지 않고, 꼭 보답하겠다고 큰소리로 외쳐댔지만 결국은 배신의 늪을 넘어 유종의 미의 꽃을 피우지는 못했다.

만약 동방진인이 넉넉하지는 않더라도 빚을 지지 않고 살아간다면 얼마나 아름다운 꽃을 피우겠는가? 불효자가 효자가 되기도 하고, 효자가 불효자가 될 수 있다는 화두를 믿는다.

제8장

문학과 예술의 길목에

문학과 신념(信念)

　동방진인(철민)이 처음 문자를 알기 위해 몸부림친 목적은 까막
눈(문맹자)이나 면하여 자신의 이름이나 쓸 줄 알고, 일자무식자라
는 비판이나 듣지 않으려고 한 것이 궁극적인 목적이었다.

　그런데 그 목적은 무려 100여 권이나 책을 쓸 정도로 무한한 발
전을 가져온 것은 동방진인이 자신이 스스로 돌이켜봐도 참으로
놀라운 사실이다. 그 이유는 국내는 물론 세계적으로도 그러한 사
례는 드물기 때문이다.

　정말 아버지의 얼굴도 모르고, 오고갈 데 없는 천박하고 궁핍한
환경에서 70년 가까이를 독학을 해오면서 그러한 다작(多作)의 글
을 쓸 수 있었던 것은 현실적으로는 무한한 저력과 투지라고 할
수 있었지만, 그 이면에는 운명이라고 감히 생각된다. 왜냐하면 동
방진인의 명운(命運)에는 화개성(華蓋星)이란 것이 네 개가 들어 있
기 때문이다.

　그렇다면 이 화개성의 특성은 무엇인가? 수도인(修道人), 문필가

(작가)가 될 수 있다는 것을 하늘로부터 타고났다는 것이다.

또 하나, 화개성이란 뜻을 직역하면 부귀영화를 덮어 버린다는 뜻으로 인생의 파란만장함을 암시하는 것이다. 그러므로 문학 예술인이나 갖가지 도를 닦은 도인, 종교인은 평탄한 삶을 영위하기가 어려운 게 사실이다.

그렇다면 왜 그래야만 하는 선천적 귀결(歸結)인가?

이러한 사람들은 무엇보다 인간의 재도(齎度)에 있고, 무엇보다 예술은 개성이 뛰어나야 한다. 그러기 때문에 만고풍상, 그러니까 많은 시련과 역경을 주므로 살아 있는 공부가 되도록 한 것이다. 이 살아 있는 공부를 여러 사람에게 베푸는 것이 곧, 화개성의 본질인 것이다.

동방진인이 맨 처음 글을 쓰기 시작한 것은 1960년대 말부터 1970년대 초였다. 《저 하늘에도 괴로움이》란 제하에 자서전을 썼지만 영화를 만들 수 있다는 말에 어느 사람에게 그 원고를 몽땅 주어버렸다.

그리고 다시 1980년대 초에 모 출판사에게 《삼국지》 원고와 자서전 원고를 주었는데, 《삼국지》는 출간했지만 자서전은 원고를 잃어버려 다시 수포로 돌아가 버린 것이다.

그러나 두 번의 자서전 실패는 오히려 전화위복이 되었다. 왜냐하면 그 이후에 삶이 더 드라마틱하게 변했기 때문이다.

또 하나의 이유는 만약 그 당시 자서전이 출간되었다면, 지금쯤 다시 써야 하기 때문이다. 따라서 모든 것은 때가 있음을 다시 한 번 생각하게 한다.

1986년에 비로소 《운명(運命)》이란 책이 세상에 알려졌지만, 그 이전에 이미 육필(붓으로 쓴 것)로 개인지도용 교과서를 써서 사용하고 있었다.

그때는 '이 책보다 더 잘 쓰는 책은 없겠지' 하고 경거망동한 생각을 했지만, 세월이 흐를수록 미숙하고 어리석은 생각이었음을 깨달아 역시 문학의 경지는 요원함을 새삼 느끼게 한다.

어느 사람은 "잘 팔릴 수 있는 책을 쓰지, 왜 그런 책만 쓰고 있느냐?"고 질타를 한다. 하지만, 문학이 지나치게 돈으로 또는 명예로만 흐르게 되면 진정한 문학이 아니라고 큰소리치면 듣는 입장에서는 "예, 예 맞습니다." 한다. 그러나, 속마음은 '저러니까 밥도 못 먹고 살지.'하면서 비판에 심장소리가 들리기도 했다.

하지만 인생은 공수래공수거(空手來空手去, 빈손으로 왔다가 빈손으로 간다는 뜻), 뿐만 아니라 인생무상(人生無常)은 누구에게나 공유되는 것이다. 예를 들면 부자가 가난할 수 있고, 가난한 사람이 부자도 될 수 있다는 것으로 어느 누구도 부귀빈천을 호언장담할 수 없다는 뜻이다.

그렇다면 문학가로서 사후(死後)에도 남을 수 있는 책을 쓰는 것이 의무이며, 귀결이라고 생각해본다. 그래서 남이 쉽게 쓸 수 없는 《최초 한글 성명학대전》이나, 《차도 사주팔자가 있다》를 출판했다. 그런가 하면 우리나라의 상징인 태극기의 원리를 설명한 《태극기의 원리와 비밀》, 그리고 어느 누구나 두고두고 볼 수 있는 《토정비법(2044년까지 미리 조견표를 뽑아 놓음)》, 삼국시대의 기본 이념이었던 음양오행(陰陽五行)에서 비롯된 내용을 중심으로 한 《삼국지(三國志)》(전3권)까지 저술 등은 피나는 노력과 연구가 없이는 쓸 수 없는 특징이었다.

제삼자가 보면 왜 그렇게 어려운 책만 쓰느냐고 반문할 정도이다. 하지만 그것이 정도(正道)라면 궁핍함은 기꺼이 감수해야 된다고 생각된다. 특히 국내 최초로 쓴 《최초 한글 성명학대전》은 20여 년 동안 훈민정음과 기타 제자원리(製字原理)를 연구하여 출간된 것이다.

한 가지 예로 박(朴)씨는 7획이 아니라 8획이며, 피(皮)씨는 5획이 아니라 8획이란 것을 알게 된 것이다. 특히 작명학은 기본문자의 획이 모든 격의 기초가 된다.

따라서 기본문자의 획수가 정확해야 정확한 작명을 할 수 있는 것이다. 훈민정음 서문제자해(序文製字解)에 모든 것이 음양오행에 기인하는데 문자라고 어찌 음양오행이 없겠느냐고 지적한 것처럼 우리 한글의 제자원리는 극히 음양오행학적에 기초를 두고 있다.

그래서 모 대학 교수인 이성구 씨는 한글의 제자원리는 천인지 삼재(天人地三才)와 팔괘(八卦)에 있다고 주장한 바 있어 동방진인의 지적을 뒷받침하고 있다.

뿐만 아니라 동방진인은 훈민정음이 있기 전, 국민정음(國民正音)이 이미 수천 년 전에 있었음을 갖가지 고서를 통해 알 수 있었고, 그 가운데 11자가 훈민정음 기초문자와 같다는 것을 알게 되었다.

아무튼 동방진인은 이해관계 없이 이 시대, 또는 먼 훗날 뭇사람들이 필요로 하는 소중한 책을 쓸 것이며, 당장의 이익을 무시한 자세가 문학의 대로이며, 정도라고 굳게 믿고 불철주야 노력할 것이다.

특히 고서(古書)에 군자가 지킬 세 가지 덕목 중 하나가 누가 알아주던 말든 자신의 의지대로 묵묵히 노력하는 것이 군자가 취할 도리란 지적처럼 가슴에 피가 흐르는 한 노력 분투할 것이다.

어려운 인생 질곡이나 역경 따위는 저 푸른 하늘에, 아니 태평양 심해(深海)에 던져버릴 것이다.

예술과 동방진인(철민)

동방진인이 예술 활동을 한참 할 때가 1980년대 중반이었다. 그
중에서도 서예(書藝)는 10대 때부터 한문 서당에서 성제 선생님께
사사 받은 필법(筆法)이 큰 도움이 되었다. 뿐만 아니라 혼자서 쓰
고 지우고 하기를 수천, 수만 번의 독특한 필법, 즉 자필만법(自筆
萬法, 자연스럽고 개성 있는 필법)을 창안 정립한 것이다. 이러한 필법
은 50여 년간 묵묵히 이어온 결실이라고 판단된다. 1988년 이전
에 이미 육필(肉筆) 저서 20여 권을 저술한 것도 큰 덕이요, 보람이
라 할 수 있었다.

1980년대에는 나름대로 예술 활동 중에서도 1988년 세종문화회
관에서 열렸던 국민화합서화전(國民和合書畵展)에서 심사위원을 역
임했던 것은 부족한 동방진인에게 또 하나의 보람이었다. 그리고
1990년대 초, 인당(仁堂, 영화배우 송강호 아버지)과 허성준(許成俊) 등
과 서도 전시를 하게 된 것도 또 하나의 추억이 아닌가 하고 되새
겨본다.

이후에도 갖가지 예술 경연에서 심사위원으로 참석한 것은 동방진인의 가슴을 흐뭇하게 한 것이었다. 이러한 예술적 활동을 하던 중, 수십 년전 암흑가에서 알게 된 전 동양방송 정식 MC였던 곽규호(코미디언 곽규석 동생)을 다시 만나게 된 것은 세상이 넓은 것 같지만 아주 좁을 수도 있음을 깨우치게 했다.

동방진인은 창종(종교단체 성립)한 연후에도 소위경전(所謂經典, 국제민불종에서는 의위意謂를 같이 씀)을 손수 육필로 쓴 것은 보기 드문 사례이다. 저 유명한 일붕 큰스님께서는 글씨를 너무 남발했다는 세평이 있어 동방진인은 절대 그러지 말아야지, 하는 생각에 가능하면 휴지조각이 되서는 안 된다는 각오로 글씨를 써준 속마음도 글씨만큼 심오하게 생각하고 있어 어느 누구에게도 함부로 글을 써주지 않는다.

돈을 받는 경우는 드물지만 한 예로 현문출판사 이기현 회장께서는 장애인 돕는데 써달라며 글씨 한 폭에 기백만 원을 주기도 했다. 비록 명필(名筆)도 달필(達筆)은 아니지만 자연필법을 온 누리에 펼쳐보고 싶다.

본격적인 서예에 심취하기 전에는 정자(正字)로 인쇄하듯 쓰는 글씨가 잘 쓴 글씨란 생각을 했으니 얼마나 어리석고 졸렬한 행동이었는지 참으로 어리석음의 극치를 보인 것이다.

따라서 서예의 경지는 깊은 바다 속에서 진주를 구하는 것보다 어렵다. 처음 서예를 시작할 때에는 영자팔법(永字八法)만 수개월 하늘 천(天) 자, 한 일(一) 자만 수개월씩 쓰고 있다는 것에 도저히 이해가 되지 않고, 그까지 것 한두 시간만 쓰면 아주 잘 쓸 수 있을 텐데, 몇 달이나 걸려 그러니까 고리타분하게 지금 생각해보면 참으로 경거망동의 단면을 보인 것이다.

아무튼 세 살 버릇이 80세까지 간다는 속세의 말처럼 여덟 살부터 배웠던 꼬부랑꼬부랑 한 글씨가 수십 년을 지난 오늘에는 더욱 꼬부라진 글씨(서체書体)는 아닌지, 조심스레 살펴본다.

앞으로 입산하거나 낙향하게 되면 묵객(墨客)으로서 일필휘지의 글씨로 방문객을 답례할 생각이다.

경영대학원을 가다

1990년대 초, 불교계에서 설립한 종립대학(宗立大學)이란 곳에 불교에 대한 연구를 본격적으로 하고 있을 무렵, 문득 생각이 난 것이 있었다. 그것은 앞으로 어떠한 경우에도 경영이란 법칙은 모든 조직이나 인간의 삶을 경영하는데 있어서도 필수불가결하다는 나름대로의 생각에 수원에 있는 아주대 경영학과에 입학했다.

그때는 지금 생활보다 훨씬 여유로웠지만 그래도 가난은 면치 못한 실정이었다. 그리하여 이른바 카드깡이란 것을 해서 학비를 마련하고 일 년간 결석 한 번 없이 그런대로 최선을 다했다.

그동안 순수하게 50여 년 동안을 독학으로 이어온 나는 모처럼 제도권에는 대학이란 문턱을 처음으로 밟아 본 것이다. 동방진인의 눈물겨운 과거를 모르는 사람들은 '그런 대학원이 있겠지'하고 생각할 수 있기 마련이다. 더욱이 최고 경영대학원에 다닌 사람은 돈은 있으니 가방 끈이 짧아 나닌 곳이 바로 최고 경영학과라고 치부해버리는 것이 세속의 인심인 것이다.

하지만 동방진인의 경우는 확연히 달랐다. 학비도 없어 카드깡을 해야만 했고, 가방끈 자체가 없으므로 비록 짧다는 말은 어불성설(語不成說)이었다. 물론 이미 수많은 저서가 있고, 문예 활동을 하고 있어 누가 봐도 최고 학부를 나오지 않고서 저런 책을 쓸 수가 있을까 하고 생각을 하는 것도 결코 무리는 아니었다.

아무튼 일 년 동안을 무사히 다녀 큰 보람으로 생각했지만, 마음에 걸리는 것은 집사람의 모습이었다. 없는 형편에 굳이 대학원을 카드깡까지 하여 갈 필요가 있느냐는 묵언의 모습은 오늘도 아쉬움으로 기억된다.

그러나 동방진인의 과거를 단 한 번도 이야기한 일이 없고, 실제 최고 학부를 나온 사람처럼 사회생활에 구성되어 있어 당연히 불만을 가질 수 있었다고 생각되는 게 오늘의 현실이다.

막상 대학원을 다니다 보니 손민 교수님은 조리 있는 강의로 유명했다. 이마는 넓어 가정의 뿌리가 있어 보이는 듯한 손 교수님은 시작과 끝이 분명한 명 강의에 다시 한 번 옷깃을 여미게 했다. 또한 김영래 교수(정외과, 한나라당 공천위원)의 폭넓은 법학 강의는 절대 강자임을 자처한 모습에서 먼 훗날 큰 인물이 되겠다는 것을 엿볼 수 있었다.

최고 경영대학원을 책임지고 있는 송영길 교수님은 특유의 대인관계로 뭇사람을 대하고 있음을 은연중의 모습에서 알 수 있었다. 마치 물이 흐르듯 자연미의 강의를 구사한 황의록 교수님은 자타가 부러워하는 명 강의로 여러 사람의 심금을 울리기도 했다.

같은 학생 중에서도 꽤나 괜찮은 중소기업을 운영하고 있는 신재남 씨는 후덕한 처신에 동방진인은 살아 있는 삶의 공부를 경험한 것이다. 너무도 형식적이고, 돈에만 치우치는 사업가의 본성보다는 인간다운 모습은 배워야 할 덕목이었음을 오늘에야 깨닫게 된다.

인간의 모습과 마음을 꿰뚫어보는 동방진인의 속마음을 직시할 줄 아는 이가 누구인가를 자평해보기도 한다. 하지만 동방진인은 관상 작명 물상(物像, 사물을 보고 그 사물의 특성을 아는 방법) 등 나름대로 고수 아닌 고수를 자처할 수 있는 처지라 얼굴만 봐도 상대의 마음을 읽을 수 있었다.

하지만 단 한 번도 아는 척해 본 일이 없음은 또 하나의 도리인 것이다. 이를 다른 표현으로 하면 진광불휘(眞光不輝)라고 하는 것이 옳은 것이다.

대학원을 무사히 수료했지만 돈이 없어 마지막 학비 오십 만 원을 내지 못하고 밀려 있다. 하지만 지금 생각해보면 대학원을 차라리 다니지 않았다면 순수한 독자로서 더 소중할 수 있지 않았을까 하고 가끔 어리석은 생각을 해보기도 한다.

삼장법사(三藏法師)가 되다

온갖 시련을 겪으면서 죽음을 앞둔 통렬한 절규와 울분에도 불구하고 단 하루도 거르지 않고, 죽을 결심으로 독학에 독학을 계속해 온 모습에 하늘도 감동했는지 우연한 기회로 포교사 법사 진법사 등을 걸쳐 삼장법사(박사와 같음) 과정을 무난히 이수하고 모름지기 삼장법사가 된 것이다. 이러한 과정을 마칠 수 있었던 또 하나의 뿌리는 어려서 한학(漢學)을 성제(星濟) 사부로부터 사사했던 게 크나큰 뿌리가 된 것이다.

평상시에도 불교, 유교, 도학 등 종교학을 연구해온 터라 더욱 더 큰 덕이 된 것이다. 독자 여러분의 이해를 돕고자 삼장법사에 대해서 대략 설명하고자 한다. 여기서 말한 삼장이란 첫째는, 경장(經藏)이라 하여 불타의 순 한문으로만 된 경전(經典)을 번역하고, 그 뜻을 이해할 수 있는 능력을 말한 것이다.

둘째는, 논장(論藏)이라 하여 예술적 창작으로 불타의 경전을 책으로 풀어 쓸 수 있는 자질을 갖춘 것을 말한다.

셋째는, 율장(律藏)이라 하여 불타의 계율을 잘 지켜 자타성불도(自他成佛道) 즉, 소승적 경지보다 대승적 경지에 이름을 지적한 것이다.

따라서 이 세 가지를 삼장이라고 하며 법사(法師)란 불타의 계율을 모범적으로 수행할 수 있는 자질을 말한 것으로 생각된다.

이러한 불교적 자질을 갖추는 정도를 현대적 표현으로는 명예 불학박사에 해당된다고 한다. 이는 일정한 법률적 규정보다 사회적 통념상 호칭인 것이다. 삼장법사란 어디까지나 학문적인 면과 견성성불(見性成佛)의 면을 함축한 표현이라면 큰 스승, 큰 지도자란 표현으로 대종사(大宗師)라고 하는데 서로 다른 점이 있다면 삼장법사는 학문과 계율을 토대로 한 반면, 대종사(큰 스승, 큰 어른)는 계율과 성불도(成佛道)에 있다.

따라서 큰스님이라고 하여 문자(文字)를 전제로 하지 않고, 오로지 각성성불(覺性成佛)에만 있다. 이는 불립문자(不立文字)와도 맥을 같이 하고 있다.

다시 말하면 불타의 진정한 제자가 되기 위해선 문자 따위만 운운하지 말고, 무아의 경지로 믿어야 한다는 의미인 것이다. 그러므로 선승(禪僧)의 수행방식 중 하나가 선묵(禪黙)인 것이다. 역사적 대표 선승이 바로 9년간을 벽만 보고 깨달았다는 달마대사(達磨大師)이다.

이러한 까닭에 대종사는 글을 모르거나 일부러 알려고 노력하지 않고, 오로지 깨달음의 경지에 이르러 수많은 종도들로부터 존경을 받고, 종교가 나갈 방향을 제시, 설파할 수 있다면 모름지기 대종사라고 생각된다.

필자는 한문을 어려서부터 수학했고, 수십 년을 한학과 종교를 연구해 온 까닭에 경장논장(經藏論藏) 등에 대해서는 부족한 가운데서도 어느 정도 자질을 갖추었다고 감히 자신할 수 있지만, 율장은 그 계율이 무궁무진하므로 초라하기 그지없는 게 사실이다.

비록 불타의 제자로서 심신(心信)으로 불학(佛學)을 했다지만, 수미산(須彌山, 불교에서 이상적인 산을 지적)만큼 큰 불타의 계율을 지킨다는 것은 실로 황소 등에 털 하나에 불과하다 할 것이다.

이렇게 큰 법에 보이지도 않는 미물인 필자가 삼장법사가 된 것이 온당한지, 다시 한 번 생각해본다. 한 개인으로 생각하면 파란만장한 인생의 역경 속에서 일곱, 여덟 살 때부터 길거리 휴지 쪼가리를 주어 ㄱ, ㄴ 등으로 시작했던 독학 공부가 경영대학원을 수료하고, 삼장법사가 되고, 새로운 불교종단을 창종(創宗)하여 종정(宗正, 종단의 제일 큰 어른, 상징적 인물)의 지위에 오른 사실은 객관적으로는 부끄러운 일이지만 또 다른 면에서는 상상할 수도 없는 기상천외(奇想天外)한 사실이 분명하다.

불교 종단을 창종(創宗)하다

나는 오래전부터 지체장애인에게 무료로 역학을 개인지도를 하여 작은 밀알이나마 이사회에 이바지하고자 했다.

그 이유 중 하나가 현대 산업사회를 살아가다 보면 갖가지 사고로 하루아침에 불구가 되고, 가정파탄이 일어나 절망 속에서 울분과 절규를 하는 중도장애인이 수없이 많아 개인적이나 국가적으로도 큰 손실은 말할 것도 없고, 장애가 된 당사자는 정신적 고통을 잊기 어려운 게 사실이다.

이러한 까닭에 내가 그들을 도울 수 있는 가장 쉬운 방법이 역학을 무료로 가르쳐 도와줌으로 명실상부한 역학자가 돼, 보다 나은 가정을 안정적으로 꾸려간다면 그들에게 일이천만 원을 도와주는 효과보다 더 큰 효과를 볼 수 있다는 판단에 오늘도 그 일을 멈추지 않고 있다.

이렇게 개인지도를 해주다보니 보다 더 체계적인 조직이 필요하고, 내 자신이 없는 이 세상에서도 나의 뜻이 영원히 이어져야 한다는 고뇌의 판단에서 장애인을 대표하고 유삭발(有削髮, 삭발유발승), 재출가(在出家, 출가하지 않고 또한 출가해서 부처님 제자가 되는 것)를 망라한 현실적 종단을 창종한 것이다.

종단을 창종하기까지는 수많은 우여곡절이 있기 마련이지만 필자의 경우에는 너무도 견디기 어려운 갖가지 사건들이 연이어 터지기 시작했다. 하지만 인간의 운명은 이미 하늘에 정해져 있는 것을 부질없이 날뛴다는 김삿갓의 시구(詩句)처럼 한 치의 오차도 없이 면면히 흐르고 있음을 몸소 체험한 것이다.

중국에 대학자인 열자(列子)도 부귀빈천이 연월일시 즉, 운명에 정해져 있음을 강조했더니 나 역시 어려울 때마다 현자(賢者)들의 주장을 좌우명으로 되새기며 해원(解怨, 원한을 짓지 않는 것, 원한을 스스로 풀어 버린 것)하려고 마치 절망의 늪에서 희망의 평원으로 달려가고 있다.

아무리 어려운 고난과 절망, 그리고 은혜를 원수로 갚는 배신 공갈 사기 등이 난무해도 생사(生死)를 가름하는 일이 아니면 용서와 해원(解怨)의 자세가 곧, 인욕(忍辱)이다. 곧 이 인욕이 성불도(成佛道)라 굳게 믿고 또 믿는다.

종단을 창종하게 된 또 하나의 이유가 사회는 아침저녁으로 급변하고 있는데 그에 상응한 종단이 없다는 것이다. 다시 말하면 삭발만 하는 모습만 보고 품행이나 심성, 그리고 신심(信心, 믿는 마음가짐) 등 보다는 외형상 겉치레만 보는 것이 한국 불교의 실상인 것이다.

그러므로 아무리 청백한 믿음으로 최선을 다해도 일단 삭발하지 않으면 진정한 성직자로 보지 않고, 사이비, 땡중을 운운하는 게 사실이다.

그러나 티베트족 형태는 어떠한가? 정말 유발한 상태에 수십일, 수백 일씩 거리를 가면서 진정한 오체투지(眞情五体投地, 사지는 물론 몸체가 땅하고 접하는 수행방법)를 하는데, 겉모습은 행려자(거지)나 노숙자보다 더 지저분한 모습이다. 그러나 그 수행자 심신(心身)은 빛나는 태양처럼 서광이 싹터 오르고 있는 것이다.

하지만 우리는 어떠한가? 실오라기 하나 흩어지지 않고, 다림질을 잘하여 깨끗한 승복을 입고, 차도 고급차를 운전하고 다니는 것을 능력 있는 스님으로 알고 추종하는 무리가 얼마나 많은가? 실로 헤아릴 수 없다. 우리도 생각을 바꾸어야 한다.

진정한 수행자는 누구인가? 본인(소승)은 이러한 형식에서 벗어나 진정으로 수행하는 성직자가 대우받고, 추앙받는 종단이 있어야 된다는 사회 화합과 선도를 역점을 두어 창종하게 된 것이다.

이를 다시 우리의 현실에서 그 실태를 본다면 장애인들의 각종 시설이 혐오시설이라고 반대하는 경우가 한두 곳이 아닌 것과 같다. 말로는 장애인들에게 모든 것을 줄 것처럼 이야기하면서도 또 다른 마음 한구석에서는 냉엄한 마음을 품고 있는 것이다.

이러한 모습을 소멸하고 육화사상(六和思想, 여섯 가지 교리의 조건)을 고취하여 참다운 불도를 가기 위해서 창종한 것이며, 육화사상 중에는 이런 내용이 있다.

여기서 말한, 사섭(四攝)은 원행지덕(願行智德), 이를 실천하기 위해서는 네 가지가 실행적 덕목으로 구성돼 있다

1. 보시섭(布施攝)
2. 애어섭(愛語攝)
3. 리행섭(利行攝)
4. 동사섭(同事攝) 등이며,

육화(六和)는
1. 동계화경(同戒和敬)
2. 동견화경(同見和敬)
3. 동행화경(同行和敬)
4. 신자화경(身慈和敬)
5. 구자화경(口慈和敬)
6. 의자화경(意慈和敬) 등이다.

이를 간단하게 설명한다면 가정이나 사회적으로 잘못된 삶의 길을 가고 있는 사람이 있다면, 서슴거리지 말고 동행하면서 올바르게 교화하고, 부처님 제자로서 진리를 추구하여 성불도(成佛道)를 완성하는 것을 말한다.

또 다른 예로 설명하면 탕남탕녀(湯男湯女, 잘못 살아가는 남녀, 선남선녀의 반대말)가 있다면 피하지 말고 동고동락을 하면서 교화하여

불타의 깨달음을 향하여 진정으로 노력하고, 또 노력하는 것과 같다.

그러니까 현실과 부딪혀 살아가면서 그 가운데 사부대중을 위하는 것이 곧 성불이란 뜻이다. 이는 혼자서 속세를 떠나 수도하는 경지보다는 속세를 떠나지 않고, 모진 세상 속에서 대승적인 구도(救道)를 몸소 실천하는 것과 같다.

필자는 나약하지만 불우한 사람들과 생사를 같이하여 온 누리에 단 한 줄기의 희망이라도 넘쳐 불국정토(佛國淨土)가 이루어지리라는 신념으로 창종(創宗)을 했던 것이다.

지금은 비록 큰 절간의 해우소(화장실)보다도 작은 규모라서 초라하기 그지없다. 하지만 큰 바다도 한 방울의 빗물에서 비롯되고, 어린아이가 어른이 되고, 범부(凡夫)가 현자(賢子)가 되는 진리는 누구도 부인할 수도 없고, 거역해서도 아니 된다.

그러므로 창종으로부터 세월이 가고 때가 되면 그 규모와 신도 수는 수만 수천이 될 것이고, 종립대학에 복지시설, 지체장애인 수련장(직업장)까지 갖춘 범상치 않은 규모의 종단이 될지도 모른다. 현재로서는 종찰(종단을 대표하는 사찰), 종산(종단을 대표하는 산, 기타 전답)마저도 전무한 상태이나 창종 초기에는 누구나 겪는 일상적 과정이다. 나는 이러한 생각과 결심으로 종단을 창종한 것이다. 물론 몇몇이 모여 결성한 종단이 아니라 정식으로 공익법인 인가가 난 것이다.

한편으로 생각하면 종단을 창종하는 것은 아무나 할 수도 없고,

하려고 해도 뜻대로 되는 것은 아니라는 게 현 사회적 통념이다. 첫째는 창종할 수 있는 인격, 식격, 대중으로부터 존경받을 만한 인물인가, 여러 가지 면에서 능력을 갖추고 있는가, 그중에서도 빼놓을 수 없는 사실은 보통 사람으로서 창종을 할 수 없기 때문에 과연 비범한 인물에 지혜가 출중하고, 인덕이 많아야 된다고 생각한다. 그리고 뭐니 뭐니 해도 운명상 가능해야 한다.

필자가 고서에서 본대로 수도인 중에서도 자의(紫衣, 붉은 도복, 도인 중에서도 우두머리란 뜻)를 입을 수 있다는 지적을 그다지 믿지 않았으나 결과적으로 보면 그 지적이 일치함을 부인할 수 없다.

나는 오늘도 수미산(불교에서 말하는 이상적인 높은 산)을 향하여 숨 가쁘게 달려가며 내 자신이 비워둔 자리에 인연이 나타나 자비가 넘치는 자리가 되었으면 한다.

제9장

불가사의와 동방진인(東方眞人)

측귀(廁鬼)에 놀란 사나이

　지금부터 35년 전, 그러니까 필자가 삼각산 기슭에 머물러 있을 때 일이다.

　한 여인이 찾아왔는데 관상이 마치 하늘에 먹구름이 낀 모양처럼 그 여인의 얼굴은 침울하여 온 세상의 걱정거리를 다 안고 있는 모습이었다.

　동방진인(필자)는 그 여인에게 조용한 어조로 물었다.

　"여사님은 왜 근심이 깊습니까?"

　그러자 여인은 조용히 말했다.

　"예, 예. 저요, 걱정이 있지요. 아빠가 울릉도 고향에 갔다 오신다고 했는데 아직 오지를 않으셔서요. 고향에서는 며칠 전에 떠나셨다는데요."

　동방진인은 투박한 소리로 말했다.

　"아, 며칠 늦을 수도 있지요. 중간에서 누굴 만나셨겠지요."

　그러자 여인은 하던 일을 멈추고 재차 말했다.

"선생님, 그게 아니라 아빠 얼마 전부터 정신이 좀 이상해요."

동방진인이 그 까닭을 묻자, 여인은 울먹이며 말했다.

"선생님 다름이 아니라 변소를 고치고 나서부터 그래요."

동방진인은 아무 말 없이 그 여인만 쳐다보고 있었다.

여인이 다시 얘기했다.

"선생님. 아빠는 언제 오시나요?"

"아! 아빠요. 내일 모레쯤 오실 거요."

이 말을 남기고 동방진인은 자리에서 일어나 밖으로 나가버렸다. 그 이후, 여인의 아빠는 지정한 날짜에 마침내 무사히 귀가하였다. 며칠이 지나 두 부부가 나를 찾아왔다. 이미 그 남자(여인 남편)는 얼굴에 귀기(鬼氣)가 쌓여 있었다. 그리고는 주역신단(周易神斷, 육효책)을 보자, 무섭다고 부인 등 뒤로 숨어버리고 어린애처럼 빨리 가자고 부인에게 재촉을 하면서 밖으로 나가버린다.

그러자 여인은 나에게 간곡하게 부탁한다.

"선생님, 저 사람 좀 고쳐주세요. 정말 답답해요."

어느새 여인의 두 눈에서는 이슬이 맺혀 있었다. 나는 그 여인에게 말했다.

"내가 힘은 없지만 최선을 다하겠습니다. 일단 내가 시키는 대로 하시면 가능하리라 봅니다."

며칠이 지나 나는 문제가 된 변소와 그분들이 살고 있는 거처도 살피고 돌아와 비방작술(秘方作術, 비방을 만듦)을 하고, 선인들이 사용해 온 질병신단(疾病神斷)으로 처방(處方)하여 측귀를 몰아냈다.

그 이후, 3일 동안 계속 잠을 자고 나니 여인의 남편은 언제 그랬냐는 식으로 거짓말처럼 치유가 되었다.

나는 그 내외에게 빨리 이사를 가야 한다고 다급히 당부했으나 편안해진 그들은 차일피일 미루다 다시 측귀(廁鬼)의 재도전을 받게 되었다. 그의 부인은 다시 나를 찾아와 백배사죄하며 말했다.

"선생님 이젠 선생님 말씀을 꼭 들을 테니 다시 한 번만 고쳐주세요. 제발 부탁입니다."

그 이후, 동방진인은 사변법(蛇變法)을 써서 다시 제정신이 돌아오도록 하였다. 그 결과, 두 사람이 손수레를 끌면서 풋고추 장사를 하는 모습은 참으로 흐뭇했다.

그러나 이러한 모습은 오래가지 못하고, 여인은 1952년생 연하와 눈이 맞아 바람이 나고 말았다. 그래도 남편이 죽은 것보다 다행이며, 미친 것보다 나은 일임을 동방진인은 운명의 저울질을 해보고 있었다. 큰아들 영진(가명)은 지금쯤 4~50대가 됐으리라 생각된다. 어느 고아원에 있다는 소식을 들은 지도 어언 30여 년이 돼 인생무상함을 새삼 느끼게 한다.

그 당시 고맙다는 답례로 받은 향나무 판에 필자가 쓴 시(詩) 한 수와 걸려 있어 옛날을 다시 한 번 회상시키게 한다. 내가 만약 운명상 재운(財運)이 풍족했다면 수천만 원이 오고 갔을 것이다.

큰며느리 절 받는 귀신(鬼神)

때는 2007년 여름, 우란분절(盂蘭盆節, 음력 7월 15일에 행하는 불교 행사의 하나. 백중)을 며칠 남겨 놓은 시점이었다.

평소에 알고 지낸 여인으로 집사람(부인)하고도 아는 사이었다. 백중이 며칠 남지 않아 동방진인은 청소라도 깨끗이 해야 한다는 생각에서 빗자루를 들고 이곳저곳을 쓸고 있을 때, 그 여인이 찾아와 공양미를 부처님께 올리고 싶다고 했다. 나는 두말하지 않고, "그렇게 하십시요."하고, 하던 일을 계속했다.

때마침 여인은 쌀을 한 가마 가지고 와서 부처님 앞에 공손하게 올렸다. 이 광경을 보고 있던 나는 눈을 감고 귀중목시(鬼中目示)하여 잠시나마 인간세상을 떠나 천상세계로 가보니 아차, 하는 순간에 천상의 귀신들의 모습을 본 것이다.

그리고 그 여인에게 수십 년 전 죽었던 쌍둥이 아이가 몇 번지에 살고 있다는 것이었다. 잠시 천상으로 여행을 갔다 온 동방진인은 자신도 모르게 말한 것이다. 이러한 일이 있고 나서 실제로

50여 년 전에 헤어졌던 쌍둥이 중 하나를 만난 것이다. 참으로 요즘처럼 과학문명에서 살아가고 있는 현대생활인은 도무지 이해되지 않는 사실인 것이다.

우란분절이 지난 며칠 뒤, 그 여인이 다시 찾아와서 가족사를 얘기했다.

"사실은 우리 시아버지께서 첫째 부인도 아이를 낳다 죽고, 둘째 부인도 쌍둥이를 낳다가 죽었는데 쌍둥이 중 첫아이만 받고 더 이상 없는 것으로 알고 죽은 산모를 묻어버렸는데 이상하게도 다시 무덤을 파고 싶어 파 보았더니 세상에 쌍둥이 중 둘째가 자궁 밖으로 나와 죽어 있었답니다."

이러한 일이 있고, 아이 아버지는 물에 빠져 죽고만 것이다.

그러니까 두 부인도 아이 낳다 죽었고, 이 아버지도 물에 빠져 죽고, 쌍둥이 중 죽은 아이도 무덤 속에서 죽어 그야말로 재앙의 집안이었다.

이러한 사실을 이야기 한 여인도 어느덧, 눈시울을 적시며 한 맺힌 눈물로 어떻게 하면 좋겠느냐고 동방진인에게 목이 탄듯 물어 보았다.

동방진인은 간단명료하게 대답했다.

"음~음. 그러한 만귀들은 원한이 많으므로 해원(解怨)을 해야 하고, 다시 합의(合意)하도록 하여 저 구천에서 맴도는 그들을 극락왕생하도록 천도를 해야 합니다."

그렇게 말한 뒤 순서에 입각한 방법을 가르쳐 주었다. 그러자 여인은 눈물을 감추지 못하면서 대답했다.

"선생님, 시키는 대로 하겠습니다."

그렇게 말하면서 살려달라는 식으로 매달렸다.

동방진인은 힘찬 목소리로 답했다.

"비록 부족하지만 최선을 다 해보겠소. 그러니 염려 마십시오. 내가 입산하여 진법을 쳐보겠소."

이런 일이 있고 나서 입산 택일을 하여 심야 진법으로 귀신을 모으고 달래기 시작했다. 밤새도록 귀신과 대화를 나눈 동방진인에게 문제가 발생했다. 왜냐하면 두 각시를 잃고 자신도 물에 빠져 죽은 남편이 큰며느리의 절을 받고 떠나겠다는 것이다. 참으로 이해할 수 없는 처지였다.

요즘 사람들 입장에서 보면 거짓말도 상거짓말이라고 할 정도의 일인 것이다. 아무리 달래도 큰며느리 절을 받고 간다는 귀신을 더 이상 어찌할 수 없어, 급기야는 그 며느리를 산중으로 오라 연락하여 시아버지(귀신)에게 절을 하도록 했다. 그랬더니 귀신은 손을 흔들며 웃는 얼굴로 승천하여 그 모습을 감추고 만 것이다.

생각해보면 허무맹랑한 일이지만 이 일은 2007년 여름철에 있었던 사실이다. 이런 일이 있고 나서 그 여인 즉, 며느리는 백일기도로 정성을 다했다. 세상에는 기상천외한 일들이 하나둘이 아니라, 이 점을 현대인들은 다시 한 번 생각해 보았으면 하는 생각이 동방진인의 진정한 마음이다.

신통력(神通力)인가, 천응진법(天應眞法)인가

2000년 초반, 1965년생 한 여인이 조심스레 찾아왔다.

얼핏 보아도 광대뼈 튀어나온 모습, 목소리는 남자를 끌어당기는 듯한 고음과 저음이 조화를 이루지 못하고 얼굴에 풍기는 찰색(擦色)이 꽃샘바람에 코끝이 빨간 듯 보여 한눈에도 부부운이 불길해 보였다.

여인은 진인(眞人) 앞에 앉아 긴 한숨을 내리쉬고 있었다. 그 여인의 처지는 아주 절망적이었다. 몇 년 전에 남편과 이혼소송을 제기해 놓았는데, 그 내용 중에는 이혼을 전제한 위자료를 청구해 놓은 상태란 것이었다. 그 여인의 목적은 이혼과 아울러 위자료에 더 비중을 둔 것 같아 보였다.

진인은 "음력 4월 이전에 위자료가 나올 것이요." 하고, 더 이상 말을 하지 않자, 답답하다는 듯 한숨만 쉬고 있었다. 그리고는 간단한 인사를 하고 집으로 돌아가 위자료 나온다는 시기만 학수고대하고 있는 차에, 마치 위자료가 진인의 예언대로 나오자 그다지 믿지 않았는데 하도 신기하여 진인을 다시 찾아왔다.

진인은 웃음을 띠는 소리로 물었다.

"더 이상 오지 않을 줄 알았는데 또 왔어?

"예, 선생님. 위자료도 받고 해서 인사차 왔습니다."

"인사만 하러 와?"

진인의 이 말에 여인은 빙그레 웃으면서 말했다.

"진짜 상의할 일이 있어 왔어요."

"음, 그래 알고 있어. 그러면 오늘 공양미 한 가마하고 불전(佛田) 10만 원만 보시해."

"예. 선생님."

여인은 진인이 시키는 대로 하고 나서 진인에게 합장하여 고맙다고 인사를 했다. 그리고는 가슴속 저 깊이깊이 간직한 말을 꺼내기 시작했다.

"선생님. 사실은 남편하고 이혼한 이유가 종교적 갈등에서 비롯되었습니다. 아 글쎄, 수년 전부터 30억 정도 되는 과수원을 종교집단에 주기로 결심했다는 것입니다. 그리고 이미 일부는 저당을 하여 돈을 융통해 준 상태란 것이에요. 처음에는 아들 둘과 부부가 모두 그 종교집단에서 기숙하고 생활을 했었는데 잘못된 일이란 것을 깨달아 남편을 설득도 해보고 강하게 싸움도 하였지만 남편은 요지부동이었습니다. 그러다 보니 나만 서울로 와서 살게 되고, 두 아들과 남편은 그 집단에 지금도 살고 있음은 물론, 남은 재산 30억(과수원) 원도 희사하려고 고집하여 결국 불화와 갈등을 해결하지 못하고 이혼까지 하게 된 것입니다. 그래서 저는 이 일이 계속 이대로 진행되면 외국으로 가버릴까, 생각도 합니다."

묵묵히 듣고 있던 진인이 큰 소리로 얘기했다.

"알았어. 그 정도면 무슨 뜻인지 이해 가지. 그러면 단도직입적으로 말해서 남편이 그 종교집단에서 아들과 같이 나와 버리고, 과수원도 주지 않으면 되겠네."

이 말에 여인은 당황하면서 되묻는다.

"예예, 선생님, 무슨 말씀이신지?"

"아, 조선 사람이 조선말도 못 알아듣는가?"

여인은 의아해하게 생각하면서도 대답했다.

"예, 선생님, 여부가 있겠습니까. 그런데 그게 어떻게 가능해요. 몇 년을 끌어왔는데 해결되겠어요. 해결이란게 다 주고, 거기에서 남자 셋이 살아가는 것 밖에."

진인은 무슨 생각에서인지 여인을 한참 주시하고 나서 물었다.

"일이 뜻대로 이루어지면 나에게 어떤 것을 해줄 수 있는지?"

"아이고, 선생님, 무엇이든지 다 원하는 대로 해드리지요."

진인은 조용한 목소리로 얘기했다.

"변할망정, 그런 마음으로 살아. 단 변했을 때 어떠한 재앙도, 나를 원망하지. 왜냐하면 나는 하늘하고 서약하니까 이름하여 천응진법(天應眞法)이란 것이야. 돈은 몇 백 들 꺼야. 진법 중에는 소진, 중진, 대진이 있으나 대진은 내 자신의 몸이 상하기 때문에 잘 쓰지를 않지. 그러나 이번 한 번만 쓸까 해."

동방진인은 심중을 기하고자 자신이 지적한 진법이 효과가 있을
지를 예단(豫斷)해 본 결과, 가능성이 있어 보였다. 그리하여 날짜
를 선택하여 입산 진법을 치르기로 작심하여 모든 것을 준비했다.

산중심야초귀진법(山中深夜招鬼眞法)을 친지 3일이 되는 날, 자시
(子時, 밤 11~1시 이전)에 천상관(天上官)들이 홀연히 나타나 무정경무
(戊丁京无), 무정경무(戊丁京无)를 외치며 홀연히 사라져 가버린 것
이다.

이러한 과정을 겪는 진법을 친 뒤, 동방진인은 몸이 아파 며칠
간을 누워 있을 정도로 쇠약해졌다.

진법 후 비방작술(秘方作術)하고, 일정한 날짜에 그 여인을 오라
고 했지만 그 여인은 지정한 날짜에 오지 않고 3일 정도 지나 진
인을 찾아왔다. 이 기간, 진법일로부터 일주일이 된 것이다. 상기
된 얼굴로 전과는 전혀 다른 모습으로 찾아온 여인은 의기양양,
온 세상을 짊어질 듯이 자신이 넘쳤다. 진인의 문턱을 넘어서자
말자 여인이 얘기했다.

"선생님! 기적이 일어났어요."

진인은 자세 하나 흐트러지지 않고 주의를 주었다.

"왜 그렇게 호들갑인고, 좀 진정해."

"예, 예. 선생님, 아 글쎄 아이 아빠하고 두 아이가 그 종교집
단에서 그만두고 서울로 왔어요. 그래서 학교 문제도 있고, 주민
등록을 하고, 거처할 곳도 준비하느라고 좀 늦었어요. 참, 선생님
신기하네요. 정말 이럴 수도 있는 건가요. 선생님 정말 귀신이 있

기는 있나 봐요. 이렇게 한 번에 일이 이루어지다니요. 아! 정말 이상해요. 선생님 무서워요.”

이 말만 듣고 있었던 진인은 속마음으로는 ‘너 호들갑 떨고 있는 거 보니 빨리 변하겠구나.’하면서 그 여인의 심장박동 속으로 들어가 오장육부를 하나하나를 점검하기 시작했다.

사실 그 여인이 바라던 진법을 친 뒤에 일거에 해결된 것이다. 30억 재산, 그 종교집단에 바친다고 하여 그렇게 하면 아니 된다는 설득과 회유를 했지만 듣지 않아 결국 이혼까지 하고 외국으로 떠나려는 생각까지 했는데, 사건이 완전무결하게 해결되었다는 것이다. 그 부분은 재결합하여 지금 ○○구에서 살아가고 있다.

참으로 신기한 일이었다. 마치 절벽 위에서 아니, 훨훨 타오르는 불바다에서 새 생명이 잉태하여 또 다른 삶을 시작한 것이다. 그러나 사람 마음은 옛 성인이 말한 대로 인심조석변(人心早夕變)이라 했듯이, 2008년을 지나는 오늘에도 소식마저 안부마저 없는 이, 이 또한 운명이 아니겠는가?

불도(佛道)에서 지적한 대로 인생이 다시 인연을 만날 수 있는 것이 천년만년에도 어렵다는 백천만겁난조우(百千萬劫難遭遇)라 했는데, 물에 빠질 때에는 살려달라고 몸부림치고 막상 구해주니까 나 몰라라하는 것은 아닌지. 화두(話頭) 없는 화두에 몰입해본다.

이런 일이 있고 나서 그 여인은 발길을 끊어버리고 소문을 듣고 찾아온 박노련(가명)이 예비군 중대장을 만들어 달라고 하여 역시 나름대로 노력한 결과, 그의 뜻대로 중대장이 되었다.

한때, 바람이 나서 멀어졌던 부부를 옛날처럼 화목하게 해달라는 애절한 청이 들어와 속은 셈치고 소진을 쳐서 원활해짐을 보고, 천응진법이 신기신효(神奇神效)함을 다시 한 번 느끼게 한 계기가 된 것이다.

이와 같은 사안에서도 이해와 화목을 생각하는 것이야말로 불타의 대자대비(大慈大悲)의 큰길을 가는 것으로 생각하며 수미산을 향해서 달려가고 있다.

제10장

지천명(知天命)

누가 뭐라 하든 섬진강을 벗 삼아 살리라

고서에 우공이산(愚公移山)이란 말이 있다.

아주 영리한 사람과 제 이름자도 못 쓰는 일자무식 어리석은 사람, 이 두 사람을 앞에 앉혀 놓고 한 현자(賢者, 어질고 지혜로운 사람 기타)가 저 앞산을 가리키며 말하기를 재주가 좋은 반항적인 사람보다 어리석어도 순종하는 사람이 성인군자가 될 수 있다며, 너희들 중에서 누가 저 앞산을 옮길 수 있겠느냐고 물었다.

그러자 머리가 영리한 젊은이는 조금은 투명한 어투로 대답했다.

"아, 저 높은 산을 어떻게 옮기란 말입니까? 저는 죽어도 옮길 수 없습니다."

그러면서 밖으로 나가버린다. 옆에서 이 광경을 보고 있던, 어리석은 사람(愚公)이 조심스럽게 말문을 연다.

"저, 제가 저 산을 옮겨보겠습니다."

의외의 말에 깜짝 놀란 현자가 묻는다.

"뭐……. 뭐? 저 산을 옮긴다? 네가 어떻게 옮길 것인지, 계산이나 해보았느냐?"

"아, 아닙니다. 현자께서 옮기라 하셨는데 어찌 거역합니까. 시킨 대로 끝까지 해보겠습니다. 지성이면 감천이라고 하늘이 도와, 산을 옮겨줄지도……."

현자는 흔쾌히 허락하고 수년간을 밤낮으로 열심히 산을 파서 옮기고 있는 우공을 지켜보면서 그의 근실하고 순종하는 자세에 감탄하고 있었다.

눈이 오나 비가 오나 폭풍우가 몰아쳐도 밥 먹고 화장실 가는 시간만 빼놓고는 계속 흙을 파 옮겨 어느덧 또 하나의 작은 산을 이루고 있었다.

하지만 그 큰 산을 옮긴다는 것은 우공이 죽을 때까지 해도 어렵다는 것을 현자는 뻔히 알고 있었다. 그래도 우공은 티끌 모아 태산이란 막연한 생각을 갖고 열심히 하는 동안 우공도 백발이 무성하고 젊었을 때처럼, 힘도 쓸 수 없이 노약해진 것이다.

그러던 어느 겨울밤, 찬바람이 살갗을 가를 듯 바람이 불며 하얀 눈이 휘날리고 있었다.

피곤한 몸으로 잠이 들어버린 우공은 아침이 되어서 손바닥을 비비며 방문을 나와 앞산이 있는 곳을 쳐다보았다. 그런데 이게 웬일인가, 앞산이 보이지 않았다. 이상하다는 생각에 눈을 비비며 수십 년 동안 옮겨 놓은 작은 산을 쳐다보았다. 그런데 이게 웬일인가. 앞에 있던 산이 옮겨져 있지 않은가.

기적을 본 우공은 기쁨의 눈물을 흘리면서 큰 소리로 외쳤다.

"산이 옮겨졌어! 이게 웬일인가? 정말로 지성이면 감천이라 하더니, 세상에! 산이 옮겨지다니."

이 일이 있고 나서부터 세상 사람들은 우공이산(愚公移山)이라 불렀는데, 이를 다시 풀이하면 어리석은 사람이 산을 옮겨놓았다는 뜻이며, 머리가 영리한 사람보다는 순종하고 열심히 일하는 우공이 영웅이 될 수 있다는 뜻이다.

머리가 좋은 사람은 아무리 계산을 해 보아도 그 산을 옮길 수가 없다는 판단과 반항적인 성질 때문에 시작도 하지 않고 포기했던 것이다.

필자 역시 그러한 생각 즉, 누가 뭐라고 해도 우직한 생각과 요지부동하는 곰 같은 행동을 했기에 오늘이 있지 않았는가라고 스스로 생각해본다.

※ 우공이산의 내용은 일반적인 것과 다소 차이가 있음

이제는 까막눈은 면했으니 공부는 그만두어라, 면장도 할 것이 아니고, 정승 판서도 할 것이 아닌데 무얼 한다고 그 고생을 하며 어려운 공부를 해. 누가 보면 미친 사람이라고 하지 않겠느냐, 이 바보야. 이러한 소리를 수없이 들어온 나는 오히려 스승이라 생각하고 단 하루도 책을 놓지 않고 세월을 보낸 그 자체가 크나큰 스승이라고 판단한 것이다.

사서삼경(四書三經) 중에는 인부지이불온불역군자호(人不知而不慍

不亦君子乎)라 했다. 다시 말하면, 내가 하는 일을 사람들이 알아주지 않는다고 비관하지 않는 것이 군자이며, 만약 비관하고 타인들이 꼭 알아주어야 한다는 생각은 반대로 군자가 될 수 없다는 뜻이기도 하다.

물론, 필자는 군자가 될 수는 없지만 군자의 흉내는 낼 수 있다고 감히 생각해본다. 그런가 하면 부지천명(不知天命)은 무이위군자야(無以爲君子也)라 했다.

그러니까 하늘의 운명을 알지 못하면 진정한 군자라 할 수 없다는 뜻이다.

참고로 필자는 운명을 믿고 존중하지만 현실의 기본 삶은 세 가지 원칙이 있다.

1. 일행일식(一行一識) : 길거리를 다닐 때도 한 가지 지식을 알아야 한다는 것
2. 일변일식(一便一識) : 화장실에서도 한 가지 지식은 알아야 한다는 것
3. 일와일각(一臥一覺) : 잠을 잘 때에는 와선(臥禪)하는 자세로 잘못된 일을 뉘우치고 깨달음.

이 뜻이야 말로 정신적 지주가 된 스승 중 또 하나의 스승인 것이다. 나는 내 자신이 타고난 운명을 잘 알고 있어 무한한 발전보

다는 그 발전을 정지시키고, 매사를 분수에 맞도록 처신할 것이며, 이것이야말로 진퇴를 결정하는 기준이 되리라 본다.

필자가 어느 출판사 사장에게 호통을 친 일이 있는데, 그 이유 중 하나가 특정한 책을 써서 시판을 하면서 모 방송국에서 특강을 하면 어쩌겠느냐 것이었다.

물론, 그동안 신문이나 방송사에서 출연 교섭이 들어와도 사양하고 있었던 차라 그 출판사 사장의 요청도 거절하고 만 것이다. 사실 특정한 사안으로 방송에 얼굴을 보여 원하는 뜻을 이루려는 모습도 종종 보아왔다. 하지만 그러한 면은 자신들의 진솔한 목표를 향해 가는 데는 장애가 될 수 있다고 판단하는 게 필자의 소견이다.

자신이 조그마한 일을 해놓고 최고인 마냥 한다면, 하나의 욕심이고 허상이라서 이는 절대 금물이라 판단했기 때문이다. 이와 같은 정신적 특성을 가질 수 있었던 것은 진광불휘(眞光不輝)란 뜻이 한몫한 것이다. 다시 말하면 진정으로 빛을 가진 물체는 애써 빛을 내려고 하지 않아도 자연히 빛이 날 수 있다는 뜻인 것이다.

뿐만 아니라 사향무풍유향(麝香無風有香)이란 말도 있다.

쉽게 설명하면 향기의 대표적인 것이 사향이라 하는데, 이 사향은 바람이 불지 않는다 해도 역시 향기는 자연히 난다는 것으로 모든 면에서 풍족하고 탁월하면 세상 사람들이 자연히 인정해준다는 뜻도 된다.

수년 전에 지금도 어느 전시회에서 입상을 목표로 특정한 서화

(書畵)를 수없이 쓰고 있는 경우가 있는데, 그러한 모습은 모순의 모순만을 추구한 결과가 돼, 자연스럽게 탁월한 솜씨를 가진 사람은 그 그늘에 묻혀버리는 게 사실이다.

그래서 해당 분야에 입상했는데 다른 글씨는 쓰지 못했다는 소문이 있어 이 세상이 얼마나 허상의 물결 속에 잠겨 있는가, 내 자신은 그 가운데 서 있지 않는가 하고 반성해본다.

오로지 한 가지 목표를 위해서 달리다 보면 뜻밖의 행운도 있고, 목표보다 더 큰 일이 성취되고, 그야말로 우공이산(愚公移山)의 화신 같은 신화도 있게 된다.

따라서 누가 뭐라고 해도 나는 붓을 놓지 않을 것이며, 내 자신을 있게 한 사회를 위해서 신명을 다 받칠 것이다. 그러므로 내 자신이 창종한 종단도 인연이 나타나면 서슴없이 양여하고 종정의 자리도 과감하게 버릴 각오가 돼 있다. 미련 없이 인연 따라 주는 거야 말로 영원할 수 있고, 더더욱 발전하리라 생각하기 때문이다.

아쉬운 점이 있다면 40여 년간 지체 장애인에게 무료로 역학을 가르쳤다. 직업인으로 삶을 영위할 수 있도록 한, 현재의 상황을 종단산하 즉, 종립대학을 설립해서 보다 더 많은 장애인을 가르쳐 안정된 직업인으로 가정을 꾸려갈 수 있게끔 여건이 마련된다면 여한이 없을 것이다.

역경 속에서 구사일생으로 살아나 책을 100여 종을 쓴 작가로, 한학자로, 한 종파를 형성, 창종(創宗)까지 하고, 크던 적던 종정의 지위까지 올랐으니 무엇을 더 바라겠는가? 모든 것은 인연에서 온 후계인에게 맡기고, 내 자신은 낙향하여 후학을 가르치고, 작은 밀알이지만 또 다른 사회의 밀알이 되고 싶은 게 지금의 심경이다.

초연한 자세로 섬진강변에 초당을 짓고, 말없이 유유히 흐르는 섬진강과 벗 삼아 살아가리라.

비록 국제민불종을 창종한 빈승이지만
자연과 더불어 정진하며
수미산(須彌山)을 향해 달리고 달릴 것이다.
뿐만 아니라 어린아이가 어른이 되어(童少長之化)
하잘것없는 범부가 성인이 되듯(凡夫聖人之成)
작은 물방울 하나하나가 모여
섬진강을 이루듯 민불종도 세인들의 감로수가 되기를
진심으로 바라고 바라는 바이다.

〈끝〉

佛身現於斯 循環遍包盡佛身 先為卍墜謙數如此乃
自度時我來導實覺魂 得死延佛向認聽即寂空中聲
口向難如居士官口哥佛繇且燭寥妙現行斯堵復脫象
生行矣阿難取乳勿慈世尊維摩詰智慧辯才為若此也
是故不任詣彼問疾如是五百大弟子各各向佛說其本
緣稱述維摩詰所言皆曰不任詣彼問疾！！弟子品之終

南無阿彌陀佛 觀世音菩薩

佛紀 二五四八年
檀紀 聖三五年
民紀 二○○三年
國際民佛宗宗正
法松精書

중정 친필

괴사 – 국제민불종 종정

전 원로의장 효동스님

원로의원 무각스님

상좌 숭산스님

수제자 진명스님

속가 종정 사서 전북저널 대표

개원사 주지 해원스님

한학 사부인 성제 선생

천문지리 사부 은성거사

일봉존자

교육학회 상임이사
원로 백우당(한중수 선생)

동방대학 교수 유방현 박사

불교대학 학장 성공도

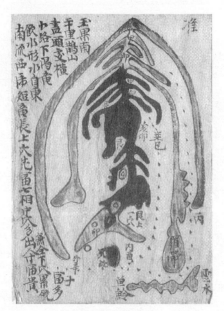

풍수 명당혈 옥과

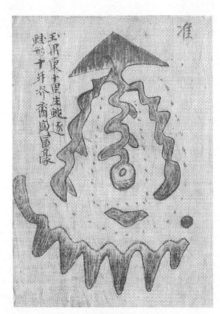

명당혈 옥과

산중심야초귀진법(山中深夜招鬼眞法)

산신단 친필

《현대인물보감》《한국성씨보감》《대한민국 현대인물사》에 수록됨

괴사 백운곡 저서들

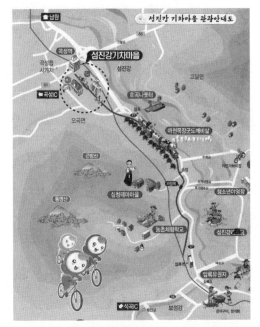

섬진강 안내도

청계동 계곡

백운곡(종윤) 입지실화소설
섬진강의 풍운아

지은이 | 백운곡(종윤)
펴낸이 | 황인원
펴낸곳 | 다차원북스

신고번호 | 제2017-000220호

초판 1쇄 인쇄 | 2018년 07월 15일
초판 1쇄 발행 | 2018년 07월 27일

우편번호 | 04091
주소 | 서울특별시 마포구 토정로 222(한국출판콘텐츠센터 419호)
전화 | (02)333-0471(代)
팩스 | (02)334-0471
이메일 | dachawon@daum.net

ISBN 978-11-88996-25-4 03810

용지 | 엔페이퍼(031-948-2652)
인쇄 | ㈜신화프린팅코아퍼레이션(031-905-2727)
제책 | 천일제책사(031-905-8181)

값 · 14,000원

이 도서의 국립중앙도서관 출판시 도서목록(CIP)은 서지정보유통지원시스템 홈페이지(http://seoji.nl.go.kr)와 국가자료공동목록시스템(http//www.nl.go.kr/kolisnet)에서 이용하실 수 있습니다. (CIP제어번호: 2018021841)